ゴーストハント 1
旧校舎怪談

角川文庫
22204

目次

プロローグ

――暗い部屋の中だった。

がらんとした室内を満たした墨色の闇、そこに小さく、ペンライトの光だけが点《とも》っていた。蒼《あお》い灯りは四人ぶん、広い空間を照らすには、あまりにも頼りない。かろうじて見えるのはペンライトを捧げ持った互いの顔だけ、あとは何もかも暗がりに沈んでいる。外では雨が降っていた。くぐもって遠く、寂しげな雨音と陰鬱《いんうつ》な水の音が滲《し》み入るように打ち寄せてくる。

「……これは、伯父さんから聞いた話なんだけど」と、あたしの隣、祐梨《ゆうり》がそっと口を開いた。「伯父さんは山歩きが好きで、中学校の頃はワンゲル部にいたの。高校に入って部活はやめちゃったんだけど、ワンゲル部の友達とは、あいかわらず山歩きを続けてた」

それは、ある夏のことだった、と祐梨は言う。

高校生だった伯父さんは夏休み、例によって友達と山に登った。二人で出掛けるのは久しぶりのことで、しかもその日は、からりと晴れた絶好の天気だった。休みに入ったばかりで解放感もあり、二人は上機嫌で某山の頂上を目指したのだった。

——ところが。

「三時間くらいで着くはずの頂上に、いくら歩いても着かないのね。だんだん周囲は見覚えのない景色になっていって、そのうちぜんぜん知らない尾根に出てしまったんだって」

それに気づいて二人は笑った。話し込んでいるうちに、どこかで道を間違えてしまったのだろう。いまさら間違えるか普通、などと軽口を叩いていられるほど、二人にとっては馴染みの山だ。細くとはいえ道もあるし、分岐路には標識だって立っている。少しも不安を感じるようなことではなかった。

二人は自分たちの失敗を冗談の種にしながら尾根を下って引き返した。だが、伯父さんたちはいつもの道に戻ることができなかった。

気がつけば、またあの尾根に出ている。

尾根から見渡してみると、まったく見当違いの方向に目指す山頂が見えていた。今度は磁石で方位を確かめ、地図を開いてルートを確認した。おそらくこの分岐路で道を間違えたのだろう、という目算も立った。分岐路には標識があったはずだ。見落としたというのも変な話だったけれども、肝心の標識が倒れているか、間違ったほうを向いていたのかもしれない。そう考え、注意しながら引き返し始めたのだが、歩けども歩けども問題の分岐路に着かない。あげくに二人は、やっぱりまた同じ尾根に出てしまったのだった。

二人には訳が分からなかった。ちゃんと地図を見ながら何度も方位を確認したのに、問題の分岐路に出ることさえできなかった。こんなことは初めてだと、さすがに伯父さんも友達も焦りを感じ始めた。しかもその頃には長い夏の日も暮れようとしていた。足許《もと》が翳《かげ》って見にくい。慣れた山とはいえ、足許《あし》が定かでなくなれば危険だ——二人はそう判断して、その尾根でキャンプすることにしたのだった。

「日帰りの予定だったんだけど、そこは山に登る人間の心得っていうのかな。二人はちゃんと寝袋を持っていたし、食料だって余分に持ってた。さすがにテントまでは準備してなかったみたいだけどね」

季節は夏だ。天気も良かった。寝袋さえあれば、露天に寝たって少しも構わない。これも何かの縁だろう、と気を取り直し、二人はそこで火を熾《おこ》し、焚火《たきび》を挟んで寝袋を広げ、野宿する準備をしたのだった。

落ち着いてみれば、その尾根は居心地が良かった。ちょうど二人が寝られるだけの平坦地があり、開けた場所だけに満天の星が頭上いっぱいに広がっている。すっかり気を良くしてしまった伯父さんと友達は、焚火を囲みながら食事をし、そのあとは寝袋に入って話し込んでいた。そして夜半、さすがに眠くなって互いの声が間延びするようになった頃だった、という。

「伯父さんは、男の人の声を聞いたような気がしたんだって。おーい、って呼ぶ声。それもまるで助けを求めるような調子で……」

伯父さんは身を起こした。友達に「今の声が聞こえたか」と訊《き》いた。「いや」と友達が答えたとき、また声がした。切迫した調子の声だった。自分たちと同じように道に迷った誰かだろうか。その誰かが焚火の明かりを見て、呼んでいるのだろうか。

「伯父さんたちは焚火がよく見えるように薪《たきぎ》を足して、声の聞こえたほうに向かって、こっちだ、って大声を上げたんだって」

だが、それきり声はやんだ。気のせいか、と二人が落ち着くと、また声がした。尾根の下、登山道とは反対側の林の中で、誰かが立ち往生しているようだった。そこで二人は、足許を確かめながら声の主を捜しに行ったのだった。あちこちを捜したけれども、応答がない。声の主は見つからなかった。それどころか、林に入って呼んでみても応答がない。

「夜のことだし、明かりは小型の懐中電灯があるきりだし。そんな状態で林の中をうろうろしてたら、自分たちまで迷って遭難しかねないでしょ？　それで、伯父さんたちは諦めて尾根に戻ったのね。眠る気にもなれなくて、とにかくせっせと焚火を燃やしていたら、また声がした」

声は以前より近づいてきたようだった。二人は再び声のするほうに行って人影を捜したが、誰の姿も見つけることはできなかった。

捜している間は声がしない。いくら呼びかけても応答がない。なのに焚火のそばに戻ると、前よりも近くから男の声がする。

やがて二人は、可怪《おか》しいと感じるようになった。

捜しに行くどころか返事すらできず、焚火を囲んで息を詰めていた。いつの間にか声の主は、すぐ近くにまでやってきている。もう声を上げてはいなかったけれど、焚火の明かりが届くぎりぎりの外側を徘徊《はいかい》する足音や衣擦《きぬず》れや――息づかいまでが聞こえていた。

「伯父さんは、これは絶対に変だ、何か拙《まず》いことが起こってる、って思ったんだって。とりあえず焚火の明かりが届くところには来ないみたいだから、とにかく火を絶やさないようにしよう、って」

盛大に焚火を燃やしたいところだけれど、それをすると集めておいた薪が尽きてしまう。この状況で新たに薪を探しに行くことはとてもできない。細々と――けれども絶対に消えないよう、神経を張りつめて二人は火を守り続けた。

「やっと東のほうの空が白んできて、やれやれと思ったら、二人ともすごく眠くなって、そのまま眠り込んでしまったらしいのね。次に伯父さんが眼を開けると、あたりはすっかり明るくて、でもって、二人のすぐそばにケルンがあったんだって」

「けるん？」

「うん。石をピラミッドみたいに積み上げるの。それがケルン。山で人が死んだときなんかにもね、お墓の代わりに作ることがあるって。――そのケルンは人の背丈ぐらいあって、しかも下から登ってきたとき真っ先に眼に入るような位置にあったの。焚火のほんとにすぐ近くで、だから絶対に見過ごすはずがないんだよ。なのに前の日、伯父さんたちはぜんぜん気がつかなかった。何度も尾根に登ってきたのにね。そもそも道を間違えること自体、変だし……。きっと死んだ人が寂しがって呼んだんだろう、って。伯父さんは火が消えたら何が起こったんだろう、って今も言ってる」

祐梨はそう言って口を噤《つぐ》んだ。ぽかんとできてしまった沈黙に、物憂い雨の音が忍び入ってくる。それにちょっと耳を傾けるようにしてから、彼女は静かにペンライトを消した。それで暗がりの中に残っている灯りは、残すところ三つになった。

「じゃあ」と声を上げたのは恵子《けいこ》だった。「あたしも人から聞いた話。――友達のお兄さんの知り合いが、就職で引っ越しをしたんだけど、その部屋が『出る』部屋だったんだよね。引っ越しが終わった夜、彼女がくたびれ果てて寝てたら、いきなりドンッて人が伸《の》しかかってきて、びっくりして目を覚ましたんだって」

彼女は最初、痴漢かあるいは泥棒なのかと思ったらしい。彼女の上に跳び乗ってきた、その感じがあまりにもリアルだったからだ。けれども真っ暗な部屋の中のこと、何者かが馬乗りになっているのは分かっても、姿までは見えなかった。声を出したり暴れたりすれば、かえって危険なことになるのじゃないか――彼女がそう躊躇《ためら》っていると、ふふっ、と女の含み笑う声がした。

「えっ、と思ったのと同時に人の乗った感触が消えて、彼女は跳び起きて灯りを点《つ》けたんだけど、部屋の中には誰もいないし、戸締まりだってちゃんとしてた。しかも以来、それが毎晩続くんだって」

うわあ、と誰かが同情するような声を上げた。

「それでね、彼女の知り合いにたまたま霊能者というか、そういうことに強い人がいたんだってさ。彼女はその人に相談をして、そしたらその人がお札《ふだ》を書いてくれて、これを布団の四隅の下に敷いて寝なさい、って言ってくれた」

彼女は言われた通りにして休んだ。その頃の彼女はすっかり不眠症になっていて、お札を敷いたもののやっぱり眠れなかった。

「そしたら夜中、足許のほうから足音が聞こえてきたんだってさ。そっちには壁しかないのに。まるで隣の部屋から壁を通り抜けてきたみたいに人の足音がして、それが布団の足許で立ち止まるわけ。彼女は身構えたんだけど、この日はそいつ、跳び乗ってこないのよ。しばらく足許に立って、まるで困ってるみたいにじーっと彼女のほうを見てる。それから布団のまわりを歩き出したんだってさ。様子を窺《うかが》うみたいにして、何度も何度も。でもってしばらくして、ぱったり足音がしなくなった。彼女は、ほーっと息をして――そしたらすぐ枕許から、ふふ、って笑い声がして、……効かないよ、って」

ひゃあ、と声を上げたのは誰だったか。ひょっとしたら、あたしも交じっていたかもしれない。恵子は話の中の女みたいに含み笑った。

「彼女はすっかり怖くなって、慌ててそこから引っ越したんだってさ」

恵子はそう言って、ペンライトを消す。

「──次、麻衣《まい》だよ」

あたしは一呼吸してから口を開いた。

「これは、あたしが小学生のときに聞いた話。──ある女の人が、夜道を家に帰ろうとしてたんだって。それは秋の肌寒い頃で、そのせいもあって途中でトイレに行きたくなっちゃったらしいんだよね。ちょうど公園にさしかかって、だから公園のトイレを使うことにしたんだけども、……夜の公衆トイレって気味悪いじゃない？　なんとなく荒《すさ》んだ感じだし、灯りだって暗いし。それでその人は、嫌だなあと思いながらトイレに入ったんだよね。個室に駆け込んで、大急ぎで用を済ませて出ようとして──そしたら、どこからともなく変な唄声が聞こえたんだって」

あたしはそこで、細い震えるような声を作ってみたりする。

「あかーいマントを、着せましょか……」

誰かが小さく悲鳴を上げた。

「その人はびっくりして、慌ててトイレを出ようとしたんだけど、でも、なんでかトイレのドアが開かないんだよね。ドアを揺すってると、またその変な唄声がするわけ。子供か女の人か──そうでなきゃ男の裏声みたいな。それがどこか近いところ……ドアのすぐ向こう側とか、窓の外とか、そのへんから口の中で歌ってるみたいに、ごく小さな声で聞こえる……」

すっかり動転してしまったその人は、声を上げてドアを叩いたり揺すったりしたのだけども、びくともしない。三度目に唄声が聞こえて、彼女は思わず「いや」と悲鳴を上げていた。

「……そしたら、さっきまで頑《がん》として開かなかったドアが、嘘みたいにすっと開いたんだって。彼女は慌ててトイレを飛び出して、怖くて怖くてとても一人では夜道を歩いて帰る気にはなれなくて、それで明るくて人気《ひとけ》の多いほうへ走っていったら、ちょうど警《けい》邏《ら》中のお巡りさんの二人組を見つけたの」

彼女はお巡りさんたちに泣きついて家まで送ってもらおうとした。事情を話すと、痴漢でも隠れていたのだろう、という話になった。そうでなければ質《たち》の悪い悪戯《いたずら》で、だったら捕まえないといけない。戻ってトイレを調べてみよう、と。

「それで女の人は、しぶしぶお巡りさんたちに連れられて公園に戻ったのね。トイレが見えてきたところで、お巡りさんはもう一度中に入るように言うわけ。また声が聞こえたら、はいと言ってごらんなさい、悪さをしようと出てきたところを捕まえてあげるから、って。それで女の人は勇気を出して中に入ったんだよね。お巡りさんたちはドアの外で待ってた。少ししてトイレの中から、女の人が言っていたような気味の悪い唄声が聞こえてきた。女の人が、はい、って答える声がして——その次の瞬間に、ものすごい悲鳴が聞こえたんだって。慌ててドアを開けたら、中では女の人が死んでたの」

誰も口を開かない。息詰まるような沈黙に、雨の音が遠く響く。

「女の人は、まるでコンパスの針か何かで滅多刺しにされたみたいに、全身小さな穴だらけだったんだって。体中が血で真っ赤で、赤い上着か何かを着てるようだったって……」

また悲鳴が上がった。表記しがたい悲鳴は人数ぶん、それを後目《しりめ》に、あたしはペンライトを消した。

たった一つ残った蒼い光に照らされて、ミチルが口を開いた。

「……じゃあ、あたしは麻衣もいることだし、うちの学校の話をするね」

ミチルはあたしを見て、ちょっと笑った。

うちの学校は、小学校から高校まである私立学校だ（系列大学もあるけど別の場所）。高等部の生徒のほとんどは中等部からエスカレーター式に上がってきた内進組だけど、中にはあたしみたいに、よその中学から入ってくる生徒もいたりする。

「麻衣、旧校舎の話って、もう聞いた？」

「ううん、まだ。……旧校舎って、あれでしょ？　グラウンドの隅っこのほうにある半分崩れかけたやつ」

その建物の存在には十日ほど前、入学式の当日から気づいていた。というより教室から外を眺めると、いやでも眼に入るのだ。グラウンドを挟んだ向こう側、校舎に接続される恰好《かっこう》で横たわる体育館のさらに先の奥のほうに建っている古い木造校舎。それもどうやら並みの古さじゃないようだ。世紀末のこの時期まで、よくも壊されずに残ってたな、と感心するような代物なのだが、大事に保存されている感じではぜんぜんない。半分がた崩れているようで、使用されている様子がないのはもちろん、近寄る人もいないらしく、その一帯だけすっかり寂《さび》れてしまっている。ちょっと異様な雰囲気のある建物だった。

「そう、それ」と、ミチルは頷《うなず》き、「でも、あれは崩れかけてるんじゃないんだな。取り壊そうとして、あそこまでで工事がストップしちゃったの」

「……なんで、と訊くべきなんだよね、やっぱ」

あたしが言うと、ミチルは幽霊みたいな笑みを浮かべた。

「祟《たた》り、なんだって」

「たた——り？」

「そう。あたしたちが今使ってる校舎って十年ぐらい前に建て直されたんだけど、建て直す前に使ってた校舎はそのとき取り壊されて、もう残ってないの。でもって、そのときにも旧校舎って、すでに廃屋同然だったんだって。変な話でしょ？　校舎を建て直すんなら、あんな古ぼけた建物、真っ先に取り壊しそうなもんじゃない」

「そりゃそうだ……」

「なんで残ったかというと、旧校舎を壊すと祟りがあるって噂があったからなんだ。取り壊そうとすると不思議にトラブルが起こるわけ。機械が止まったり、作業員が事故に遭ったり病気になったり。一度なんか屋根が落ちたんだよね。旧校舎の西側を壊してたとき、二階部分が屋根ごと落ちて、一階で作業をしてた人がみんな死んじゃって、それで工事が中止になったんだって」

旧校舎はそれから何年も、西側を少し壊したままの状態で放置されていたらしい。

「それが去年、体育館を建て直そうって話になって、そのために改めて旧校舎を取り壊そうとしたのね。旧校舎を壊した跡地に新体育館を建てるんだってさ。そんで、なんとか半分まで取り壊したんだけど、やっぱりそこで工事は中止。おかげで体育館は、未《いま》だに古いまま、ってわけ」

中止になったというのは、やはり……なのだろうか。あたしがおそるおそる訊いてみると、ミチルは、そう、と冷徹に頷く。

「前のときと同じ。機械は壊れる、関係者の事故や病気が続く。しかも、工事のトラックが急に暴走して、グラウンドで体育の授業をしてるところに突っ込んだんだよね。あのときは、二人が死んで七人が重傷を負ったんだ。新聞にも大きく載ったんだけど、見てない？」

「み、見たかな？　よく、覚えてない……」

「そう。——そもそも、あの校舎を使ってる間って、変なことが多かったらしいんだよね。火事や事故が続いたり、毎年のように先生や生徒が死んだり。それでも以前は、準備室や部室として使っていたらしいんだけど、いろいろと不吉なことが続いて、いつの間にか物置になっちゃった。詳しいことは知らないけど、近所の女の子が死んだとか殺されたとか。その子が出るって噂もあって、すっかり人が近づかなくなって。それを聞いた先生が、そんな馬鹿なことがあるもんかって、中に入ったら、その三日後に謎の自殺を遂げたんだって。旧校舎の中で」

「うえ……」

　ミチルの白い顔に長い前髪がかかって、そこに蒼い光が陰鬱な影をつけている。

「以来、その先生まで出るらしいよ。——宿直室に行ったら、絶対に障子を開けたままにしちゃいけない」

「障子？」と、あたしが首をひねると、ミチルは重々しく頷いた。

「ほら、古い宿直室って、入ったところが台所になってたりするじゃない。そんで、一段上がって畳敷きの部屋になってる。そこに布団を敷いて寝るんだよね。でもって、台所と和室の間に障子があるわけ。この障子を開けっ放しにしちゃいけないの。きちんとぴったり閉めること。そうしないと、出るって。背中を誰かに叩かれてね、振り返るとそれは実は人の手じゃなくて足で……」

　うひゃあ。

「首を吊った先生の足が当たるんだよね。それ見ちゃうと、先生が負ぶさってくるって。おんぶしたみたいに取り憑《つ》いて、ずーっと離れないって言われてたんだ。うちの学校の最大の七不思議。ずいぶん見た人がいるらしいよ。それで騒ぎになって、旧校舎は完全に立ち入り禁止になっちゃった。鍵が掛かってて入れないし、入っちゃいけないことになってる」

ミチルはそう言ってから、さらに声を低めて続ける。

「……これはクラブの先輩から聞いたんだけど。先輩の友達が、旧校舎で人影を見たことがあるんだって。その友達は近所に住んでてね、夜に学校の近くを通って――ほら、旧校舎の塀沿いに道があるじゃない。あそこを犬の散歩で通っていて、ふいに視線を感じたんだって。それで何気《なにげ》なく旧校舎を振り仰いでみると、半分壊れた教室の窓に白い人影があって、こっちのほうをじーっと見降ろしてたって」

えええ、と情けない声を上げたのは恵子だった。

「そんな話、聞いてないよお。嘘だって言ってよー」

「残念ながら本当なんだな。あたし、先輩から聞いたもん。――でね、その白い人影が片手を挙げて、こう……手招きをしたんだって。それを見たとたん、その人、なんとなく旧校舎の中に行かなきゃって気になっちゃったらしいんだよね。それで、ふらっと歩き出したところで、犬がすごい勢いで吠《ほ》え始めて我に返ったんだって。ぞーっとして旧校舎を見上げたらもう人影はなかった……って」

「ひえぇ……」

「……消すよ」

ミチルが静かに宣言した。部屋の中はまた、しんと静まりかえった。微《かす》かな音を立て、ミチルのペンライトが消えた。あたりには真の闇と、陰鬱な雨の音だけ。

恵子が闇の中でそっと声を上げる。

「んじゃ、いくよ」

恵子に促され、祐梨が震える声を上げた。

「いち……」

——こうして怪談をしながら、一話ごとに灯りを一つずつ消していき、最後に数をかぞえると、一人増えてしまうのだという。増えた一人は幽霊なんだと。

恵子の声も、やっぱり少し震えている。

「に……」

続いてあたし。

「さん」

ミチルの声は低い。

「し……」

あたしたちは全部で四人。五人目の声が聞こえるか。息を詰めて耳を澄ませた。外で降りしきる雨の音が、陰に籠《こ》もって虚《うつ》ろな部屋の中に滲《し》み入ってくる。遠くで響く水を撥《は》ね上げる車の音——水の音。湿気を吸って重く微かに響く街の音、雨の……。

かたん。

小さな音がした。と、同時に、

「ご」

確かにそう、声が聞こえた。全員が同時に息を呑む短いスタッカートのあと、弾《はじ》けたように悲鳴が上がって渦になる。周章狼狽《ろうばい》、阿鼻叫喚。

な、何だ、何だ、何だ、今の声は――っ!!

恵子たちが遮二無二抱きついてくる。

「やだ、やだ！　いやーっ!!」

いつの間にか、真っ暗だった部屋の中に暗い明かりが入ってきていた。ドアの外、廊下にある非常灯の光が部屋の中に漏れてきている。そのせいで見える、無愛想な机の群。学校の地階にある視聴覚教室、そこで団子状に固まったあたしたち。

おっかなびっくり振り返った入口には、黒く人影があった。同じ年頃の男の子だ。薄暗い明かりで浮かび上がった壮絶に綺麗な顔。周囲の闇よりも暗い髪と眼、似合いすぎる黒い服。うちの制服ではない。では、転校生だろうか。薄暗がりの中、影に溶け込むようで、顔と手だけが月明かりを浴びたように白かった。

恵子が、すっとんきょうな声を上げた。

「あ、あのう――今、『ご』って言ったの、あなたですか」

そう、と彼は気負うふうもなく答えた。静かな、よく通る声だった。

ミチルが大きく息を吐いて、浮かしかけた腰を降ろす。

「あー、驚いた。腰が抜けるかと思った……」

「それは失礼」

言って彼は照明を点けた。

素っ気ない蛍光灯の明かりに照らされてしまうと、雰囲気満点のがらんどうも暗幕を閉め切った殺風景な教室にすぎない。それっぽい色のペンライトだって星形やハート形のアイドル系コンサート仕様だ。聞こえてくる雨の音も、ただただ鬱陶しいだけ。見劣りがしないのは、戸口に立った転校生（？）氏の顔ぐらいなものだ。

「灯りが点いてなかったから、誰もいないんだと思ったんだ。なのに声がしたものだから、つい――驚かせて悪かったね」

「そんなあ。いいんですよお」恵子は黄色い声を上げた。「ええと、転校生ですかあ？」

そう訊いた声は、かなりの猫撫《ねこな》で声だった。彼は少し意味不明の間《ま》をおく。

「……そんなものかな」

なんだろ、この間は？

「ひょっとして、一年生？」

「……今年で、十七」

妙な答え方をする奴だ。

「じゃ、あたしたちより、一年先輩ですね」

そう言う恵子の声は思いっきり弾んでいる。

確かに見てくれはいい、とあたしも思う。背もそれなりに高い（と思うのは、あたしがいささか背丈に不自由しているせいかもしれないけども）。文句なしに足だって長い。

再度言うが、顔もいい。……しかしあたしは、なーんとなく不穏なものを感じた。出来すぎというか、嘘くさいというか。なんかこう……引っかかるんだよな。

てなことを思ったのは、どうやらあたしだけのようで、ミチルもおとっときの笑顔を作ったりしている。

「こっちこそ驚かせてごめんなさい。恥ずかしいなあ、大騒ぎしちゃって。あたしたち、怪談をしてたんですよね。だもんで、つい」

「ああ……それで。だったら、僕も仲間に入れてもらえるかな」

みんなが嬉しげな悲鳴を上げた。

「どーぞ、どーぞっ」

「先輩、ここ、坐ります？　ええと、お名前は？」

ミチルは今にも彼の腕を引かんばかりの勢いだ。

「渋谷《しぶや》」

「渋谷先輩も怪談、好きなんですか？」

「……まあ」

彼は微笑《わら》った。みんな喜ぶの喜ばないの。だが、あたしはやっぱり不穏なものを感じていた。なぜだろう、すごく気に喰わない。

「……渋谷さんとやら」

あたしが言うと渋谷氏は、あたしのほうを振り返る。お上品に笑みが貼りついたままの顔を見て、あたしは思った。――こいつ、なんか裏がある。だって眼が笑ってない。

「なんだってこんなところを、ふらふらしてるんですか？」

視聴覚室は校舎の中では外れにある特別教室棟の、さらに地下にある。転校生がうかうかと迷い込むような場所ではないはず。

「ちょっと用があって」

……怪しい、とあたしは思った。制服も間に合わないほど転校したての人間が、こんなとこに何の用があるっていうんだ？　だいたい、入学式からほんのわずかのこの時期に、転校なんてしてくるもんか？　普通は新学期と同時に入ってくるもんだし、春休み中に制服ぐらい揃えておくもんではなかろうか。

「んじゃ、それをやってください。あたしたちは、もう帰るとこですから」

「えーっ！」

恵子とミチルが不満そうな声を盛大に上げた。祐梨までがあたしの制服を引っ張る。

「ちょっと、麻衣ぃ」と、恵子はあたしをねめつけ、めいっぱい媚《こ》びを含んだ笑顔を渋谷氏に向けた。「やだもぅ。気を悪くしないでくださいね、先輩」

ミチルまでが、

「びっくりしたんでヘソ曲げてるだけですから。あたしたち、帰る予定なんて、ぜんぜんないんです、ほんとに」

恵子とミチルの見事な連携プレイ。帰らなくてどーすんだ。ここに泊まると？

「数かぞえたし、変なことはなかったし、もういいじゃん」変な奴は現れたけどさ――と、これは心中話。「それよか、そろそろ出ないと、見廻りの先生、来るよ」

　あ、と祐梨が小声を上げた。分かってるわよ麻衣ってばもう、と笑い含みに声を上げ、振り返った恵子の眼は、その声音に反して据わっていた。

「まだ大丈夫だよ。――あ、そうだ。先輩、用事って何ですか？　あたしたちも手伝いまーす！」

「そうそう。確かに、巡回の先生が来ちゃうといけないし、先に済ませちゃったほうがいいですよ。お手伝いします、あたしたち」

「……いや。テープのダビングだから」言って、渋谷先輩は再び口許だけに笑みを浮かべた。「本当は急いでやらないと拙いんだ。でも、近々怪談をするんだったら、仲間に入れてもらえるかな？」

「じゃあ、明日の放課後！」

　恵子が尻尾《しっぽ》を振る。

「うん。どこで？」

「あたしたちの教室に来てください！　一－Fです！」

　彼は微笑って軽く頷き、手を挙げた。恵子たちは大いに弾んだ。きっと来てくださいね、と念を押す者もいれば、お先に失礼します、ごきげんよう、などと良家の子女風に微笑んで会釈をする者もいる。すっかり舞い上がって今にもスキップしそうな恵子たちと一緒に、あたしは視聴覚室を出た。すれ違いざまに見上げた渋谷氏の顔には、見事にツラの皮一枚だけの笑顔が貼りついている。

なーんなんだろうなあ、こいつは？

首を傾げつつ、あたしは一人釈然としない気分で視聴覚室をあとにしたのだった。

第一章

1

　翌日はいいお天気で、校門から続く桜並木が白いトンネルみたいで綺麗だった。今年の桜は開花が遅くて、しかも花がよく残っていたけれども、さすがに昨日の雨で脆《もろ》くなってしまったらしい。トンネルの中にはしきりに花弁《かべん》が降っていた。

　根が単純なあたしは、天気がいいとそれだけでなんとなく気分が良くなってしまう。目が覚めて、ぽかんと晴れた空を見たとたん、急に元気になってしまって、いつもならぐずぐずと朝の準備をするところを、めいっぱいしゃきしゃきと片付けて、珍しいほど早くに登校してしまった。そしたら、それを褒め称《たた》えてくれるかのような花吹雪だ。これはとっても気分がよろしい。

　ほくほくと桜並木を潜《くぐ》って校舎のほうに歩きかけてから、あたしはふいに旧校舎を見てみたくなった。生徒用の玄関は校舎の西の端にある。ポーチを昇りかけた足をバックさせ、校舎の西側を廻り込んでみる。すると、グラウンドを挟んだ対角線上に半分壊れかけた旧校舎が見えた。遠目にも、いかにも荒《すさ》んで曰くありげだ。

——噂は本当だろうか。

考えながら、グラウンドを横切ってみる。

ひょっとしたら本当かもしれない、と旧校舎を見上げて思った。長い間放置されて傷んでしまった建物。煤《すす》けた染みだらけの板壁。屋根にはところどころ青いシートを被《かぶ》せてあって、しかもそれがすっかり汚れて黒ずんでいる。元の色が鮮やかなだけに、なんとも侘《わ》びしかった。歪《ゆが》んだ木製の窓枠に入ったガラスは汚れて曇り、あちこちが割れている。そこから校舎の中に澱《よど》んだ薄闇が覗《のぞ》いていた。薄闇はどこか別の——あたしの知っている世界とは違うどこかに繋《つな》がっている気がする。確かに、どう見ても立派な幽霊屋敷だ。

おそるおそる建物の玄関へと近づいてみた。コンクリート製のポーチも罅割《ひびわ》れている。木枠でできた玄関のドアもすっかり黒ずみ、嵌《は》め込まれたガラスも曇って割れていた。そこに透明なビニールを張って修理してあるのが、かえって寂しい。

ガラス越しに中を覗き込む。玄関の内側には黄昏《たそがれ》が落ちていた。薄ら明かりの中、すっかり歪んだ靴箱が傾いた墓石のように立ち並んでいる。秩序を失い、とりあえず並べて押し込んである、という風情だ。厚く積もった埃《ほこり》と張り巡らされた蜘蛛《くも》の巣、糸の上にも埃が積もっているのが、長い荒廃を感じさせて痛ましくもあり、気味が悪くもある。床の上にはガラスの破片やら古ぼけたボールやら、正体不明のゴミなどが散乱していた。

——完全な廃屋だ。

覗き込んでいて、あたしは玄関の中央に妙なものがあるのに気づいた。

「……何だろ？」

ガラスに顔を近づけて、汚れの間から中を窺《うかが》う。黒い機械だ。やけに大きいけれども、あれはビデオカメラじゃないんだろうか。三脚の上に据えられた、まるでテレビの取材クルーが担いでいるようなカメラ。

——なんだって、こんなものが？

疑問に思うと確かめないではいられないのが、あたしという人間の性《さが》だ。あたしは、ほぼ自動的にドアのノブに手をかけた。かけてすぐ、そういえばこの校舎は閉鎖されているのでは、と思ったけれども、実際のところ、ドアは嫌な軋《きし》みを立てて内側に開いた。

これを幸いにもと言うべきなのか、はたまた、不幸にもと言うべきなのだろうか？

あたしはそーっと玄関の中に踏み込んだ。入った瞬間、どこからともなく嫌な臭いがした。埃《ほこり》の臭い——とも違う。何かの腐敗臭に似た臭いだ。何だろう、と何度も鼻を鳴らしているうちに、慣れてしまったのか、分からなくなってしまったのだけども。

気を取り直して周囲を見廻す。古びてはいるものの、玄関以外の何物でもない。その奥、上がり口の少し手前に、その機械は鎮座していた。やはり三脚の上に固定されたビデオカメラだ。それが玄関の正面にある階段のほうを向いている。しかし、なんだってこんなところにこんなものがあるんだ？

落とし物——のわけは、ないよなあ。

それは素人目に見ても気軽に落としたりできるような代物ではなかった。ごっつい三脚と、厳《いか》ついフォルムのでっかいビデオカメラ。やたら細かい部品が付いているうえ、三脚の足許《あしもと》に据えられた威圧的な機械の数々とコードで繋がっている。まるでテレビの取材班でも撮影に来ているようだが、周囲を見渡しても人の気配はなく、しかもビデオカメラにくっついた数々のメカが、さりげなく別次元の格調を押しつけてくるように思えてならなかった。

うーむ？

つい、ビデオカメラに向かって手を伸ばしたときだ。

「誰だ!?」

背後から鋭い男の声がした。

不吉な噂のある旧校舎、完全な廃屋で、その薄暗い玄関で場違いなものを見て、とっても奇妙な気分になっていたとき。——そんなときにいきなり声をかけられて、驚くなというほうが無理だ。

もちろん、あたしは驚いた。驚いたなんてものじゃない。文字通り跳び上がり、横っ飛びに跳ねて、崩れかけた靴箱に激突した。とたん、靴箱が大きく傾《かし》いだ。

視野の端で、入口に立った男の姿を認める間もあらばこそ。

くらりと揺れて傾いてきた靴箱を避け、あたしは再度、横飛びに逃げる。弾みで躓《つまず》いて転んで、制服のスカートを掠《かす》めるように靴箱が倒れ込んできて、そのうえ巻き添えで倒れたビデオカメラの直撃まで受けそうになって九死に一生。

薄暗い校舎に破壊音の残響が漂い、埃が舞い上がる中、あたしは坐り込んだまま、大きく息を吐いた。

「……び、びっくりした」

やれやれ、すんでのところで挟まれるところだったぞ。

これを奇跡的と言わずに何と言おう。やっぱ早起きしたのが良かったのかね。それとも日頃の心掛けのおかげかしら。自画自賛して、あたしは振り返った。死ぬほど驚かせてくれた男に、厳重抗議してやろうと思ったの、だが。

「……うえ」

今や完全に壊れた、壊れそうだった靴箱。ドミノ倒し状態にひっくり返った靴箱の間に、身体を丸めるようにして蹲《うずくま》った男の人。

「だ、大丈夫ですか⁉」

あたしは立ち上がり、彼に駆け寄る。それと同時に声がした。

「どうした」

戸口に姿を現したのは、なんと昨日の不穏な転校生、渋谷氏だった。今日も制服ではない。あいかわらずの黒ずくめだ。

彼は、あたしと倒れた男の人とを見比べ、大股《おおまた》に歩み寄ってきた。

「——リン？」知り合いなのだろう、傍らに片膝を突き、男の人に声をかけてから、あたしを見る。愛想も何もない、厳しい眼つきだった。「何があった？」

「はあ、それが……」

あたしが答えようとしたとき、男の人が身を起こした。

「──怪我は？」

渋谷氏が彼に問いかけると、肯定とも否定ともつかない、くぐもった声がした。横顔を覆うほど長い前髪の下から赤いものが滴る。床に落ちて黒い水玉模様を描いた。

「あの、すみません！　あたし、びっくりして」

我ながら、張り上げた声は上擦っている。不可抗力とはいえ、靴箱を押し倒したのはあたしだ。そのせいで他人様《ひとさま》に怪我をさせてしまったなんて。

「大丈夫ですか」

慌てて助け起こそうと手を出したあたしを、渋谷氏が制す。落ち着いた手つきで男の人の怪我の様子を検《あらた》めてから、

「少し切ったな。……他は？」

「大丈夫です」

男の人はさらに身を起こす。立ち上がろうと足に体重をかけ、少し顔を歪めた。

「立てるか？　足は？」

「……なんでもありません」

それでもかなり痛そうな表情をしていた。額に汗が浮いている。

あたしは、どうしていいのか分からなくて、ひたすらおろおろするだけ。

「本当にごめんなさい。急に声をかけられたもんで、びっくりして……」

「言い訳はいい」冷ややかな声で言ってのけたのは渋谷氏だ。あたしをとんでもなく冷淡な眼で見てから、「昨日会った子だな」

「……はい」

そんな厳しい眼で見なくてもいいじゃないかあ。あたしだって死ぬほどびっくりして、そのうえ転んで、充分被害者なんだからあ。

「言い訳より病院のほうが先だ。このあたりに医者は？」

「校門を出て角を曲がったすぐのところ……」

「そっちから支えてくれ」

言いながら渋谷氏が男の人に肩を貸す。あたしは慌てて反対側の腕に手をかけたのだけど、そのとたん、にべもなく振り払われてしまった。

「結構です」と、男の人は渋谷氏以上に冷ややかに言う。「あなたの手は必要ではありません」

ちょいと、なんすか、その態度は。あたしはちょっぴりムカついたね。人が親切に手を貸してやろうとしているのに、その態度はありか？　そりゃ、ドミノ倒しの最初の一押しをしてしまったのはあたしだけど、そもそも急に声をかけてきて、その原因を作ったのは、あんただ。ねめつけてやろうとしたが、視線を上げたら相手の顔はそこになかった。陰険な彼は、間近に立つと恐ろしく背が高かった。仰《の》け反らないと睨《にら》みつけることもできゃしない。なんだかとっても自分が間抜けで、対する相手は、とんでもなく高いところから文字通り見下げてくるのが、余計に腹の立つ感じ。

「リン、歩けるか？」

「大丈夫です」

声に頷いてから、渋谷氏はあたしを見据えた。

「名前は？」

「谷山《たにやま》……ですけど」

「では、谷山さん。この場は大丈夫のようですから、どうぞ教室へ」

「でも」

「親切で教えてさしあげますが、さっきチャイムが鳴りましたよ」

げ、とあたしは詰まった。あんなに早起きしたのに遅刻かあ？

早起きして、死ぬほど驚いて、さらに陰険な二人組にガンつけられて、そのうえ遅刻ってか？

ああ。旧校舎になんて寄るんじゃなかった。やはり旧校舎は不吉な場所だったのだ！

2

全速力で走ったけれども、もちろん完璧な遅刻だった。不運続きの最後の仕上げに、先生から心寒くなるような皮肉をいただく。朝起きたときの、あの多幸感は何だったんだ、と思いつつ、一日中、気分が悪かった。

そして、放課後のことだ。

あたしが帰り支度をしていると、恵子たちがあたしの机のまわりに集まってきた。

「あれえ？　麻衣ったら、帰るの？」

「そだよ。なんで？」

「だってほら、昨日の転校生、来るって言ってたじゃない」

「渋谷氏？」

「そう。会わないの？」

冗談じゃない。あいつの顔はしばらく見たくないぞ。

「帰る」

あたしが宣言すると、恵子は呆《あき》れたようにあたしを見た。

「なんでえ？　麻衣って変わってるー」

ミチルまでが頷いて、

「変な奴。もう一回、あのお姿を拝みたいと思わないのかねえ？」

思いません、ええ、まったく。

しかし、恵子たちは「変だ変だ」と喧《やかま》しい。価値観の違いだ、ほっといてくれ。あたしはキミたちみたいに顔さえよけりゃそれで良し、なんてことを思うほど、おめでたくはないのさ。

ミチルは、さんざん人のことを変人扱いしたあと、

「ま、いいわ。ライバルは少ないほうが」

「言えてる。今のとこ、あの先輩に眼を付けてるの、あたしたちだけみたいだよ。やったねっ」

恵子は本当に嬉しそうだ。

「でも……本当に来てくれるかなあ」

祐梨が言うとミチルは、

「来るでしょ。昨日、かなり乗り気だったもん」

あっさり断言しながら、制服を伸ばしたりさすったり、整えるのに余念がない。恵子も負けじと色付きのリップクリームなんか取り出して、

「でもさー。昨日は驚いたねえ。雰囲気、盛り上がってたじゃない？　あたし、本当に幽霊が出たのかと思った」

「あたしもぉ」

「幽霊よりいいものを釣っちゃった感じ。今日、何話そうかって悩んじゃったわ」

「あたし、ネタ探したよ。おかげで寝不足」

「ネタって——あんた、いっつも友達の話とか、友達の知り合いの体験談とか言ってたんじゃ」

「そこは、それ」

あたしは呆れ半分で三人を眺めてしまった。なぜにそこまで熱くなる。思春期の少女はエネルギッシュだ。

「そだ。場所はどうする？　教室じゃ雰囲気、出ないよね」

「やっぱ、暗くないとねえ。視聴覚室か、体育館のミキサー室かな」

「あ、いいね、それ」

——なんてことを話していたときだった。

「ちょっと」

声をかけてきたのはクラス委員の黒田《くろだ》直子《なおこ》女史だった。かなり神経質な感じで取っつきにくいタイプ。それであたしは、まだ彼女と話をしたことがない。

「あ、黒田さん、さよなら」

祐梨が無邪気な笑顔を向ける。それにニコリとするわけでもなく、黒田女史はかえってピリピリした感じだった。

「さよなら、じゃないわ。あなたたち、今、何の話をしてたの」

ずいぶんと頭ごなしに問い質《ただ》す口調だった。機嫌でも悪いんだろうか。恵子たちが押し黙ったので、あたしが右代表で答える。

「今日、怪談するの。その話だよ」

べつに変な相談をしていたわけでも、あんたの悪口を言ってたわけでもないのですよ——と、あたしは言いたかったのだが、答えたとたん、恵子があたしをつついた。同時に黒田女史が、あたしたちをひどく険しい眼で睨む。

……なんですかい？

ちょうどそのときだ。渋谷氏が教室の戸口から顔を出した。

「谷山さん、いるかな？」

うひゃあ、という間の抜けた歓声は恵子のもの。黒田女史はさらにピリピリした様子で振り返る。渋谷氏に眼を留め、胡乱《うろん》なものを見るような表情をした。

「何年生？　何の御用ですか」

まるで生活指導の先生みたいな口調だ。……なーんなんだろうなあ？

渋谷氏は怯《ひる》む様子もなく、目線であたしたちのほうを示した。

「彼女たちと約束があって」

「約束？　怪談の？」

「そうだけど？」

渋谷氏の返答を聞くなり、黒田女史はあたしたちのほうを振り返り、ヒステリックな声を張り上げた。

「そんなことは、やめなさいって言ってるでしょ！」

……はあ？

「やめなさいって……なんで？」

あたしが問うと、黒田女史の顔はいっそう険しくなった。無言であたしを睨む。

「え？……だって、みんなやってることでしょ？べつに校則違反とかじゃないよねえ？」

あたしは恵子たちを振り返ったが、恵子たちは気まずそうに眼を逸《そ》らしている。

「怪談は危険なの。知らないの？」

「危険って、なんで？べつに昨日だって何もなかったよ？」

あたしが言うと、恵子たちが妙な声を上げる。黒田女史は眦《まなじり》を吊り上げた。

「昨日もやったの？道理で今朝学校に来たら頭が痛くなったはずだわ」

「……は？」

「谷山さん、あたし、霊感が強いのよね。霊が集まってると頭痛がするのよ。今日も一日、頭が痛いの。やっぱり霊が集まってるんだわ」

「……はあ」

「怪談をするとね、霊が集まってくるの。そういう霊は、たいがい低級霊よ。悪影響しか与えないし、集まれば強い霊を呼ぶこともある。そうなったら大変なの」

言って、黒田女史は恵子たちのほうを居丈高に見た。

「だから、怪談なんかを面白がってしちゃ駄目って、あれほど言ってるのに。谷山さんは外進で、ここのルールをよく分かってないんだから、あなたたちがちゃんとしてあげなきゃ駄目じゃない」

……あんたがこの学校のルールなのか？　何だろう、この人は。

呆れたあたしをよそに、黒田女史は渋谷氏を振り返る。

「──あなたも。年長者がそんなことじゃ困るわ。いちおう、あたしが除霊しておきますけど」

渋谷氏は、じいっと黒田女史を見る。

「君の気のせいということは？」

黒田女史は、さも不快そうに眉をひそめた。

「これだから霊感のない人は困るのよね。すぐに気のせいや偶然のせいにしたがるんだから。頭っから否定してかかって、自分たちがどんなに無責任なことをしているのか、ぜんぜん自覚してない」

渋谷氏は、ふうん、と呟《つぶや》き、

「君──霊感があるんだったら、旧校舎について何か感じないかな？」

「旧校舎？　ああ、あそこには戦争で死んだ人の霊が集まってるみたいね」

黒田女史はあっさり言ってのけた。

「戦争で死んだ？」

「ええ。あたし、旧校舎の窓から外を覗いている人影を何度も見たわ。戦争中の人みたいだったわよ。自分たちが苦しい思いをしたことを怨《うら》んでて、あたしたちが平和に豊かに暮らしていることを快く思ってない。すごく危険というわけじゃないけど、あまり質《たち》は良くないわ」

「へえ？　それはいつの戦争？」

「もちろん第二次世界大戦に決まってるじゃない。戦争中、旧校舎のあった場所には病院があったみたいよ。看護婦らしき霊を見たもの。それが空襲を受けたのね。霊の中には包帯を巻いてる人もいたわ」

「それはすごいな」渋谷氏は皮肉っぽい笑みを浮かべる。「大戦中、この場所に病院があったとは知らなかった。この学校は戦前からここにあったと聞いていたんだが、昔は医学部でもあったのかな？」

……こいつ、意地が悪い……。

黒田女史は口許を歪めた。さっと顔が赤くなる。

「そんなの、あたしが知るわけないでしょ。とにかくあたしは見たんだから。見たものを見たと言うしかないのよ。霊感のない人には分からないでしょうけど」

「あの旧校舎は取り壊しを嫌うらしいな。君が除霊してあげれば？」

「簡単に言わないで。できたらやっているわ」

「そう」素っ気なく答えると、渋谷氏は興味を失くしたように、あたしたちのほうを見る。「――それで？　やめろという声もあるようだけど」

恵子たちはそわそわと顔を見合わせた。

「あのう……」おそるおそる、というふうに声を出したのは祐梨だ。「やっぱり、やめておいたほうがいいのかも……」

「そうよね」と、同意したのは、驚いたことに恵子だった。「あたしもなんだか気が進まないや」

どうしたんだ、まだ誰も眼を付けてない先輩と親しくなるチャンスだぞ。

しかし、ミチルまでもが、

「渋谷先輩、ごめんなさい。やっぱり……」

いきなりの弱腰。黒田女史の影響力は意外に大きい。

渋谷氏は拘《こだわ》りも見せずに頷き、満足気な黒田女史を見やった。

「……君もほどほどに」

「何の話？」

「分からないなら、いい。――谷山さん、ちょっと」

恵子たちが驚いたように、あたしと渋谷氏を見比べた。

「何でしょう」

及び腰に問い返すと、

「少し時間をくれないかな？」

口許だけの笑い。言葉こそ疑問形だが、声音も眼つきも命令する調子だった。恵子たちは渋谷氏の不穏な様子に気づかない。あたしだけが呼び出される、という事態に不平不満の滲《にじ》んだ言葉にならない声を上げた。

ええと、とあたしは呟き、周囲を窺う。言わせてもらうなら、こいつは絶対に関わり合いになりたくないタイプだ。

だが、渋谷氏は不穏な笑みを貼りつかせたまま、ドアの外へと促す。

「谷山さん、どうぞ」

あたしは退路も救済の手もないことを悟って、しぶしぶ教室を出た。恵子たちの恨めしげな視線を受けながら。

3

「彼女は何者だ？」

渋谷氏は、どこに行くつもりなのか、先に立ってすたすた歩きながら訊《き》く。

「存じません。あたしも今日、初めて喋《しゃべ》ったもんで」

うちのクラスで外部進学組は、あたしだけだ。てことは黒田女史が中等部から上がってきたことは確実で、学期初め、先生の指名であっさり委員長になっていたから、たぶん成績もそれなりで先生のお覚えもめでたいのだろう。確かに今時、デフォルト通りの制服を着て、どこから見てもお堅い女子高生、って風だ。いかにも先生に喜ばれそうなタイプではある。ただ、あまりクラスメイトと群れているところは見かけない。

「本当に霊能者かな」

渋谷氏は校舎を出ながら呟くように言った。そんなことを問われても、あたしに返事のしようがあるだろうか。返答に窮して黙っていると、渋谷氏は躊躇《ちゅうちょ》もなく、足をグラウンドのほうへ向けた。

「……あのう、用ってのは何なんでしょう。どこに行くんです？」

「旧校舎」

……げげ。

「できたら御遠慮申し上げたいのですが―」

旧校舎には近づいちゃなんねえ。これが、貴重な体験から学んだ教訓だ。あそこに行くと、ろくなことがない。――思って、あたしは今朝の不幸な事故を思い出した。

「そだ、今朝の人、大丈夫でしたか？」

「それだが」渋谷氏は道のりの途中――体育館の前で足を止め、振り返った。「左足を捻挫《ねんざ》した。かなり酷《ひど》い状態で、しばらく歩けない」

「そ、それはまことに御愁傷様というか……ええと、申し訳ありません」

言いながら、なんだってあたしは謝っているんだろう、という気がする。

「あのう……あの人は、渋谷先輩の知り合いですか？」

「そう見えなかったか？」

「いや、まあ。それはそうかなーと」

知り合いっちゅーか、親しい人なんだろうな、とは思ったけどさ。でも、そうと断じるには歳が離れ過ぎているように見えたもんで。あの男の人のほうが十やそこらは年上だろう。

「……つかぬことを伺いますが、どういったお知り合いで？」

あたしが訊くと、渋谷氏はごくあっさりと答えた。

「助手」

ほう。なんて偉そうな助手だ。あんた、主人に対してえらくぞんざいな口の利き方をしてなかったかい？

「なかなか厳しい性格の御主人のようで」あたしは少し嫌味っぽく言ってやる。足を捻挫しようが骨折しようが、手を貸そうとして振り払われた怨みは忘れないぞ。「でも、言っておきますけど、御主人様の怪我はあたしのせいじゃありませんからね。御主人があたしを驚かすから……」

「逆」

逆って……何が？　あたしは彼を驚かしたりしてないぞ。

渋谷氏は素っ気なく言う。

「強いて言うなら主人は僕。彼が助手」

あたしは、あんぐり口を開けてしまった。

――なんてこった。偉そうなわけだ。こいつ、十七になるかならないかの分際で、立派な大人を助手に使ってんのか？　何者だ、お前っ！

あたしは渋谷氏をまじまじと見つめた。渋谷氏はあたしをしらじらと見返す。

「助手が動けないので困っている。君に責任があると思うが――谷山さん？」

「ちょっと、冗談じゃないわよ！　言っとくけど、あたしだって被害者なんだからね。死ぬほど驚いて、遅刻して」

渋谷氏の視線は凍えるほど冷たい。

「彼は怪我をした。……君は？」

……そりゃ、ピンピンしてるけどさー。

「カメラも壊れたんだが」

あ、あのビデオカメラ。――あたしはそもそもの発端になった、あの大層な機械を思い出した。そういや、見事に倒れてたもんなあ。そりゃ壊れるよな、精密機械だし。

「リンは――彼は、君がカメラに触っていたので止めようとしたんだ。その結果が、あれ」

「それは……どうも、何と申しますか……」

拙《まず》い雰囲気。そうか、あのカメラはこいつの持ち物だったのか。そーだよな、誰かが置かなきゃ、あんなところにカメラなんてあるわけないもんな。なんか理由があってあそこに据えてあったんだろうし、それに勝手に手出しをしたのは（正確には未遂だけどさ）ちょっとばかり、拙かったかも。

「で、でもー。カメラが倒れたのは不可抗力というか。声をかけられてびっくりして、その弾みで倒れちゃったんで、べつに故意に破壊したわけでは」

「過失でも責任は生じると思うが？　他人の物を勝手に触るのはいけないことだと、教えられなかったのかな？」

……だって……なんでビデオカメラなんかあるのかなーと思ったんだもん……。

「そもそも、旧校舎は生徒の立ち入りを禁止してあると聞いていたんだが」

「ええと、それは……」

「立ち入りを禁じられた場所に君は入った。そのうえ、そこにあった他人の所有物に手出しをして、結果、損害を与えたわけだ。僕には君に賠償を求める権利があると思うが？」

ああ、……あううう。

「あのう……」あたしは渋谷氏を上目遣いに見る。「その、念のために訊くんですけど、弁償するとしたらいかほど……」

おそるおそる発した問いに、渋谷氏がさらっと言ってくれたのは、とんでもない額面だった。あたしにしたら、夢のような大金。いや、夢のまた夢だ。夢に見ることさえ考えられない別次元の世界。

「じょ――冗談きついわよっ！　なんでビデオカメラがそんなにするの！　んなわけないでしょーがっ！」

「最新型の超高感度カメラ。オプションはドイツ製、レンズはスイス製で、本体ともども特注品。なんなら保証書を見せようか？」

眼の前が暗くなった。夢ですらお眼にかかったことのない金額を、弁償できるはずがあるだろーか。

「そ……そんなあ」

「それが嫌なら、助手の代理でもいいんだが」

ぱっと視野が明るむ。

「それって、あたしが渋谷さんの助手をすればいいんですか？」

「そう」

「やります、はい、喜んでやります、やらせてくださいっ！」

あたしはぺこぺこ渋谷氏を拝む。渋谷氏は鷹揚《おうよう》に頷いた。……ああ、むかつく。でも、この際、背に腹は替えられない。

その段になって、あたしは、ふと疑問を感じた。

「……ところで、渋谷さんって、何をしてるんですか？」

高校二年生。十七歳やそこらの小僧が、助手を使ってとんでもなく高価なカメラを使って、曰くつきの旧校舎で、いったい何をしておるのだ？

「ゴーストハント」

「はあ？」

「直訳すれば、幽霊退治、かな。校長の依頼で旧校舎を調査に来た。渋谷サイキックリサーチの者だ」

「さいきっくりさーち、って？」

渋谷氏は思いっきり軽蔑《けいべつ》も露《あら》わな視線を寄越した。

「英語の授業を受けてないのか？」

受けてるよ。——悪かったね、どーせあたしは英語が苦手さっ。

「心霊現象の調査事務所。その、僕は所長」

啞然《あぜん》とするとは、このことだ。

所長！　こいつ、十七歳未満の分際で！

しかも何だって？　旧校舎の調査？　心霊現象の調査事務所？

冗談だろ⁉

4

「聞く気があるなら、簡単に事情を説明してもいいが？」

渋谷氏は、植え込みのそばにあるベンチに腰を降ろした。

「聞かなきゃ、やってられません」

あたしの声は我ながら、いたく不機嫌だ。なんてことに巻き込まれてしまったんだろう。ああ、たまたま今朝、早起きなどしなければ。いや、天気さえああも良くなければ。

こうなるとお天道さままでが憎い。

「ここの校長が、旧校舎に問題があると調査を依頼に来たのが一週間前かな。体育館を建て直すにあたって旧校舎を取り壊したい、だが、昨年来、それができずに困っている、と」

ああ——そういえば、去年も工事を始めようとして中止になったんだっけ。

「旧校舎にはとかくの噂があって、工事に対して及び腰になる関係者がいる。過去に何度も取り壊そうとして、そのたびに事故が起こっては中止になっているとか。噂にすぎないと周囲を説得して、昨年工事を強行したが、やはり事故が起こって中止せざるを得なかった」

「グラウンドにトラックが突っ込んだ、って話？」

そう、と渋谷氏は頷く。そうか、あれは事実であったか。

「それで旧校舎の調査をしてほしいって、依頼されたんだ？」

「そういうことだな」

「ふうん、それでわざわざ転校してきたわけだ。御苦労というか、そこまでせんでも、というか」

しかし渋谷氏は、軽蔑するようにあたしを見る。

「誰が調査のためにそこまでするんだ？」

「だって……昨日、転校生だって」

「僕は、そんなもの、と言ったつもりだが？」

そっか、確かに——って、単に嘘はついてないけど、本当のことも言ってない、という話やんかあ！

「……嘘つき」

あたしは小声で言う。渋谷氏は、あたしを冷ややかに見た。

「何か言ったか？」

「いいえ、何でもございません。——なるほど、調査のためにあんなところをうろうろしてたんだ。それにしたって、『ご』はないと思うよ。それも調査の一環なんすかね？」

「ろくでもない遊びをするものじゃないという勉強になったろう？」

「と、いうことは」と、あたしは引きつった笑みを浮かべた。「あんた、あたしらが何のために数をかぞえてるか、分かっててやったなー？」

……いい性格じゃないか。

「怪談をして数をかぞえると、一人増える、というやつだろう」

「つまり、怪談してたあたりから、立ち聞きしてたわけですな？　立ち聞きは恥ずかしいことだと教えられなかったのかなあ？」

　渋谷氏は澄ましたもんだ。

「それこそ調査の一環だ。べつに怪談話が聞きたかったわけじゃないが」

「あ、そっか。なるほど、怪談の場で旧校舎の話が出るかもしれないもんね。そしたら、情報収集になるわけで」

　そして実際、ミチルがそれを披露した、というわけだ。

「へえ？　猿よりは知恵があるようだな」

　渋谷氏は感心した声だった。だが、人を祖先と比べないでもらえますかね。まったく、本当にいい性格だよ。

「生徒間の噂話を集めたかったんだが。昨日、怪談をしたときに旧校舎の話は？」

「出たよ。聞いてたんじゃないの？」

「それらしき話の最後を聞いただけだ。残念ながら、明瞭に聞き取ることができるような位置でもなかったし。――どんな話だったか、まだ覚えているかな？」

　忘れているに決まっている、と言いたげな口調だ。

「いくらなんでも昨日のことを忘れるほど、記憶力に乏しくない」

　ふん。失礼な奴だ。

「ええと……」

「待て」

渋谷氏は黒いジャケットの懐に手を差し入れる。内ポケットから取り出したのは、小型のレコーダーだ。

「始めて」

言って、録音ボタンを押す。

へええ。なんか面白いなー。

あたしはそう思いながら、ミチルの話してくれた旧校舎にまつわる話を、そこで繰り返したのだった。


あたしが語り終えると、渋谷氏は頷き、録音を止めて立ち上がった。

「では、働いてもらおうか」

「あのう、旧校舎に行くんでしょうか」

「他にどこに行けと？」

そりゃ、そーだけどさ。

あたしは旧校舎のほうに向かう渋谷氏の背中を見つめ、思わず背後を窺った。ここから全速力で逃げ出せば、この坊ちゃんとおさらばできるんではなかろーか。……駄目か。クラスと名前、ばれてるもんなあ。

ああ、でも逃げられるもんなら逃げたいよう。

心の中で呻《うめ》いていると、渋谷氏が振り返った。険のある顔に、さっさと来い、と書いである。

嫌だけど、弁償は不可能だもんなあ。

あたしは仕方なく、とぼとぼと渋谷氏のあとに従った。

渋谷氏に連れられ、改めて間近から見た旧校舎は威圧感を放っているように見えた。

ここは良くない場所だ、と看板が下がっているように見えるのは、あたしだけだろーか。

渋谷氏は玄関先にまで来ると、そこで方向転換。旧校舎の横手へと廻り込む。そこには古びた門があって、旧校舎の建物と門までの狭い空き地に一台のバンが停まっていた。

グレーメタリックの大きな車だ。

渋谷氏は躊躇《ためら》うことなく車のそばに歩み寄り、そして後部のスライドドアを開けた。

そこにはシートも何もなくて、その代わりにラックが組み込まれ、得体の知れない機械がぎっしりと詰まっている。

「機材を運ぶ」

渋谷氏は宣言する。

「機材って……これ？　もしかして、これ全部、運ぶの!?」

「必要なだけ全部」

渋谷氏の答えは、にべもなかった。

「こんなもんを何に使うの？　第一、助手さんがいなくて、渋谷さんに使いこなせるんですかあ？」

意地悪く訊いてやった際の、渋谷氏の眼つきときたら。

「君とは頭の出来が違う」

……へい、さようですかい。そりゃあ、さぞかしお宅さんは、お利口でいらっしゃるんでしょうよ。

渋谷氏はハッチバックを開ける。荷室の両側に棚が組まれ、ごつい機械や、でかいビデオカメラ、たくさんの小型テレビなどがぎっしりと詰め込んであった。かろうじて中央に人が潜り込めるだけの通路が空いていたが、その床の上にもコードやスタンドのようなものが積み上げてある。渋谷氏はそれら機材の手前、わずかに手荷物を積める程度のスペースに腰を降ろしてノートパソコンを弄《いじ》る。すぐに、

「機材を運ぶ前に、マイクを回収する。来い」

へい、と答える以外に、あたしにできることがあるだろーか。

車を離れていく渋谷氏の足許には、どっから引いてきたのやら、コードがのたくっている。それを辿《たど》るようにして旧校舎の裏手に廻ると、校舎の壁面と塀の間、細長く延びた裏庭は異常なことになっていた。

裏庭は幅二メートル程度の広い路地のような代物だった。塀と校舎に陽射を遮られるせいか、しなびた雑草がまばらに生えているだけの、いかにも陰気でじめっとした場所だ。そこにずらりとスタンドが立って、旧校舎の窓のほうに——もっと正確に言うなら、開いた窓の隙間や割れたガラスの間から建物の中に向けられているのだ。

スタンドに付けてあるのがマイクだろうか。それは、カラオケボックス等で見かけるような、お馴染みのやつではぜんぜんない。テレビで時々、こういうマイクが画面の隅に映り込んでいるのを見たことがあるような気がする。――ってことは、プロ機材かい！

「マイクを外して集めてくれ。僕がスタンドを回収する」

「こんなマイク……何に使うの？」

素直な疑問を口にしたら、渋谷氏から軽蔑の視線が飛んできた。

「マイクは普通、音を拾うのに使うと思うが？」

「そのくらいのこと、あたしだって知ってらい」

あたしが問いたいのは、旧校舎の調査をしに来たというあんたがだね、かような場所にこのようなマイクを立てているのは、なにゆえなのか、ということだっつーの。

「旧校舎は使われてないんだよ。なんの物音もしないのが普通だと思うんだけど？　拾うべき音がないじゃん」

しかもこんな屋外にマイクを置いてあるということは、昨日、雨が上がってから設置したってことじゃないの？　雨が上がったのは夜になってからだったか。夜の学校じゃあ、校内からの雑音すら拾えまい。

そう言ったあたしを見る渋谷氏の眼差《まなざ》しは、軽蔑を通り越して憐《あわ》れむかのようだった。

「だからマイクを置いてみるわけだが？」

なんだよ、そりゃ——と、問い返そうとして、ふっと気づいた。

「そっか。物音のするはずがないんだから、何か音がすれば、可怪《おか》しい、ということになるわけだ」

なるほど、ぽん。——納得しては、みたものの。

「でも、だったらこんな戸外じゃなく、中に置けばいいんでないの？」

渋谷氏は、出来の悪い生徒に対するように、溜息をついてくださった。

「充分な調査がなされていない幽霊屋敷に踏み込むのは危険だ。ある程度の安全が確認されるまで、中に踏み込むことは最小限にしたい。だから最初は可能な限り、建物の外から調査をする」

「へえぇ」

なるほどねえ、なんかすごいわ。——って、ちょっと待て！

「そんな安全策を取るほど、旧校舎って危険なわけ？」

「それを確かめているんだろう」と、渋谷氏は邪険な調子で言ってから旧校舎を見上げた。「少なくともこれまで、特に異常な音は録音されていないな。……まあ、この程度なら当面危険はないだろう」

「ねえ……幽霊屋敷って危険？」

「そういうものもある」

「危険だってあるのに、どうして十七やそこらで、こんなことをやってるわけ？」

「必要とされているから」

さようでっか。——謙遜という言葉とは無縁の御仁《ごじん》であることよ。こうまできっぱり自信を持たれてしまうと、なーんとなく反感がむくむくと。

「へえぇ？　でも、今までに解決できなかった事件だって、あったでしょ？」

ちょっぴり意地悪っぽく言ってやったが、ない、と渋谷氏はあっさり言ってのける。

「僕は有能だから」

きっぱり言い切るところが、面憎《つらにく》いじゃあござい ませんか。

「あァら、すごいのねー。顔が良くて、しかも有能だなんてー」

思いっきり皮肉ってやると、渋谷氏はあたしを振り返る。

「僕の顔……いいと思うか？」

「いいんじゃない？　恵子たちも騒いでたしー」

ふうん、と渋谷氏は事も無げに言って背を向けた。

「趣味は悪くないな」

なんじゃあ、お前はーっ！

あたしゃ、顎《あご》が落ちてどっかに行ったかと思いましたよ（誤用）。んじゃ、なんですかい？　あんたの顔をいいと思う人間は趣味が良くて、悪いと思う人間は趣味が悪いのか!?　そこまで言うか、あんた！

人生十五年（じきに十六年）、訳もなく自信に満ち溢《あふ》れた奴には多々お目にかかったが、ここまで臆面もない自信家に会ったのは初めてだ。そんじょそこらの自己陶酔型人間など裸足《はだし》で逃げ出すような、このナルシストっぷり。

よし、とあたしはスタンドを抱えて裏庭を戻っていく渋谷氏の背中に指を突きつけた。

——あんたは今から、ナルシストのナルちゃんだ。

ふんぞり返ったところに、厳しい声が飛んできた。

「さっさとしないか」

おーのーれー。

5

せっせと働いてマイクを回収すると、今度は機械を運べと言われた。

「どちらに運ばせていただきましょう、御主人さま」

「校舎の中」

「……ってことは、旧校舎の中に入れと？」

クリップボードを片手に、書き込みをしていたナルちゃんが振り返る。

「当たり前だ。何のために来たと思ってる」

冷ややかに言って、スチールパイプを何本か押しつけてくる。

「あたしー、荷物番をしたいなー、なんて……」

愛想笑いしながら言うと、ナルちゃんの冷たい眼。

……だって嫌だよ、旧校舎の中なんて。いろいろ変な噂があってさ、それで校長がわざわざ怪しげな調査事務所を雇おうかってとこなんだよ？　あんただってついさっき、危険なこともあるって言ったじゃないかあ。

もぞもぞしていると、ナルちゃんに溜息をつかれてしまった。

「心配しなくても、一人で行けとは言わない」

「あい」

ナルちゃんは言葉通り、自分でもスチールパイプを抱えて旧校舎へ向かう。あたしは、おたおたとそのあとを追った。

まっすぐ玄関に向かうと、ナルちゃんはドアを開ける。玄関には、今朝あたしが不慮の事故で粉砕した靴箱が壊れたまま折り重なっていた。それを避けて玄関の奥へ。途中、跨《また》ぎ越えた黒い水玉は、助手さんの血の痕だ。上がり口の前に据えられていたカメラは、もうなかった。

ナルちゃんは上がり口から左右を見る。正面は小広くなって、そこから階段が上へと続いていた。左右に向かっては廊下が延び、それぞれに教室が並んでいる。埃で汚れて読めなくなった教室表示の板が、傾いでぶらんと下がっていた。廊下の窓から射し込む光は、窓ガラスの汚れのせいか、いかにも弱くて頼りない。

「こっちを使うか」

ナルちゃんは言って、玄関を入ってすぐ左の教室へと近づいた。昔の実験室だろうか。教室の中には大きな実験机がいくつか残って並んでおり、その向こう、奥の窓際にはタイルを貼った流しが設けられている。

乾いた埃の臭い。足を踏み出すと床板が軋んだ。それが誰もいない空洞に響いて消えていく。なんとなく心細く、及び腰になったあたしに対し、ナルちゃんは意に介する様子もなく教室に入って、机の一つにパイプ類を広げた。

「棚を組み立ててくれ」

「ナ……じゃない、渋谷さんは？」

「機材を取ってくる」

「外に出ちゃうの？」

一人で行けとは言わないとか言ったくせにー。

「機材は外にあるからな。それとも君が行って運んできてくれると？　ちなみに、重い物で十キロ以上あるが」

う。……あたしは言葉に詰まった。

「……棚でいいです」

それ見たことか、とでも言いたげな視線を投げて、ナルちゃんは教室を出ていった。

あたしは一人、曰くつきの旧校舎の、教室の中に取り残された。

裏庭に面した窓から射し込んでくる光は弱い。ガラスが汚れているうえ、間近に塀が迫っているからだ。廊下に面しても木枠の窓が並んでおり、さらに廊下の向こう側にはグラウンドに面した窓が並んでいたけれども、どれもガラスがすっかり曇っているから、あまり採光の役には立っていなかった。それでも玄関に比べれば、二方に窓があるぶん、教室の中はずいぶんと明るい。そこに、埃にまみれた実験机が三つと、歪んだ教壇に傾いた教卓が一つ。

昔はもっと机があったはずだ。それが取り除かれ、ぽっかりと露出した床の上には、ゴミが散乱し、埃を被っている。すっかり空いた教室の後ろのほうには、木製の机と椅子が横に逆さに積み上げられていた。そこにも埃は降り積もり、何もかもに殺伐とした質感を添えている。

そして、こそとも音がしない。ナルちゃんが玄関を出ていく足音がやんでしまうと、何の音も――何の気配もなかった。ここにいるのは自分一人だけなんだ、と改めて思った。

……嫌な感じだ。

思っていると、ふっとどこからか生臭い臭気がした。今朝、玄関を入ったときにも、この臭いがしたな、と思い出した。何の臭いだろう。――もっとも、これだけいろんなものが放置されていたんじゃあ、臭っても無理はないのだけど。

まさか、鼠か何かが死んでるってことはないよね？

おどおどとあたりを見廻していると、頭の芯が痺《しび》れるようで、胸のあたりがざわめく。

どうにも落ち着かない感じがする。浮き足立つ気分、と言えばいいのだろうか。

どこかでパシ、と乾いた音がした。家鳴りのような音——そう、家鳴りだ。

「……なんでもない、なんでもない」

いつの間にか息を詰め、耳を澄ましていた。今にも何かが降りかかってきそうで身が竦《すく》む。そのとき、ごく軽い物音が間近でして、あたしは跳び上がった。さっと血の気が引く。

とっさに振り返った戸口に現れたのは、幽霊よりも恐ろしい御仁だった。

「何を呆《ほう》けてる。さっさとしないか」

……嫌いだ、こんな奴。

あたしが悪戦苦闘しながらスチールラックを組み立てている間に、ナルちゃんが次々に機械を運んでくる。おかげであっという間に机の周辺は機械だらけになった。親方に叱られながら、なんとかラックを組み終わると、今度はそこに機械を収めていく。あたしはナルちゃんの脇に立って、親方が「あれ」とか「それ」とか言うものを手渡していった。

「ねえ、これ、何?」

あたしは机の上に据えた、ごつい機械を指差す。

「テープレコーダー以外のものに見えるか?」

そりゃ確かに、見えませんが。もっとも、カセットテープ式ではない、オープンリールのやつで、こんなの実物を見るのは初めてだけどさ。

「なんでリールなの？　せめてカセットのほうが便利じゃない？」

「カセットテープは録音できる音域に限界があるんだ。しかもそれは特殊な機械で、トラックを使い分けることで最長三十二時間まで録音できる」

「へええ？　で、何を録音するわけ？　そんなに長時間」

何気なく訊いたらば、返ってきたのは見下げ果てたかのような視線だった。

「外のマイクが何のためにあったかは説明したな？」

……そんな睨まなくてもいいじゃんか。

「あー……同様に音を拾って録音しよう、と」

「まだ泊まり込みができるほど安全かどうかは分からない。だから今夜一晩、音を拾って様子を見てみる」

またですかい。外から音を拾ってみて、さらに今度は中で音を拾ってみようというわけですな。慎重と言うか、のんびりしたもんだ、と言うか。

「石橋を叩いて渡るタイプなんだねえ」

叩きすぎて渡る前に壊れなきゃいいけどね。

「……うん？」

「だから、用心深いのね、って」

あたしがニッと愛想笑いをすると、ナルちゃんは冷たい視線を寄越す。

「当然だ。ホーンテッドハウス――幽霊屋敷の中には、途轍《とてつ》もなく危険なものもある。下手に手出しをすると、取り返しがつかない」

「お……脅さないでよ。――これは？」

あたしは、ビデオカメラにしては、やたらごたごた機械の付いた、ややこしそうな代物を示した。

「素人とは話をしたくない」

……そう来るかい。あたしが素人だなんて、最初っから承知のことでしょうが。平凡な女子高生を脅して扱《こ》き使ってるのは誰さ。

「あ、っそ。じゃいいよ、べつに教えてくれなくても。その代わり、無知からとんでもないミスをするかもねー」

あたしは言って、床に置いてあるビデオカメラに向かって足を上げた。

「おやあ？　このビデオカメラみたいなのは、踏み台かなあ？」

踏んでやるぞ。決意を込めてナルちゃんを見る。ナルちゃんは冷え冷えとした顔であたしを見返す。睨み合うことしばし、ナルちゃんが溜息をついた。

――勝った、とあたしは思った。

「赤外線暗視カメラ。訊かれる前に言っておくが、こっちはサーモグラフィー、こちらが超高感度カメラ」

「ほほう」

「さらに、無知な素人のために教えておいてやるが」

「るさい」

「赤外線カメラは、暗い場所を撮影するのに使う。超高感度カメラもだ。サーモグラフィーは熱感カメラといって、温度分布を捉えて映像化する。この種の調査にとって気温は重要だ。霊が現れると、えてしてそこだけ気温が下がる」

「ははあ」

「分かったか？　──分かったら、そのくだらない質問をやめてさっさと働け！」

機械を棚に収め終わると、ナルちゃんがそれぞれを配線し、セッティングしていく。その間あたしは、各教室の温度をチェックするように命じられた。

結局一人で旧校舎の中をうろうろするんかい、と異議を申し立てたいところだったけど、あの坊ちゃんに逆らうのには勇気がいる。多額の賠償責任を負わされていれば、なおさらだ。仕方なくナルちゃんに手渡された温湿度計とやらを持って、あたしは旧校舎の中にさまよい出た。

実験室のさらに奥には、古びた体育用具が突っ込まれている教室があった。その隣の教室には、古い机や椅子、移動式の黒板などがこれでもか、というほど詰め込んである。さらにその隣には、かなりの広さの物置があった。ここは戸口までぎっしり段ボール箱や紙の束が詰め込まれていて、中に入ることも室内を見通すこともできなかった。

一方、玄関を挟んで西側の教室には、教室の容積の半分がた壊れかけた机や椅子が積み上げてあった。隣の教室も御同様で、埃を被ったまま交錯する脚の間から、薄暗く外の光が漏れてくるのが、気味悪い感じ。

さらにその奥——西端にある教室も似たり寄ったりの有様だ。ただし、この教室には廊下に面する窓がない。というより、窓をベニヤ板で覆ってしまっている。なんでだろう、と首を傾げたあたしだったが、よくよく見てみると教室の奥行き自体が若干短い。本来は教室の前と後ろにあるはずの出入口も、手前の一方にしか存在しなかった。廊下の突き当たりにある壁も、ベニヤ板を貼り合わせただけの造作だ。そこに校舎の外に通じるお粗末なドアが取りつけてあった。てことは、たぶんここまでを取り壊したところで(噂によれば、祟《たた》りによって)工事が中断し、とりあえず応急処置としてあちこちを塞《ふさ》いだままになっているのだろう。

たった一つ、ぽっかりと開いたままになった戸口から温度計を片手に中を覗き込んだ。廊下側の窓が塞がれているせいで他の教室よりはうんと暗い。暗がりの中には木製の棚が縦横無尽に押し込んであった。ほとんど陽も射さなくて、しかもまるで迷路のようで、そのうえ棚にも床にも得体の知れない道具が突っ込まれているようだ。この中に足を踏み入れて隅から隅まで検めるよう指示されていたら泣きたいところだけれども、幸いなことに、戸口から温度計だけを差し入れて気温を測ればそれでいい、と言われていたので、ありがたくそれに従い、温度計が結果を出すのを待つ。

戸口のすぐ脇に立てかけてあるのは、古ぼけたアーチだ。他にも見える、汚れて変色した立て看板、角材や籠《かご》や大きな袋や。体育祭や文化祭の名残の品だろう。ごろんと横たわった大きな繭のようなものは、何かのハリボテだろうか。もともとが楽しげなものだけに、埃に被われていると余計に薄ら寒い感じがした。

——学校ってやつは、整然としているように見えて、意外に雑多なものが集積しているんだなあ。

思いながら、計測した温度をクリップボードに記入した。

陽は傾き始めていた。外はまだ明るかったけど、旧校舎の中は一足早く夕暮れが迫ろうとしている。あれだけの機材を動かすための電力がどこからか供給されているはずなのに、教室の電灯は点かない。そもそも電球自体がない教室がほとんどだ。心細い感じに首を竦めながら二階へと向かう。

階段は踏み板が反っていて体重を載せると撓《たわ》む。足許が覚束《おぼつか》ないので埃だらけの手摺《てすり》をしっかり摑《つか》み、半分上がって踊り場でターン。残る半分を昇っていくと、上はホールになっているのが見えた。正面に手洗い場らしい流しがあって、左手の小広いところに古い棚だの戸棚だののがゴタゴタと並んでいる。そのうちの一つのガラス扉が開いて、手摺に縋《すが》ったあたしの前を塞いでいる。それを押し退《の》けて閉め、二階に上がった。

一階と同様、階段の両側に教室がある。左に三部屋、右に二部屋。二階のほうが部屋数が少ない。そういえば、一階の物置部分には二階がなかったな、と外から見た景色を思い出した。

どの教室も物が多くて見通しが悪い。一階と違って塀が迫っていないぶんだけ明るかったけれど、せっかくの外光も遮蔽物《しゃへいぶつ》のせいで頼りない。隅々には薄闇が漂い、どこに行っても床板が軋むし、忘れた頃に家鳴りがする。家鳴りだと分かっていても、唐突に音がすれば悲鳴を上げて逃げ出したくなるのが人情だ。その衝動に堪え、比較的、物の少ない西端の教室の温度を測る。──これで、終了。

ほっと息をついたときだ。どこかでパタタ……という小さな音がした。何かが落ちて転がった音だろうか。周囲を見廻してみても何の変化も見られない。一階の西端と同じように取り壊しかけたままベニヤ板で塞がれた窓と壁。そのぶん暗く、がらんとした教室の片隅には机や椅子が積み上げてあるだけ。

──上？

頭上から聞こえた気がして天井を振り仰いだけど、汚れて歪んだ天井板があるきりだった。見廻しながら耳を澄ましてみても、もう変な物音は聞こえない。

なんとなく気味が悪い。すたこら教室を逃げ出して、急ぎ足で階段へと戻る。降りようとすると、また戸棚のガラス扉が開いて前方を遮っていた。

……昇ってくるとき、閉めたよね？

閉めようと手をかけると、手応《てごた》えが軽い。というより、扉がぐらぐらだ。それで開いたんだな、なんてことを思いつつ、扉を閉めて手摺を握る。階段に足を踏み出すと、どこか遠くから、こおん、と虚ろな音がした。それはまるで金属製の何かを軽く叩いたような音だった。中の空洞に反響するような音。と同時に、微かな声がした。誰かに呼ばれた気がして周囲を見廻したけど、誰の姿もない。

……人の声が、した気がする。

気のせいかな？　気のせいだよな。きっとそうに違いない。

自分に言い聞かせていると、すうっと何かが項《うなじ》を撫《な》でた感触がした。びくっとしたけど、もちろん隙間風か何かに決まっている。分かっていても人気《ひとけ》はないし、薄暗いし、あちこち軋むし。

「気味が悪いよぉ……」

呟いて階段を駆け降り――たかったのだが、足許が危ういのでそれもできない。可能な限り早足で降りて実験室に戻ると、教室の中は、もはや科学研究所の様相を呈していた。棚の上や机の上に積み上げられたテレビや機械、コンピュータ。

あたしはナルちゃんにクリップボードを差し出した。

「測ってきたけど――どう？」

ナルちゃんはクリップボードに少しばかり険しい視線を向けた。

「異常はないな……特に低い場所はない。強いて言えば一階の西奥の部屋が低いが、問題になるほどじゃない……」

「たしか、霊の出る場所は気温が低くなるって言ってたよね？　てことは、幽霊はいないってこと？」

「まだ分からない。幽霊はシャイだから」

「シャイ？」

「幽霊現象は、部外者が来ると、鳴りをひそめるのが普通なんだ」

ふうん。

「……とにかく、これではターゲットの決めようがないな」

言ってナルちゃんは、あたしが健気《けなげ》にも恐怖心と闘いながら記録した苦心の労作を机の上に放り出した。

「とりあえず、一階と二階の廊下に二台ずつ、玄関に一台、暗視カメラを置いてみよう」

一難去ってまた一難。このうえまだ作業があるわけだ。旧校舎の中は、急速に暮れていこうとしている。そこにコードを引き廻し、二階の廊下と一階の廊下の東西の端、そして玄関に三脚を置いてカメラを据えつける。やたら部品のいっぱい付いた物々しい代物だ。

それをセッティングし終わってやっと、もう帰っていい、という福音がもたらされた。

「ほんと？」

うわーい。これでやっと年季奉公から解放されるんだわ。

「とりあえず作業は終わった。僕も出る。完全に陽が落ちる前に」

「──機械は？　このまま、ほっといていいの？」

「構わない。あとはカメラが自動的にやってくれる」

すごい。なんてお利口な機械なんだ。──そう思って見れば実際、実験室の中の機械類は、今も刻々と表示を変えている。小型のテレビには五つの映像。無人の廊下と玄関が映し出されていた。

「……でも、なんか、変な感じ」

幽霊屋敷を調査して幽霊を退治するって言ったらさ、幽霊屋敷に乗り込んで、あそこにこんなものが見えるだの、こんな声が聞こえるだの言って、お祈りをするものだという気がする。霊視と除霊ってんですか？　普通は（って、テレビでしか知らないんだけどさ）そういうものではなかろうか。

「とても霊能者って雰囲気じゃないねえ」

何気なく言うと、ナルちゃんの猛烈に冷たい視線を喰らった。

「当たり前だ。霊能者と一緒にしてもらっては困る」

「でも、幽霊退治って、さっき」

「ゴーストハンターは霊能者じゃない」

……分かった。あんたが、そこに何やら拘《こだわ》りを持っていることは。だが、こういうことはえてして、他人から見りゃ同じ穴の狢《むじな》、五十歩百歩なのだよ。——なんてことを言って、馬鹿にされるのもたいがい飽きたので、あたしはただ手を挙げた。

「ま……頑張ってください。んじゃ、お先にー」

もう腕も足腰も痛いよー。今夜は湿布して寝よう、と思っているところに、背後からナルちゃんの非情な声が飛んできた。

「明日は放課後、車のところに」

げっっ。こいつ、明日も扱《こ》き使うつもりか。なんと悪辣《あくらつ》な、と振り返ったあたしに、ナルちゃんは不穏な笑みを向けてくる。

「まさか、すでにカメラ一台分の働きはした、とは言わないな?」

……申しません、はい。

第二章

1

翌日も、おそろしくいい天気だった。いつものあたしなら完全にハイになっているところだ。――なのに気が重いわ。あいつのせいだ、あのナルシストの。なんだってあたしが、幽霊退治の手伝いなんかしなくちゃならないんだよう。

逃げ出したい気分は山々だったが、逃げ出せば本当にビデオカメラの損害賠償を請求されるかもしれない。――いや、あいつなら、そこに助手さんの治療費と慰謝料を上乗せしてくるぐらいのことはやりかねない。背中に重い負債をしょって歩くあたしの前途に花が散る。

……あーあ。

溜息をつきながら校舎に入ろうとしたとき、いきなりすごい勢いで背後から突き飛ばされた。

「麻衣っ」

振り返ると恵子だ。

「何なんだよー。朝もはよから喧嘩《けんか》を売るかい」

「ちょっとしたスキンシップよぉ。……で、渋谷さんの話って、何だったの？」

「ははあ？　それが気になって、あたしを待ち伏せしてたなあ？」

「御名答。ねえ、何だったの？」

ふふふん。どうしようかなあ。教えてやろうか。いや、それはもったいない。

それであたしは、意味ありげに微笑んでやった。恵子はぎょっとした顔をする。

「ま……まさかー」

「ひ・み・つ」

なーんてな。

ちょっぴり気を揉《も》ませてやれ、と思ったわけだが、あたしの悪巧みも長くは続かなかった。HR前の賑《にぎ》やかな教室に入ると、同様にミチルや祐梨が待ち受けており、三方から攻められる。恵子の恨みがましい声と、ミチルの凶暴な顔と、祐梨の無言の圧力に負けて、あたしは真相を告白せねばならなかった。

「……なーんだ。そうよねー、やっぱりねー」

恵子は、ほっとした表情だが、その「やっぱり」はどういう意味か、訊《き》いてもいいかね。恵子を押し退《の》けるようにしてミチルが身を乗り出した。

「じゃ、渋谷さんって転校生じゃないんだ」

「そ。単なる嘘つきくんだ」

「そうなのかあ……」

祐梨がしょんぼりした声を出すと、ミチルはその肩を叩いた。

「落胆するのは早い。この高校の生徒じゃないってことは、つまりー」

恵子があとを続ける。

「ライバルがいない！」

「そう！」

やったあ、なんて言って浮かれているけど、こいつらってばおめでたいわ。この学校にいなくても、他の場所にいるかもしんないじゃん。同じ学校なら張り合いようもあるし、場合によっては足を引っ張ったり蹴落としたりできるだろうが、見たことも聞いたこともないライバルを相手に、どうやって闘う気だ？

「ちょっと、谷山さん」

いきなり声をかけてきたのは、昨日と同じく黒田女史だった。

「おはよう。──何でしょうか」

「昨日のあの人、霊能者なの？」

「違うそうです」

「だって、旧校舎を調べに来たって、今、言ってたじゃない」

……うーん？　こういうのは立ち聞きの一種じゃないのかなあ？

「霊能者じゃなくて、ゴーストハンターだそうで」

黒田女史が眉をひそめるのと同時に、恵子があたしの制服を乱暴に引っ張った。

「何よ、それ」

「詳しくは知らん。幽霊退治人ぐらいの意味みたいだよ」

「霊能者とどう違うわけ？」

「だから知らないって。でも、高価なビデオカメラとか、ややこしそうな機械を山のように持ってたぞ。ちょっと霊能者ってムードじゃなかったな」

「へええ」

感動したんだかなんだか分からない声を上げる恵子をよそに、黒田女史は少し考え込むようにしたあと、

「──谷山さん、あの人、紹介してくれない？」

「は？」

「ほら、あたしにも霊能力があるじゃない？　何かお手伝いできるかもしれないわ」

「はあ……でも、黒田さん、あいつにはもう会ってるでしょ？　いまさら紹介なんて必要ないんじゃないかな。放課後、旧校舎に行けば会えると思うけど」

「それはそうだけど。でも」

「それに、あんまりあいつには、関わらないほうがいいんじゃないかなあ」

「あら、どうして」

問い返してきた黒田女史の声には棘《とげ》があった。

「素人と話をするのは、嫌いだそーです」

「あたし、あなたほど素人じゃないわよ」

「はー。でも、ナルちゃんはプロだから。なんせ事務所の所長らしいし」

言うといきなり、背後からミチルがあたしの襟首を引っ張った。

「ちょっと麻衣、ナルちゃんってなによ、親しそうに」

「ナルシストのナルちゃん。言っとくけど、あいつに夢を持ってるとガッカリするぞ。すっげー性格、悪いから」

「あの顔で？」

「顔と性格に関係があるんかい。……ま、あいつの場合はあると思うけどさ。恐怖のナルシストくんだ。これからは、ナルちゃんと呼んでやって」

だから中途半端な霊感ぐらいで近づくと虐《いじ》められるよ、と教えてあげようと思ったのに、振り向いたら黒田女史はもうそこにいなかった。クラスメイトの間を捜すと、いつの間にか自分の席に戻って、一人だけ教科書を広げている。

なんですか、そりゃ、とあたしがあんぐりしていると、

「……あいつ、ああいう奴なのよ」

ミチルがひそひそと言う。

「黒田女史も内進組だよね。中学の頃からああなの？」

「そ。中等部の頃から有名だったんだよね。神懸かってて危ないって。霊感があるとか

言って、これはするなとか、こうしろとか、煩《うるさ》くってさ」

「へえ……」

「まあ、そこがすごいって言って集まってる取り巻きグループもいたけど。でも、それもだんだん数が減っちゃったよね」

ミチルが呟《つぶや》くように言うと、恵子は頷《うなず》く。

「あたしも、一、二年の頃は、すごいって思ってたクチなんだけど……」言って、恵子はさらに声をひそめる。「結局さあ、好きなんだよね。あの頃って、そういうのが。……いや、今も好きではあるんだけど、やっぱさ、怪談して数をかぞえても、本気で信じてはいないわけじゃん」

恵子の言に、いまさらながら、そうだよな、と思う。本気で信じてたら、たぶん怖くてできないだろう。

「信じてないのになぜやるんだと問われると、我が事ながら不思議で答えに窮するんだけどさ。――なんだけど、中学生ぐらいまでって結構本気なんだよね。無邪気っていうか、幽霊は絶対にいるはずで、自分には見えないけど、霊能者だったら見えるんだ、そういうすごい人だっているはずだって」

「ああ、分かる」

「でも、そういうのって、だんだん信じられなくなっちゃうじゃない……いいことなのかどうか分かんないけどさ。だからだと思うよ、取り巻きが減っちゃったの」

ミチルも、そうだねえ、と溜息まじりに言う。

「一人でぽつんとしてるの、よく見かけるようになったもんな。声をかけようと思うこともあるんだけど、結局あいつ、そういうことしか言わないからさあ。やっぱ、楽しく男の子の噂話してるときに、いきなりあそこに変なものがいる、とか言われると盛り下がっちゃうじゃない」

「そりゃそうだ……」

あたしは黒田女史を振り返った。朝礼前の喧噪《けんそう》の中、背筋を伸ばして教科書を睨《にら》みつけている。まるでああやって周囲を遮断しているみたいだ。

「でも、珍しいよね。彼女が自分から誰かに紹介してくれ、なんて」

祐梨が言うと、ミチルも頷く。

「確かに。何なんだろーね、唐突に。まさかあいつも渋谷先輩に一目惚《ぼ》れ、とか」

「えーっっ！」

恵子がすっとんきょうな声を上げた。同時に女史があたしたちのほうを睨んでくる。

「そこ！　いつまで騒いでるの。迷惑よ」

ピシャリと言われ、あたしたちは顔を見合わせた。

2

放課後、あたしは恵子たちの「ずるい」コールに送られて、旧校舎に向かった。

裏手に廻ると、昨日と同じ場所にグレーメタリックのバンが停まっていた。開け放した荷室に腰を降ろして、ナルちゃんが何やらしている。

「こんちはー」

声をかけると、彼はノートパソコンから顔を上げた。

「何してんの？」

「昨日集めたデータのチェック」

へえ──よく分からんが、言葉の響きがすごそうだ。

「何か分かった？」

ナルちゃんは軽く眉をひそめる。

「特に異常はないな……なさすぎるぐらいだ」

そう不審そうに言ったとき、突然、女の声がした。

「へえ、いっぱしの装備じゃない」

慌てて振り返ると、旧校舎のほうから女と男の二人組がやってきたところだった。二人は車の間近まで来て、驚いたように──半ば呆れたように、まだまだ機材満載の荷室を見る。そして女のほうがナルちゃんに眼をやって、小馬鹿にした笑みを浮かべた。やたら気合いの入った派手こい身なりの女だった。

「大したもんだけど──子供の玩具《おもちゃ》にしては、高級すぎるんじゃない？」

子供の玩具、と言ったな。ナルシストのプライドにけちをつけると、あとが怖いぞ。

案の定、ナルちゃんは二人組を冷ややかに見た。

「――あなたがたは？」

ねーちゃんは赤い唇を歪《ゆが》めて笑う。いかにも嫌味満載の笑顔だった。

「あたしは松崎綾子《まつざきあやこ》。よろしくね」

「あなたのお名前には興味がないんですが」

ナルは言い放つ。綾子さんとやらは、明らかに気を悪くしたようだ。

「ずいぶん生意気じゃない。でも坊や、顔はいいわね」

「お陰様で」

おいおい。

ねーちゃんは肩を竦《すく》めた。

「ま、子供じゃ顔が良くてもしょうがないか。ましてや顔で除霊できるわけでなし」

ナルちゃんの眼つきが鋭くなった。

「同業者――ですか？」

「そんなものかな。あたしは巫女《みこ》よ」

あたしは驚いたね。見るからに派手派手な、このねーちゃんが巫女？　冗談だろ？

唖然《あぜん》としたあたしを後目《しりめ》に、ナルちゃんは、それはもうあでやかに上面《うわつら》一枚で笑う。

「巫女とは、清純な乙女がなるものだと思っていました」

ぷ、と小さく噴き出したのは、あたしではない（あたしは堪えた）——面白そうにナルちゃんと巫女さんのやりとりを見ていた男のほうだった。

巫女さんは男を睨み、ナルちゃんを居丈高に見返す。

「ああら、そう見えない？」

「少なくとも、乙女と言うにはお歳を召されすぎだと思いますが」

ナルちゃんが言ったとたん、男のほうがついに笑い声を上げた。巫女さんは忌々しそうに口許《くちもと》を歪めたが、言い返すことはできなかったようだ。巫女さんは二十と半分前後か。そら、十代の男の子に「お歳を召されすぎ」と言われたら、返す言葉はなかろうて。しかも、

「そのうえ、清純と言うには化粧が濃い」

連れの男にまで言われ、巫女さんは男に怒鳴る。

「もとがいいから、そう見えるだけよ！」

そう声を上げて、巫女さんは引きつった笑みをナルちゃんに向けた。

「……とにかく。子供の遊びはここまでよ。あとはあたしに任せなさい」

言って巫女さんは、皮肉っぽくナルちゃんを見降ろす。

「校長は、あんたじゃ頼りないんですってよ。いくらなんでも十七かそこらじゃねえ」

げ、とあたしは思った。じゃあ、校長、ナルちゃんじゃ頼りないってんで、他のゴーストハンターを雇ったわけかあ？

ナルちゃんは微《かす》かに笑いを浮かべる。その眼は思いっきり冷たい。

「お手並みを拝見しましょう。——大先輩のようですから」

お前、「大」を強調したなあ？

巫女さんは、大人気《おとなげ》もなくぷいと顔を背ける。その横顔に軽蔑《けいべつ》も露《あら》わな一瞥《いちべつ》をくれてから、ナルちゃんは闇色の眼を男に向けた。

「それで、あなたは？　松崎さんの助手というわけではなさそうですが」

男はにっと笑う。巫女さんよりも二つ三つ年上だろうか。のわりには大人気《おとなげ》ない、どことなく邪気のある笑みだった。

「俺は高野山の坊主だな。滝川法生《たきがわほうしょう》ってもんだ」

「へえ？　高野山では長髪が解禁になったんですか？」

ナルちゃんに訊かれ、男は詰まる。——そっか、そう言えば、お坊さんってのは、漫画の世界じゃともかく、普通は文字通りの坊主頭だよなあ。このあんちゃんはと言えば、頭髪があるだけでなく、茶色っぽく染めたうえに伸ばしたそれを御丁寧に括《くく》っている。

巫女さんが細い煙草に火を点《つ》けて、煙をあんちゃんに向けて吹いた。

「……破戒僧」

決まり悪げにしたぼーさんは、もごっと、

「高野山にいたのは本当だって。……まあ、今は山を降りてるけど」

でかい身体を心なし小さくしたのが妙に可愛くて、あたしは思わず笑ってしまった。

笑ったところで、ぼーさんと眼が合う。

「そこで大口開けて笑ってる嬢ちゃんは？」

……大口なんか開けてないやい。

「あたしは善良なる一女生徒です。単に荷物運びに雇われただけで」

「へえ？――で、坊やは？」

男はナルちゃんを見る。ナルちゃんはノートパソコンを見降ろしたまま、

「校長からお聞きでは？　僕の歳まで御存じのようですから」

素っ気なくそう言う。声も態度も、お前たちにはまったく興味がない、と言っている。

「まあ、聞いてはいるが。――渋谷に事務所を構える心霊調査の専門家」

「補足することはありませんね」

ぼーさんは、にやりと笑う。

「一等地に事務所を構えているくらいだ、信用できるだろうと思ったのに、所長があんな子供だなんて詐欺だ、と校長が言ってたぜ？」

「そうですか」

ナルちゃんはあくまでも素っ気なかった。

巫女さんはでっかい態度で車に凭《もた》れ、

「校長か……。いかにも小心そうな親父だったわよねえ。この程度の事件にこれだけの人手を駆り集めちゃって。子供の霊能者に、あたしとあんた……」

言って、巫女さんはにっこりと毒のある笑いを浮かべる。

「誰か一人で良かったのに」

ぼーさんも嗤《わら》う。

「――そう、俺だけで良かったんだ」

黙殺を決め込むナルと、睨み合うぼーさんと巫女さん。……いったい、この険悪なムードは何なんだ？

巫女さんは、ふっと小馬鹿にするように笑い、ナルちゃんを振り返った。

「ところで坊や、名前を訊いてもいいかしら？」

「渋谷一也《かずや》といいますが」

「渋谷……知らないわねえ」

巫女さんが言うと、ぼーさんもあっさり同意する。

「聞いたことがないな。三流だろ」

「言っておくけど、あたし、滝川なんてのも聞いたことがないのよねえ」

「そりゃ勉強が足りないねえ。実は俺も、松崎ナントカなんてのは聞いたことがないんだよなあ」

……ふ、不毛だ……。いったい、何なんでしょう、こいつらは。ナルちゃんといい、こいつらといい、霊能者ってのはなんですかい？　性格の悪い奴ばっかりなんすか？

巫女さんとぼーさんは、それを契機に本格的に口喧嘩を始めてしまうし、ナルちゃんは我関せずという感じでパソコンを弄《いじ》っているし、やれやれと思ってグラウンドのほうへ眼をやったら、制服姿の女の子がこちらに近づいてくるところだった。

わ。黒田女史だ。

本当に来たんだ、と驚いたあたしに向かって、女史は軽く手を挙げる。

「谷山さん」

妙に愛想の良い声が……むにゃむにゃ。

黒田女史はいかにも親しげに寄ってきて、車とナルちゃんを見、そして言い合いをしている巫女さんとぼーさんを見比べた。

「この人たちは？」

「旧校舎を調査に来た人たち。校長が掻《か》き集めたみたいだよ。巫女さんとお坊さんなんだって」

あたしが言うと、女史はぱっと笑って二人を振り返る。

「ああ、良かった……！　旧校舎は悪い霊の巣で、あたし、困っていたんです」

巫女さんもぼーさんも口を噤《つぐ》んで女史を振り返る。巫女さんがいかにも胡散臭《うさんくさ》いものを見るような眼を女史に向けた。

「あんたが……どうしたんですって？」

「あたし、霊感が強いんです。旧校舎に溜まった霊の影響をもろに受けてしまって、始終頭痛はするし、聞きたくもないのにいろんなことを話しかけられて――」

「自己顕示欲」

巫女さんはあっさり言った。

「……え？」

「そんな嘘八百を並べてまで、自分に注目してほしい？」

黒田女史は怯《ひる》んだ。あたしは思わず、

「そういう言い方はないでしょ」

「なんで？　本当のことよ。その子、霊感なんてないわよ」

「どうしてそう言い切れるんですか」

「見れば分かるもの」

見れば分かる、って。あんた、なあ。

「その子は、ただ目立ちたいだけ。真に受けると馬鹿を見るわ」

巫女さんは見下した眼つきで女史を眺めてから、そっぽを向いた。

黒田女史の顔からは表情が消えていた。やがて、

「……あたしは霊感が強いの。霊を呼んであなたに憑《つ》けてあげるわ」

そう言って、女史は能面のように強張《こわば》った顔に薄く笑みを浮かべた。

「……本当に強いんだからね……」

女史の眼は据わっている。あたしは思わず一歩退った。

「……偽巫女。今に後悔するわ」

ぞっとするような笑みを浮かべた女史を、巫女さんは睨み返す。

「楽しみにしてるわ」

女史は、ふいと踵《きびす》を返すと、グラウンドのほうへと駆けて行った。

3

「あらまあ。可哀想に」

ぼーさんが、さほどに可哀想に思っているふうもなく言う。

「お前さんも厳しいねえ」

「あたし、嫌いなの。霊感ごっこをやらかして自分を特別な人間のように勘違いしてる馬鹿と、臆面もなく霊能者を騙《かた》る馬鹿」

巫女さんは冷ややかに笑う。へえ、とぼーさんも邪気を込めて笑った。

「そりゃ意見が合うねえ。実は、俺もなんだよ」

互いを見る眼が、お前もその一員だ、と露骨に語っていた。

なーんなんだろうなあ？

とりあえず、あたしは二人を無視することに決めた。相手にしてられるか、こんな性格の悪い奴ら。黒田女史も可哀想に。明日会ったら、性格の悪さが言わせた難癖だから気にするな、と言ってやろう。

それよりも、あたしはさっさと今日の御奉仕を済ませて帰りたい。

「ところでナルちゃん、今日はあたし、何をすりゃいいんですかね？」

あたしが訊くと、ナルちゃんは少し驚いたようにあたしを振り返った。

「今……何て言った？」

「何が？」

「お前、ナルって言わなかったか」

おっとしまった。口が滑っちまったい。ここは笑って誤魔化しちゃえ。

「ちょっとしたミス。お気になさらず」

「どこで聞いた？」

ナルちゃんに問い詰められ、あたしはピンときたね。

「ひょっとして、ナルって言うんだ、ニックネーム」

あたしが手を打つと、ナルちゃんは、えも言われぬ表情をした。

「やっぱねえ。誰でも考えつくんだな。ナルシストのナルちゃん」

「は？」

「まー、気にしない、気にしない。——んで？　何をするの？」

ナルちゃんは釈然としない様子のまま、

「そうだな……これといった反応がないんで、次の手の打ちようがないんだが」

言って考え込んでから、

「麻衣の先輩の──」

「あー。ひとのこと、呼び捨てにした」

「お前もさっき言っただろうが。──麻衣の先輩が人影を見たという教室がどこだか分かるか？」

「あたしの先輩じゃないもーん。ミチルの先輩の友達でーす」

ちょっくら揚げ足を取ってみたらば、ナルにえげつなく睨まれた。

「どっちでもいい。分かるか？」

「たぶん二階だと思うんだけど。一階じゃ塀の外から見えないし。でもって壊れかけた教室って言ってたと思う。だから一番西の端？」

「そこに機材を置いてみるか」

ナルちゃんが言いながら立ち上がる。来い、と言われ旧校舎に向かおうとしたら、再びグラウンドのほうからやってくる人影が眼に入った。

……またですかい？

やってきたのは、険悪な事態の元凶、校長先生だった。一般に、校長は狸、教頭は狐と言われるが、うちの場合もそうだ。校長は一見、人が好さげで、たいへん狸に似ている。そのお狸さまが何の用だろう、と思って見ると、隣にもう一つ、人影が見えた。

「ちょっと、校長の横にいるの、何者よ」

巫女さんが呟く。ぼーさんが、

「まさか、もう一人の霊能者……ってんじゃねえだろうな」

それだ。あたしも人影を見たとたん、いやーな予感がしたんだよな。これ以上、性格の悪い奴が増えたら、あたしは降りるぞ（降りよう、ないけど）。

懸念をよそに、校長は横の人物と何やら話しながらやってくる。隣の誰かさんは校長よりも背が低い。たぶんあたしと大差ない。生徒だろうか、若そうだ。そして――と、あたしは眼を丸くした。

き、金髪だ。なんと、外国人のひとではないか！

校長は旧校舎の玄関まで来て、あたしたちに気がついた。狸じみた笑顔を作って、にこやかな声を上げた。

「やあ、お揃いですな」

言って足早に、こちらへとやってくる。

「もうお一方《ひとかた》、お着きになりましてね。紹介させていただきましょう」

うええ。やっぱり霊能者だあ……。

太い校長の陰から出てきた外国人のひとは、綺麗な青い眼でにっこり笑った。なんだかとっても親しげで好感の持てる笑顔だ。いくつくらいだろう、あたしと同じくらいか――いや、欧米人は日本人より老けて見えるものだから、ひょっとしたら中学生ぐらいなのかもしれない。男の子みたいだけど、女の子に見えなくもない。可愛いなあ。

「ジョン・ブラウンさん。どうか、みなさんで仲良くやってください」

校長は転校生を紹介するかのように言った。

ブラウン少年は、深々と頭を下げる。

「もうかりまっか」

……へ？

い、……今の、英語かなあ。あたし苦手だから、よく分かんなかったやー。

きょときょと周囲を見廻すと、巫女さんもぼーさんも、あろうことかナルまでもきょとんとしている。

「ブラウン言いますのどす。可愛がってやっとくれやす」

校長が苦笑、としか言いようのない笑みを浮かべた。

「その……ブラウンさんは、関西のほうで日本語を学んだようで……」

とたん、ぼーさんが噴き出した。巫女さんもそれに続く。笑っちゃ悪いよ。これだけ喋《しゃべ》れるだけでもすごいんだからあ。……なんて思いつつ、どうしても笑えてしまう。ブラウン少年、ごめん。

校長は困ったようにあたしたちを眺めたあと、そういうことで、とかなんとか、口の中でもごもご言って、そそくさと引き返していった。ブラウン少年がその背に向かって、

「おおきにさんどす」

そう言ったので、あたりは本格的に笑いの渦に包まれてしまった。ブラウン少年は対

応に困っているようだ。その困惑した顔が、金髪で真っ青な瞳で、なので余計に笑えてしまう。ごめんよう。

ナルは笑わない。少し硬い表情で、

「ブラウンさん？　どこからいらしたんですか」

「わてはオーストラリアから、おこしやしたのどす」

うわああ。言葉がむちゃくちゃだよう。

ブラウン少年は、あたしたちを困ったように見渡して、

「わての日本語、なんぞ、変どすやろか」

ナルがちょっと苦笑する。

「かなり」

「日本語は難しおす、どすなあ……」

「おいっ、坊主！」

大声を上げたのは、ぼーさんだ。ぼーさんが坊主とはこれいかに。

「頼むから、その変な京都弁はやめてくれ」

「せやけど、丁寧な言葉ゆうたら、京都の言葉と違うのんどすか」

「誰だよ！　こいつに日本語を教えたのは！」

ぼーさんは笑いすぎて肩で息をしている。

「いいか？　京都弁は方言の一種だ。悪いことは言わないからやめろ。な？」

「はあ」

ブラウン少年は頷いて、

「せやったら、仲ようにいかせてもらいますです。あんさんら、全部が霊能者でっか？」

……変だ。やっぱり変だ。ぜんぜん変わってないぞ。

「そんなものかな」そう答えたのはナルだ（他の二人は笑っている）。「彼女は松崎さん。巫女なんだそうだ。彼が滝川さん。前には高野山にいたとか」

「あんさんは？」

「ゴーストハンターと答えておこうかな」

「ああ！　せやったら、車の中の機材は、あんさんのもんやねんですね？　ごっつえらい装備やなあと思うたんです」

「君は？」

「へえ、わては、いわゆるエクソシストっちゅーやつでんがな、です」

ブラウン少年が言ったとたん、巫女さんもぼーさんも、ぴたりと笑いやんだ。強敵を見るような眼でブラウン少年に視線を向ける。

「エクソシスト？　……たしかあれは、カトリックの司祭以上でないとできないと思っていたが。ずいぶん若い司祭さんだね」

「へえ。よう御存じで。せやけど、わてはもう十九でんがなです。若う見られてかなんのです」

だめだ……これは笑いを取ってるわ。——しかし、十九？ってことはナルより年上かあ？えらく童顔だなあ。

「その、わて、というのはやめたほうがいいな」ナルが再び苦笑する。「僕、もしくは私。あんさん、もやめるべき。あなた、とか」

ブラウン少年——もとい、ブラウンさんが頷いた。

「はい。おおきに。せや、あなたは、お名前は？」

「渋谷一也」

「渋谷さん。あんじょう頼みまっしゃ、です」

ナルは軽く会釈だけして、あたしを振り返った。

「麻衣。仕事にかかる」

「はあい」

4

ナルちゃんが旧校舎に向かうと、全員がなぜだか、ぞろぞろとついてきた。

実験室では機材が自動的に作業を続けている。無機的な音が教室に満ちていた。

「こいつは……」

ぼーさんは室内に一歩足を踏み入れるなり、感動したかのような声を上げた。

「これだけの機材をよく集めたな」

対する巫女さんは鼻先で嗤う。

「関係ないわ。――もう坊やの出る幕はないわよ。この御大層な荷物を纏《まと》めて帰る準備をしたら？」

などという皮肉を、ナルちゃんが気にするはずもなく。きっぱり無視され、巫女さんは神経を逆撫《さかな》でされた様子だ。

「これだけの機械を集めて無駄骨なんて、ほんと、御苦労様ねえ」

意地悪く言う巫女さんに、ぼーさんが、

「そりゃ失礼だよ、お前さん。いやあ、俺は見直したなあ。仮にもこれだけの機材を持ってる事務所の所長さんだからな。こりゃ、有能に違いない」

これまた大変に嫌味な口調だった。

ナルちゃんが、やっとこさ振り返る。

「あなたがたは、旧校舎の除霊に来たのでは？　それとも遊びに来たんですか？」

巫女さんは軽く詰まり、ふいっと背を向けた。

「これだから子供は嫌なのよ。大した事件でもないのに、大騒ぎしちゃって」

聞こえよがしに言って実験室を出ていく。ぼーさんも肩を竦めてそれに続いた。

「――君は？」

ナルはブラウンさんに眼をやる。ブラウンさんは困った様子だ。

「……協力するのと、ちゃうんですか」

「そういう状況ではなさそうですね」

「わて──僕、こういう雰囲気は、かなんのです。僕はできるだけ協力させてもらいますよって、ここにいてもよろしやろか」

「どうぞ」

素っ気なく言って、ナルはコンピュータに向かう。キーボードを叩くと、棚に収めて積み上げた十個近くはある小型テレビの画面が変わった。あたしの眼の前にあるテレビに映っているのは、一階の廊下だ。校舎の西端に置いたやつだろう。画面右手に教室の入口が並んでいるのが映っている。その隣は一階の廊下を逆方向から捉えた映像だ。どちらも角度を付けてあるので、ともに階段の下あたりまでしか映っていない。同様に廊下を二方向から捉えた映像が二つ。これは二階の廊下だ。そして玄関の映像が一つ。玄関の隅に据えたカメラは、玄関ホールとその奥の階段を捉えている。あとは意味不明の青や黄色の斑《まだら》模様だ。

「これ、なに？」

何気なく訊くと、ナルちゃんは不快そうに険のある眼差《まなざ》しを向けてきた。

聞いたら減るのかよ。

答えてくれたのは、ブラウンさんだ。

「サーモグラフィー、違うかな、です。温度を映像にする機械です」

「へえ、これが」

霊能者の一種なのに、なんて親切な（あたしは完全に、霊能者は性格が悪いという偏見を抱いたぞ）。

ブラウンさんは画面を指して、

「こういう黄色いところは、温度が高いです。反対に青っぽいところは低いのんです」

「ふうん。——ありがと。ブラウンさんは親切ね」

ナルに当てつけるように言うと、ブラウンさんが赤くなった。

「そんな……それより、あなたのお名前、聞いてへんかったですね。あなたは渋谷さんのアシスタントでっかです？」

「うん。そんなもの。谷山麻衣です」

「僕はジョンと呼んどくれやす。よろしゅうに、です」

……やっぱりなんか変な日本語だなあ（関西弁としてもかなり変だと思う）。思いつつ愛想笑いして視線をテレビに戻すと、画面の一つにぼーさんが現れたところだった。ぼーさんはあたりを見廻しながら、廊下を玄関方面へ歩いて行って画面の端に消える。そして、その隣には別の画面には巫女さんが同じく廊下を歩いているのが映っている。

玄関の映像。

何気なく眺めていて、あたしは、それに気づいた。仄暗《ほのぐら》い玄関、埃《ほこり》を踏み荒らされ、以前よりいっそう荒《すさ》んだ感じの土間、黒々とした影を作る靴箱の列。その間に人の影が。

あたしはその画面を指差した。靴箱の間の暗がりに着物姿の少女が佇《たたず》んでいる。あたしと同じくらいの年頃だろうか。白っぽい着物に肩で切り揃えた黒髪、まるで大きな日本人形が立っているみたいだ。

その少女は、あらぬ方向を見つめながら滑るように暗がりを移動して、そうして画面の端に消えた。

「い……今の、何なの？」

ナルは答えず、立ち上がって戸口を振り返る。開け放した戸口の薄暗がりに等身大の人形が立っていた。

思わず竦んだあたしの肩をジョンが叩いた。

「大丈夫、谷山さん、あれは幽霊の人やないです」

「へ？」

ナルは苦々しげだった。

「校長はよほど工事をしたいらしい。あなたまで引っ張り出すとは」

お人形さんは無言のまま。表情すら変わらない。

「ナル、知り合い？」

「いや。でも、顔は知っている。有名人だから」

「誰？」

あたしが訊いたとき、お人形さんが紅い小さな口を開いた。

「あたくしのことなら自分で申し上げますわ。――原真砂子《はらまさこ》と申しますの」

不遜なことに、あたしはこの有名人さんの名前に聞き覚えがなかった。困ってナルとジョンを見比べると、ナルが溜息をつく。

「有名な霊媒師。口寄せが上手い。たぶん、日本では一流」

「口寄せって？」

「無知」

あのなあ――思わず拳を握ったところに助け船を出してくれたのは、今回もやはりジョンだった。

「霊を呼んで話をさせるんですのや、です。自分の口を使うです」

「――ああ、よくテレビでやってるやつね？　霊能者が霊の代わりに喋るやつ」

「ハイ、そう」

ナルちゃんは霊媒さんに深い色の眼を向ける。

「あなたの見立てはいかがです？」

霊媒さんはお人形のような首を傾けた。

「さあ……あなたは？　霊能者には見えませんけれど」

「渋谷サイキックリサーチの所長で渋谷といいます」

なんだー？　ナルちゃんってば、ずいぶんあたしたちに対するときと、態度が違うんでないかい？

霊媒さんは不思議そうにナルちゃんを見つめた。

「あたくし……どこかでお会いしたことがあったかしら？」

おや、ナンパの常套句《じょうとうく》。

「初めてお目にかかると思いますよ」

「……そう……？」

言って、彼女は黒眼がちの濡れたような瞳を機材の山に向けた。

「……霊はいないと思いますわ。校長先生は、たいへん困っておいでのようでしたけど。何の気配もありませんもの」

そうですか、と呟いてナルは考え込む様子だ。それを見ながら、校長はそんなに切羽詰まっているんだろうか、とあたしは思った。切羽詰まるだけの何かが、この旧校舎にはあるってこと？

あたしはそっと周囲を見廻す。古びた校舎。教室の隅には薄闇が蹲《うずくま》っている。

だいたいにおいて、大人だとか偉い人などというものは、幽霊だの祟《たた》りだの、真っ先に否定してかかるもんだ。それが否定するどころか、わざわざ霊能者を呼ぶなんて。それもこれだけの数。しかも（ナルによれば）有名人まで動員して。

そう思ったときだった。建物のどこからか、激しく何かを叩く音がした。同時に女の叫び声がする。あたしたちは、いっせいに周囲を窺《うかが》った。ジョンが、

「松崎さんの声と違うやろか……」

言うと同時に、ナルがテレビの群に一瞥をくれて教室を飛び出した。あとに続きながら何気なく眼をやったテレビの中には、いつの間にか画面の消えているものがあったような気がする。

5

実験室を出たところで階段を駆け降りてきたぼーさんに会った。

「何だ、今の声は」

「分からない。一階のようだったが」

ナルが言って廊下を見渡す。実験室があるのとは反対側、一階西側にある教室のほうから巫女さんが助けを求める声が聞こえていた。廊下を駆けつけると、一番西奥にある教室の戸が閉まっている。内側から巫女さんが戸を叩きながら、開けて、と叫んでいるのが聞こえた。

「どうした」

ナルが真っ先に教室の戸に手をかける。力を込めるが動かない。

アーチやハリボテのあったあの教室だ。この教室にだけ廊下に面した窓がない。だから中の様子は窺い知れなかったけど、巫女さんがかなりのところ狼狽《ろうばい》している様子なのは分かった。ヒステリックな——聞きようによっては焦った——声が戸を突き抜けて響く。

「ちょっと！　開けてよ!!」

ナルとぼーさんが戸を引く。軋《きし》むけれども動かない。

「蹴破ろう」

ぼーさんが宣言して中に声をかけた。

「そこをどいてろ！」

言って、体重を乗せ、ドアを蹴る。埃が舞い、木の裂ける音がする。さらにもう一度蹴ると戸が内側に倒れた。中には巫女さんが青い顔をして立っている。

「何があった」

ナルに問われ、教室を飛び出してきた巫女さんは首を横に振った。

「分かるわけないでしょ。中を見てたら、いつの間にか戸が閉まって開かなくなったんだもの」

「自分で閉めたんじゃないのか？」

口を挟んだのは、ぼーさんだ。

「違うわよ！」

「だらしのないことですわね」

冷ややかに言ったのは霊媒の真砂子さんだった。

「何よ、あんた」

「仮にも霊能者なのでしょう？　戸が閉まったぐらいのことで悲鳴を上げるなんて、自分が情けなくなりません？」

　ぼーさんが軽く口笛を吹いた。

「あんた……たしか、原真砂子ちゃん？」

「ええ」

「テレビで見るより美人だねえ」

　真砂子は、汚いものを見るような眼をぼーさんに向けて顔を背けた。

　……こいつも、たいがいな性格のよーだ……。

「これで、この校舎に何かがいるってことは、はっきりしたわね」

　巫女さんは偉そうに断定した。実験室に戻り、ジョンに買ってこさせた缶コーヒーなんか飲んで、一息ついたあげくのこと。

「御自分で無意識のうちに閉めたんじゃございませんの」

　真砂子は冷たい。巫女さんは真砂子を睨んだ。

「閉めてない。いくら何でも自分で閉めたら覚えてるわよ」

「覚えがないから、無意識に、と言うのですわ」

　ああ、そう、と巫女さんは挑戦的に腕を組む。

「お嬢さまの仰《おっしゃ》る通りでございますわね。確かに人は無意識にドアを閉めて、自分でも閉めたことを覚えてないってこともございますわ。——じゃあ、なぜその戸が蹴破らないと開かないの？」

「建付のせいでございましょ」

ふふん、と巫女さんは嗤う。

「建付の悪い戸を無意識のうちに閉めたって？　そりゃね、戸が指先一つで軽ーく閉まるものなら、無意識のうちに閉めたってこともあるでしょうよ。だったら、そんなに軽い戸が開かなくなるはずないじゃない。何かの弾みで開かなくなるほど建付の悪い戸なら、無意識で閉められるはずがない。閉めるのだって抵抗があるはずだもの」

……そりゃそうだ、とあたしは思った。

「開けるのと閉めるのとでは、滑りが違うことだってありますわ」

一瞬詰まってから、巫女さんはヒステリックな声を上げた。

「とにかくあたしは閉めてないの！　そもそも入口の戸は最初から開いてたのよ。でもって中から声がしたの！」

……へ？

「声って……」

あたしが訊くと、巫女さんは深刻そうな表情をする。

「人の声。おい、とか……なんか、そういう感じの声だったな。あたしは最初、てっきりそこの破戒僧に呼ばれたんだと思ったんだけど」

俺、とぼーさんが嫌そうに自分を指差した。

「そ。あたりを憚《はばか》る調子の声だったわよ。ちょっと離れた場所から声をひそめて呼ばれることってあるじゃない。語調は強いけど、声は小さい……って分かる？」

「……なんとなく」

「教室の中からこっそり呼ばれた感じだったの。それで中を覗いてみたわけ。戸は最初から開いたままだったし、だからそのまま中に踏み込んだのよ。最初に閉まってた戸なら、なんとなく閉めることもあるだろうけど、初めから開いたままなんだもの、わざわざ閉めたりしないわよ」

だよな、とあたしは思う。昨日、気温を測ったときにも戸は開いていたし、あたしだってそのまま閉めてない。

「ましてや中から妙な声がしてさ。それで中に踏み込むのに、相手を確認もしないうちに戸を閉めたりする？」

「……しない……、と思う」

「でしょ？　中に入って見廻してみたけど、破戒僧の姿は見えないし。物陰にいるのかと思って入っていって、あちこち捜してみたけど誰もいない。でも——よく考えたら、こいつってあたしの後ろを歩いてたのよね」

そっか。そう言えば実験室を出たのは、巫女さんのほうが先だ。

「あたしより先にあの教室に着いてるはずがないわけよ。だったら別の誰かかと思ってそのへんを捜したんだけど、誰の姿もない。そしたら急に、背後で戸が」

……うわあ。ちょっと巫女さんが狼狽《うろた》えた訳が分かってしまった。確かにその状況で、突然戸が閉まって閉じ込められたら焦るよなあ。

「誰って声をかけても返事はないし、戸が閉まると真っ暗だし……」

巫女さんは怯《おび》えたように言って、大きく息を吐いた。

「絶対に何かいるわよ、あそこ。声の感じじゃ、成人男性ね。……あそこで死んだ人がいるんじゃないかしら」

どきりとした。片側が少し壊された教室。中途半端に壊れているのは、そこまでで工事がストップしたからだ。それは昔のと最近のと、どちらの工事のことだろう。昔の工事ではたしか、屋根が落ちて作業員が死んだとか――。

……そういうこと？　思わずナルを振り返ると、コンピュータの前に坐ったナルは、いつの間にか機械を操作する手を止め、掌の上で一本の古釘を転がしている。

「あのさ……」

あたしが声をかけようとすると、ぼーさんが遮った。

「本当に誰かがいたんじゃねえのか？　旧校舎がなにやら賑やかだってんで、様子を見に来た奴がさ」

「だから、誰もいなかったってば」

「真っ暗だったんだろ？　姿が見えなくて当然だろうが」

「あのね」と、巫女さんはぼーさんに指を突きつけた。「人がいれば影ぐらいは見えるわよ、真の闇ってわけじゃないんだから。物に覆われてるとはいえ、奥には窓があるんだし、出入口の戸だって明かり採りのガラスが入っていたし」

「じゃあ、隠れたんだ」

「自分から声をかけてきたのよ？」

「だったら空耳だ」

「あり得ない。確かに聞いたの」

「んじゃ、外の声」

ぼーさんはグラウンドのほうを顎先《あごさき》で示した。

「違うわよ、教室の中から――」

「よく、どこそこから音がした、なんてことを軽々《けいけい》に断言する奴がいるが、意外に音の出所ってのは分からんもんだ。音は反響するからな」

巫女さんが悔しそうに口を噤んだ。ぼーさんは、さらに、

「出所が明らかなのに、どう聞いても逆方向からしてるとしか思えないことってあるんだよな」

巫女さんは、ふん、と鼻を鳴らす。それから、ふっと妙に深刻そうな表情をした。

「……とにかく、あの部屋、変なのよ」

あたしが問い返すと、巫女さんは頷く。

「何か変なの……巧《うま》く言えないんだけど。軽い目眩《めまい》でもする感じというか……妙に腰が落ち着かなくて、逃げ出したい感じがする……」

くすりと真砂子が笑った。

「そんなもの、出るという先入観のせいですわ。ずいぶんと臆病ですのね」

「小娘は黙ってなさい。あたしは顔で売ってる似非《えせ》霊能者とは違うの」

あら、と真砂子は小さく含み笑いを漏らした。

「容姿をお褒めいただいて光栄ですわ」

……うーむ？　このノリは……誰かに似てるなあ。

巫女さんは真砂子を露骨に無視して、

「とにかく、あたしの見たところじゃ地霊ね」

「地霊って？」

あたしが訊くと、巫女さんは露骨に顔をしかめる。

「助手の教育がなってないんじゃない、渋谷くん？」

巫女さんが視線を向けると、ナルは澄ました顔で、

「本人の出来が悪いもので、教育の甲斐がありません」

……なにおう。

巫女さんは溜息を一つついて、

「地霊というのは、その場所に住む霊のことよ」

「地縛霊みたいなもの？」

あたしが問い返すと、巫女さんは軽く眉を上げた。

「もっともらしい言葉を使うじゃない。でも、地縛霊とは違う。地縛霊ってのは、何か因縁があってその場所に囚《とら》われている人間の霊のことで、地霊は土地そのものの霊。地鎮祭をしなかったとか、いい加減にやっちゃったとか、そういうことなんじゃない。それが原因の例って多いのよ」

「俺は単純に地縛霊のほうだと思うがな」ぼーさんが口を挟んだ。「この校舎で、いろいろあったんだろ。校長によると、死人も出たようだし」

「死人が出たから地縛霊ってのは短絡じゃない？」

巫女さんが皮肉ると、ぼーさんも負けない。

「地鎮祭を持ち出すのも短絡ってんじゃないか？　第一、お前がさっき言ってたんだろうが。成人男性の声だとか」

「あら、それは反響じゃなかったの？」

……また始まっちゃったよ。密《ひそ》かに溜息をついたあたしをよそに、ナルちゃんはジョンを振り返った。

「どう思う？」

ジョンは小首を傾げた。

「まだ分かりまへんです。ただ、僕の経験から言うと、普通、ホーンテッドハウスの原因は、スピリットかゴーストでんがな、です」

ナルは、コンピュータの画面を見つめながら頷く。

「スピリット……精霊だな。ゴーストは幽霊。――聞いてるか、麻衣？」

余計なお世話。どーせあたしは英語が苦手だってば。

「でも、精霊ってどういうの？　言葉としては馴染みがあるけど、もひとつぴんとこないっていうか、あんまり化けて出そうにない感じだけど」

もちろんこれはジョンに向けて。ここでナルに訊くような愚は犯さない。教えてくれるはずないもんさ。

「精霊ゆうのは……魂以外の霊ゆうか……」

ジョンは言って、少し生真面目そうに考え込む。

「人間には魂がありますね。……あるとされてる、と言うたほうがいいと思うんやですけど。人間が死ぬと身体は消滅してソウルだけが残る。残ったそれが現れるのんがゴーストやということになってます」

「うん、そうだよね」

「スピリットゆうのは、ゴースト以外のもんで、ゴーストみたいな現れ方をするもの、言うたらええんでしょうか。松崎さんが言うた地霊いうのもそうですね。不思議な力が宿る場所いうのがあるのんやです。そういう場所には、日本やったら神社が建てられたり祠《ほこら》が建てられたりしますですね。それと、物。石とか木とか、そういうもんにスピリットが宿ることもありますのんです」

「……へええ」

「幽霊屋敷いうのは、妙な現象に取り憑かれてしもた場所やと言うことができます。憑いているのは、ゴーストかもしれまへんです。そういうときは、その場所に深い関わりのある死者の幽霊か、そうでなかったら、その場所にいる誰かに関わりのある幽霊やということになりまんのです。スピリットやったら、そもそもその土地にいる精霊です。土地の精霊──地霊とか……」

「土地の神様みたいなもの？」

「ええと──そうです。……いや、ちゃいます」

「ほえ？」

あたしが首を傾げると、ジョンは困ったようにナルたちを見る。巫女さんが、聞こえよがしに溜息をついた。

「土地の神様──たとえば産土神《うぶすながみ》も精霊の一種だって話でしょ。つまり、土地や物に宿った精霊が、祀《まつ》られれば神様になるわけ。良いことや悪いことがあって、それはそこにいる精霊のせいだと理解される。それで感謝のためや鎮めるために祀られると神になる。祀られた精霊が神だ、と言っていいんじゃないかな」

……はあ。

「そういうことなんや、です。スピリットゆうのは、もともと人間の善悪とは関係のないのんが普通なんです。人間にええことをしてくれることもありますけど、逆に祟ることもあります。大事にしていたり、触れへんかったら悪さもせえへんのですけど、疎《おろそ》かにしたり不用意に手出ししたりすると、悪さをすることがあるのんです」

「ああ。よく、石を動かしたせいで祟りがあったとか、大木の枝を切ろうとして罰が当たったとか言うよね。そういうこと？」

「ああ、そうです。それでおますね」

祟りを鎮めるためにそれを祀れば神様か。なーるほど。

「あとは交霊術、言いますか、霊を呼び出したり、黒魔術みたいなことをすると、精霊を呼んでしもたり、呼び覚ましてしもたりすることがあります。そのせいで精霊が悪さをすることもあるのんです」

ほほう。――あたしは妙に感心してしまった。霊がいるとか祟りがあるとか、怪談話でよく言うし、あたしたちも普段とっても気軽に口にしていたりするけど、それが実際のところ何なのか、実を言うとよく分かってなかったりする。漠然としたイメージはあるんだけど、それ以上のことはしみじみ考えてみたこともなかった。霊にもいろんな種類があるんだなあ。そうかあ。

「ねえ、地霊だと思わない？」

巫女さんがジョンに向かって身を乗り出す。

「いや、地縛霊だよな」

ぼーさんもジョンに迫る。ジョンは困惑したようにスカイブルーの眼を曇らせた。

「そんなん、まだ分かるわけおまへんです」

「だらしないわねえ……」

巫女さんは気を殺《そ》がれたような息をついて、ナルちゃんを振り返った。

「それで？　坊やの意見は？」

「まだ結論を出せる段階にありません」

ナルはあくまでも素っ気ない。

「正直に分かりませんって言えば？」

「お望みなら、そう言っても構いませんが。──ただ、どちらかと言えば原さんに一票ですね」

何よそれ、と巫女さんは膨れっ面をする。対して、真砂子はにっこり微笑《わら》った。それをねめつけた巫女さんは、聞こえよがしに溜息をついて立ち上がる。

「──ま、能力以上のことを求めても酷ってもんよねえ。坊やと小娘の意見に振り廻されてもしょうがないか」勝手なことをほざきながら埃を払う。「要は、祓《はら》い落とせって話でしょ？　あたしは明日、除霊するわよ」

そう、宣言した。

「こんなチンケな事件に関わってられないわ。あたしは忙しいんだから。さっさと済ませて帰ろっと」

巫女さんは、にこやかに笑うと、ヒラヒラ手を振って廊下へ出て行った。

その背を見送って真砂子は、

「……除霊したところで無駄ですのに。霊なんていませんもの」

うーむ。……どうも巫女さんの意見ってお手軽な感じがするんだよな。だからって真砂子みたいに断言だけされても、もう一つ釈然としなかったり。しかも、巫女さんが閉じ込められた件に関しては、確かに妙だという気がする。

あの教室には廊下側の窓がない。裏庭側には窓があるけど、高さのある棚やなんかが放り込んであるせいでほとんど窓としての用をなしていなかった。それで戸が閉まったら、さらに暗いよな。声らしきものを聞いて、中を検《あらた》めるために教室に踏み込んで、それで戸を閉めたら意味がないのでは。ろくに何も見えんがな。わざわざ閉めたら中の様子を見るも何もないし、無意識のうちに閉めたとしても、暗くなるので気づくんじゃないかなあ。

——それだけじゃなく。

一階西のあの教室は確かに嫌な感じがする。この校舎は、どこかしら気味が悪い。怪談話の真偽はさておき、ついそれを信じちゃうような雰囲気がある……。

そこであたしは、ふと笑いたい気分になってしまった。

ひょっとしたら巫女さん、教室に閉じ込められて本気でビビったのかもしれない。悲鳴を上げてたもんなあ。除霊するのだって、今からやれば良さそうなもんなのに、明日と言うあたり、やっぱ霊能者でも怖いのかも。もう陽が落ちるしな。

——そう、もう陽が落ちる。

「ねえ、ナル。じきに夜になっちゃうよ」

ナルも窓を見上げて、

「ああ……。麻衣、気温の計測」

へい。迫り来る黄昏《たそがれ》に追い立てられ、大急ぎで教室の気温を測って廻る。巫女さんが閉じ込められた教室に近付くのはやだなあ、と思っていたのだが、一階はジョンが分担してくれた（なんと親切な）。おかげで難なく計測を終える。他人を顎で使うだけのナルは、あたしとジョンが差し出したクリップボードに眼を落とし、

「二階西奥の教室がわずかに低いな。やはり念のためにカメラを追加して終わろう」

真砂子とともに実験室で油を売ってたぼーさんが、不思議そうに、

「おや、坊やは泊まり込みはしないのかい？」

「今日はまだ。……そうだな、明日には泊まり込んでみようか」

げ。あたしは……どうなるのかなあ？

そう不安に思っていると、ナルがあたしに眼を向けてきた。

「明日は授業が終わったらここへ。できたら泊まる準備をしておいてくれ」

「と……泊まるのは、ちょっと……」

「カメラを弁償するか？」

「……用意してきます」

けっ。どーせあんたが主人だよっ。

第三章

1

「——今、何て言った？」

ミチルがあたしの顔を剣呑《けんのん》な表情で覗《のぞ》き込んできた。

翌日の朝。疲れ果てて寝て起きて、登校すればいの一番にミチルらに取り巻かれ、昨日はどうだった、ナルちゃんはどうだと質問攻めにされるあたしって、なんだかとっても御苦労さん。

「だから、ライバル登場」

「何者よっ」

これ、恵子さんや、首を絞めるでない。

「原真砂子っていうの。知ってる？」

祐梨が訊《き》く。

「原真砂子って、テレビによく出てる？」

「みたいだよ」

「心霊特集なんかに、よく出てる人だよね……。あたしたちと同い年だったかな。綺麗な子で……」

「まーね。日本人形みたいな子だったけど」

「そいつが、渋谷さんに急接近？」

「いや、むしろあれはナルちゃんのほうが……」

「嘘ーっ！」

恵子が再びあたしの首を絞めようとする。

「だって、あの口の悪いナルが嫌味の一つも言わないんだもん。ナルは面喰いなんだな、きっと」

「えー……」

がっくり恵子は肩を落とした。

「ま、悪いことは言わないから、ナルはやめときなって。裏表はあるし、嘘つきだし、口は悪いしナルシストだし」

「でも顔がいいもんっ」

……顔さえよけりゃ、いいのか？　ここまで来ると潔くて立派かも。

半ば感心していると、こっちの様子を窺《うかが》っている風情の黒田女史と眼が合った。

こいつも、変な奴だよなあ。霊能力があると、性格、曲がるのかな？

黒田女史は何か言いたげな表情をしている。その表情を見ていて思い出した。そーだ、巫女《みこ》さんの件を気にするな、と言いたかったのだった。

あたしは黒田女史のほうへ歩み寄ろうとした。だが、女史はあたしが一歩を踏み出すまでもなく教室を出て行ってしまったのだった。

一日の授業が終わると、あたしは引き留めようとする恵子たちの手を振り解《ほど》いて旧校舎に向かった。

恵子たちはこの日一日、ナルの話をしろと煩《うるさ》かった。不平不満ならいくらでも出てくるのだけど、たいがいあたしが何かを言うと、あとは恵子たちが勝手に盛り上がり、ナルの話をさせられているはずが、いつの間にかナルの話（論評？　妄想？）を聞かされているという按配《あんばい》になってしまうので、妙にストレスが溜まってしまうという この理不尽。

だもんだから、授業が終わったら速攻で旧校舎に行こうと思ったのに、あえなく恵子たちに包囲されてしまい、とにかくそれをなんとか宥《なだ》めて、ようやく教室を出る。外は抜けるような青空だ。今日もいい天気で良かったなあ。泊まり込みだってのに、雨でも降ってムード出されちゃ敵《かな》わないもん。

でも、意外に今日の足取りは軽い。一昨日、昨日と何もなかったし（巫女さんが閉じ込められるという件はあったが）、ナルちゃんも基本的に大したことはない、という態度だし、おまけに、あれだけアクの強い霊能者の集団が右往左往してると思うと、妙に心強いというか、あんまし怖い気がしない。良かったのか、悪かったのか。

というわけで、大した抵抗も感じず旧校舎に入る。ぜーんぜん平気だ。怖くないぞお。

「こんちはっ！」

元気よく実験室の戸を開けたらナルはいなかった。その代わりに機械の前に不穏な人物が立っていた。黒田女史だ。

「えーと。こんちは。――どしたの？」

「単に様子を見に来ただけよ。――渋谷さんは、いないのね」

「てことは、黒田さんも見かけてないんだ。どこ行ったんだろ？」

恵子たちに捕まったせいで、来るのが遅れてしまったのだけど、このぶんだとバレずに済んだかも。らっきー。

「なんだかすごく大仕掛けなのね」

黒田女史は言って、そのへんの機械を指の先で撫《な》でる。

「触んないほうがいいよ、ナルが怒るから」

「そう？」

黒田女史はやめない。機械の縁を指で辿《たど》りながら、

「ね、昨日、どうだった？」

「どうって……べつに。ナルちゃんは異常なしだって」

「他には？」

「巫女さんが教室に閉じ込められるって事件があったけど。怪しい事件かどうかについては、賛否が分かれてる」

「なぜ？」

女史が怪訝《けげん》そうに眼を上げた。

「霊媒さんがね、旧校舎には霊なんかいないって言うの。閉じ込められたのだって、巫女さんのミスだって」

そう、と女史は表情もなく呟《つぶや》く。

「……霊媒って、原真砂子でしょ」

「だけど」

「あいつ、偽物よ」

「はあ？」

偽物ってのは、どういう意味だ？

「ちょっと綺麗なんで、テレビでチヤホヤされてるだけでしょ？　霊能力なんてないわ」

「……はあ」

何なんだろうなあ？　──女史にせよ、巫女さんにせよ、なんだって他人の、しかも眼に見えない能力を、あるとかないとか断言できるんだろう。そもそも霊なんていない、霊能力なんて存在しないと言うのなら分かるけど、たぶん女史も巫女さんも、自分にはあるけど、他人にはないと言いたいんだよな……。なんか、変なの。

「あの……あんま、気にしないほうがいいと思うよ」

「何が？」

「だから、巫女さんが黒田さんについて言ったこと。あいつ、誰に対してもああだから。他の霊能者に対しても、頭っから無能扱いっていうか、ほとんど詐欺師扱いだし」

あんなふうに嘘つき呼ばわりされりゃ腹も立つだろうし、思わずそれを他人に振り向けたくなる気持ちは分かるけど。

「そんなんじゃないわ」黒田女史はピシャリと言う。「谷山さんには霊能力がないから分からないだけよ。人間にはオーラがあるのよ。オーラの色を見れば、霊能力があるかどうかは分かってしまうの。すごく鮮やかで光が強いんだもの。あの高飛車な女にも、原真砂子にもそれがない。むしろ暗くて汚い色をしてる。霊能者を騙《かた》っているせいだと思うわ」

はあ……さようですか。

「だからあいつらには分からないのよ。ここには霊がいるわ。それもすごく強い」

あたしは居心地悪く女史を見た。

「その……いるとかいないとか、あるとかないとか、そういうのって……結局のところ、水掛け論なんじゃないかなあ」

もごもごと言うと、女史はあたしの顔を冷ややかに見る。

「そう。あなたもつまらない理屈を振りかざす、つまらない人たちの仲間ってわけね」

あー……うー。

「いいわ。そういう人は、そのうちにツケを払うことになるから」

黒田女史は言って、くるりと背を向ける。実験室を出ようとしたところで足を止めた。

「どうせ言っても信じないんでしょうけど」言って、あたしを振り返る。「その隅に女の子がいるわよ」

えっ、と思わず声を上げて女史が視線を投げたほうを振り向いてしまう。そこには埃《ほこり》を被《かぶ》った机や椅子が積み上げられているだけ。反応に困って女史を見返したとき、どこからともなく、きしっ、と小さく耳障りな音がした。

「ラップ音ね」女史は言って薄く笑う。「連れて帰らないように気をつけることね」

ちょっと待て！　妙なことを言うだけ言って、去っていくなあああっ！

あちこちでこれをやったら、そりゃ友達、失くすよな、とか。見えるんだったら、連れて帰らないように助言なりお祓《はら》いなりしてくれよう、とか思ったり。舌を出しとくべきか追いかけて取り縋《すが》るべきか悩んであたふたしていると、パキッと小さく何かが罅割《ひびわ》れる音が響いた。

ら、らっぷ音というのは、いわゆる有名なアレでしょうか。その、幽霊の人が出るときに聞こえる音というか、幽霊の人が立てる音というか。

哀しくも身を縮めて周囲を窺ってしまう。まだ夕方には程遠いというのに、黄昏の落ちた実験室。見廻すたびに女史の示した片隅に眼が留まる。真砂子は、いない、と言っていた。ナルちゃんだって疑わしい、という態度だし。自分に言い聞かせていると、ふっと事故で死んだという作業員のことが脳裏を過《よ》ぎった。巫女さんが聞いたという「おい」という男の声。それはまさか……。

……いやいや。

あたしは軽く頭を振る。空耳か反響だろうと、ぼーさんも言ってたし。閉じ込められたのだって、何かの弾みかもしれないし。

言い聞かせてみたのだけど、言い聞かせれば言い聞かせるほど、頭の中は別方向に横滑りしていく。ミチルの先輩が——いや、先輩の友達か。その人が見たという白い影。自殺したという先生。この校舎のどこかで自ら命を絶った……。

その不幸な先生は、宿直室で死んだのだったか。障子をぴったり閉めなきゃいけない。でないと肩に先生の足が……。

大丈夫だ、ここは宿直室じゃない。そもそも宿直室なんて、ないし。きっともう取り壊されたか、そうでなきゃ怪談話自体がガセなんだろう。そうとも、そうに決まっている。

思いつつも、場所は宿直室で間違いないのだろうか、と同時に思う。まさかどこか別の教室だったりして。たとえばこの実験室、とか。どこかにその痕跡が残っていたりして——見廻しかけて首を振る。残ってるはずない、この教室のはずがない。だって女史も「女の子」って言ってたし——って、そうではなく！

このときほど、やってきた鬼のナルちゃんの顔が頼もしく思えたこともなかった。

ナルは教室に入ってくるなり、あたしに眼を留める。不審そうに、

「どうした？」

「い……いえ。遅いお着きで」

言ったとたん、またキシリと床板を踏むような音が天井から聞こえた。

「今の、聞こえた？」

「何が？」

「ラ、ラップ音みたいなの」

ナルちゃんが怪訝そうにしたとき、またもやピシリと乾いた音が教室の隅からする。

「い、今のは聞こえたよね？」

ナルちゃんは無表情に天井を仰いだ。

「家鳴りだろう」

そうか、家鳴りか。そうだ、そうだ。あたしんちだって、こんな音は始終してるもんな、うん。

「ええと、念のために訊くんだけど、ラップ音と幽霊って関係あり？」

「ラップ音は幽霊現象の範疇《はんちゅう》に入るとされているが。——どうしたんだ、いったい」

「さっきまで黒田女史がいて、この音、ラップ音だって」

ナルちゃんは眉をひそめた。

「……そう」

「そう——って、そのう」

それで終わりにしないでくれよう。正直に言います、怖いですう。

あたしが狼狽《うろた》えたのを見て取ったのか、ナルちゃんはコンピュータの前に坐って、軽く溜息をついた。

「ラップ現象は、正確にはラップス、またはラッピングと呼ばれる。日本では正体不明の怪音を総じてラップ音と呼び、霊の出現と関連づけたり、霊の立てる物音だとされるが、この理解は厳密な意味では正しくない。そもそもラッピングとは、交霊会で起こる叩音《こうおん》現象を指すものだからだ」

「……はあ」

「交霊会では、実際に霊が現れたことの証明として、霊媒が霊に物音を立てるように命じることが多い。あるいは、質問に対して物音で答えることを要求するのが伝統だ。音はコツコツと何かを叩くような音であることが代表的で、これを叩音——ラップ音といい、ゆえに霊媒の問いかけに対して霊がなにがしかの物音を立てて応答する現象をラッピングと呼ぶんだ。ここから派生して、霊が物音を立てることを総じてラッピング——ラップ現象と呼び、怪音をラップ音と呼ぶむきもあるが、正体不明の怪音を全てラップ音と呼ぶわけじゃない。ラップ音と呼ぶためには、霊が立てた音である、という大前提が必要だ」

「う……うん」

「霊が立てた物音だからこそラップ音なんだ。怪音がしたから、それがすなわちラップ音で、だから霊がいるんだ、という理屈は本末を転倒している。第一、ある物音を正体不明の怪音だと言うためには、それが物理的にするはずのない音であることを証明しなければならないはずだが、黒田さんはその証明を行なったのか？」

「うんにゃ。そういうわけじゃないけども」

「だったら、寝言と同じだ。とりあえず家鳴りだと解釈するほうが常識的だろう」

それはそう、かも。

「でも、そのう……これも女史が言ってるだけ、って話かもしんないけど、そのへんに女の子がいるって……」

「寝言だ」

はあ、そうですかい。……って、ずいぶん誰かさんに対するときと、態度が違ってやしませんかい？

不信感を滲《にじ》ませてナルを見ていると、ナルはキーボードを叩いてコンピュータの画面を示した。それは何かの一覧表のようなものだった。

「これは調査が始まってから夜間にマイクで集めた音の記録だ。ある程度以上の音量に達した物音がすると、自動的に記録される。これが記録された日時、これが音を拾ったマイクの番号、そしてこれが音の対照コード」

ナルちゃんは表を指で辿った。

「コードが付いている物音は、ライブラリに存在する音であることを示している。物音を記録すると同時に、様々な音を集めたライブラリと照合するシステムになっているんだ。たとえば、このコードは古い板にクラックが入るときの音。クラックが入る音にもいくつかのパターンがあるが、これはそのうちの一つと音の特徴が一致していることを示している」

「へえええ」

感心して見守る眼の前で、ナルは画面をスクロールさせる。

「御覧の通り、現在までのところ、対照コードの付いてない物音はない。……つまり、物理的に説明のつかない物音はしていない」

なるほどお、と呻《うな》ってから、あたしは首を傾げた。

「でも、これって夜間の音だけだよね？」

「主に夜。無人の間だけだな。校舎内に人間がいるときに音を拾っていたらキリがない。だが、夜に異音がしないものが、昼間にすると思うか？」

それはそうかも。……でも。

「やっぱ、妙なことが起こるのって夜なの？」

「理由は分からないが、昼間よりも夜のほうが圧倒的に多いな。その場にいる人間は多いより少ないほうが異常現象の出現率は高い。特に無人だと一気に高まる。だから、幽霊はシャイだと言うわけだが」

へええ。なるほどねえ。

「あ……あのさあ。これは気のせいかもしれないんだけど、一昨日、階段のところで人の声みたいなのを聞いた気がするんだけど……」

上目遣いになってしまうのは、思いっきり馬鹿にされそうな気がするからだ。しかしながら意外にも、ナルちゃんはごく平静に、

「どういう？」

「えっと……男か女かは分からないし、何て言ったのかは分からないんだけど、誰かが小声で呼んでるみたいな。どっか近くから聞こえた気がしたんだけど、やっぱそれって、ぼーさんが言ってたみたいに反響なの？」

「その可能性のほうが高いだろうな」

「なんかこう……階段のあたりって、背筋が寒くなるっていうか、項《うなじ》をすっと撫でられるみたいな感じがするんだけど」

「隙間風だろう」

あー……やっぱり。

「建物の中と外ではほとんど温度差がない。外のほうが低ければ、微風とはいえ吹き込んだとたんに隙間風だと分かるものだが、温度差がなかったり外のほうが多少暖かかっ

たりすると、風だとは感じにくいものなんだ」

「そっか……」

「隙間風が吹き込むなら、当然のように物音だって入ってくる。壁や天井で囲まれていると、人はつい物音も遮断されると思ってしまうし、そういう思い込みがあると、聞こえた物音はその場の内部で起こっているように感じられる。だが、隙間があれば意外に音はよく伝わる。ぼーさんの言う通り、実は音の出所というのは判別しにくいものなんだ。状況によっては、確かに反響音のほうがよく聞こえるということもある」

しかも、とナルはシニカルに笑う。

「誰かに呼びかける声、あるいは叱り声などの語調の強い声は、よく伝わる。松崎さんの場合は『おい』だったか。――人が『おい』と呼びかける距離というのは、どれくらいだと思う？」

「距離？」

あたしはパチクリした。

「ええと、わりと近く。すぐ見える範囲内かなあ」

「だろう。しかしこの言葉は語調が強いから、状況によっては意外なほど遠くまで伝わることがある。これを聞いてしまった人間は、誰かに『おい』と声をかけられた、と認識するだろう」

「うん。まあ、当然……」

「ところが、眼に見える範囲には誰もいない。声をかけられたし、言葉のニュアンスからすると相手は眼に見える範囲内にいるはずだ。なのに姿が見えない。こういう場合、どう解釈する？」

あのね、とあたしはナルちゃんに膨れっ面を向けた。

「いくらあたしが粗忽《そこつ》でも、どっか見えないところの声が聞こえたんだな、と思うさ」

「本当に？」

——へ？

「冷静に考えれば、誰でもそう思うだろう。ところが、虚を衝《つ》かれて考える暇もなかったとき、僕らの脳は混乱したあげくに奇妙な振る舞いをすることがある。例えば、右手遠くから声が聞こえたとする。聴覚はこれを正確に捉えて、右手遠くから『おい』と呼ばれたのだ、と認識する。ところが、言葉のニュアンスから察される範囲内に相手の姿が見えない。聴覚からの情報と視覚からの情報が齟齬《そご》を起こすわけだ。すると、混乱した脳はとっさに視覚情報のほうを優先して、近いけれども眼には見えない——つまり、物陰から聞こえた声だと判断してしまう。人が隠れられるような物陰が左手にしかなければ、左から聞こえたと聴覚情報のほうを改竄《かいざん》して辻褄《つじつま》を合わせてしまうんだ」

「……まさか。本当に？」

「腹話術がその良い例だ。腹話術の中には、舞台上の離れた場所に声を飛ばすディスタンスボイスという技法がある。腹話術師とは離れた場所に人形が置いてあって、この人形が喋《しゃべ》るんだ。もちろん、本当に喋っているのは腹話術師だ。だが、腹話術師の口は動かず、人形の口が動く。すると人形のほうから声が聞こえたように錯覚してしまう。視覚情報に合わせて聴覚情報が改竄される代表的な例だ」

……ほえええ。

「じゃあ、巫女さんが聞いた声も？」

「同様の現象である可能性のほうが高いだろうな。もちろん証明できるわけではないから、その他の可能性も否定できないが。ただ、常識の範囲内で解釈できるなら、まずそちらのほうを優先するのが当然だろう」

……そりゃそうだ。妙に感心して、あたしはちょっと首を傾げた。なんだか……すごく霊能者らしくない。こんなふうに何もかも常識で割り切ってしまったら、霊能者の活躍する余地なんて残らなくなるのでは。

思ったところで、玄関のほうから賑《にぎ》やかな人声と足音が聞こえた。廊下側の窓越しに視線をやると、巫女さんと一団の人間がやってくるのが見えた。校長に教頭、そして生活指導の先生の姿が見える。そのあとからは、ぼーさん、ジョンに真砂子の面々。遅れて黒田女史の姿まで。文字通り、霊能者御一行様だ。それを率いるがごとく先頭に立った巫女さんは、白い着物に白い衣、緋色の袴《はかま》姿だった。

——巫女さんの除霊が始まるのだ。

2
「どうしたの、黒田さん」

一行と一緒に戻ってきた女史に訊くと、彼女は面白くもなさそうに肩を竦《すく》めた。

「谷山さんのことが心配になって。あのまま一人でいるのは、良くないんじゃないかと思ったから」

「ああ……それは、そのう。どうも」

ナルによれば寝言だそーだが、心遣いはいただいておこう、うん。

女史はそんなあたしの心中を見透かしたように、少し険のある表情を浮かべた。

「信じる信じないは勝手にすればいいわ。親切心を起こして、それを馬鹿にされるのなんて慣れてるから平気だけど、気になったままなのは嫌だから。そしたら、途中であの仮装行列に会ったのよ。格の違いってものを見せてくれるんだそうよ」

……ははあ。

当の巫女さんは、偉そうに先生とジョンを扱《こ》き使って（ジョンてば、可哀想に）玄関の土間に余白を作り、そこに白木の祭壇を組ませている。

「まあ、よく見てるのね」

巫女さんは廊下の窓越し、ナルに流し眼をくれて、まだ何もしていないというのに勝ち誇ったように笑った。

「ちょっと条件は良くないんだけど、この程度の心霊現象なら造作もないわ」

ぼーさんが半ば呆れたように、半ば感心したように呟く。

「あの自信はどっから来るんだろなあ」

「遠いお山の向こうからじゃない？」

あたしが答えると、かもな、と笑って、

「だが、まんざらインチキでもなさそうだ」

「そうなの？」

ぼーさんは頷《うなず》き、ナルのほうを振り返った。

「……できると思うか？」

「さあ」

「あの巫女さんに祓えるもんがあるとは思えんが――まあ、見てろって話だから、見物ぐらいはしてやるか。坊やはどうする」

「神道式の除霊というのは、見たことがないな。見物してみようか」

言って、ナルがちらりと振り返った棚では、収められたテレビ画面の一つに、玄関の様子が映し出されている。

巫女さんは白木の祭壇の前に立った。三人の先生が巫女さんの後ろに神妙な顔をして並ぶ。あたしたちはと言えば、なんとなくそこに並ぶ気がしなくて、実験室の廊下側の窓からその様子を見守っていた。

巫女さんは手を叩き、頭を下げて、

「かけまくもかしこきいざなぎのおおかみ、ちくしのひむかのたちばなのおどのあわぎはらに……」

何だ、こりゃ。寝言と聞きまがうばかりだが、まさか寝言ではあるまい。巫女さんはひとしきり唱えて白い紙のビラビラが付いた棒を振る。

「つつしんでかんじょうたてまつる、みやしろなきこのところに、こうりんちんざしたまいて、しんぐのはらいかずかずかずかず、たいらけくやすらけく、きこしめしてねがうところをかんのうのうじゅなさしめたまえ……」

あたしはヒソヒソと、

「これ、何？　何て言ってるの？」

ついうっかりナルに訊いてしまったところ、ナルはいかにも煩わしそうに、

「黙ってろ。日本人のくせに祝詞《のりと》も知らないのか」

「のりと？」

迂闊《うかつ》にも問い返したらば、完璧に無視。助けてくれたのは、やっぱり例によってジョンだった。

「神道の呪文《じゅもん》やです」

「へえ。何て言ってるの？」

ジョンは困ったように笑う。

「僕には、そこまではちょっと。ただ、祝詞いうのんは神様に言う言葉やと聞いたことがあります。せやし、神様に霊を祓ってくださいてお願いしてるんとちがいますやろか」

「でも、神様ってどこの神様？　ここ、神社じゃないけど、それでも神様にお願いできるのかな？」

はあ、とジョンは頷く。

「松崎さんの前に祭壇がありますやろ。その周囲に棒を四本立てて縄を張ってありますけど、あそこに神様が降りて来やはるんやと思いますのんです。たしかあれを注連縄《しめなわ》、言うんとちゃいましたやろか」

「あのビラビラの付いた縄？　巫女さんが持ってる棒にもついてる」

「はあ。紙垂《しで》、ゆうやつですね。紙垂を付けた棒が御幣やったと思うんですけど。注連縄は普通とは逆に左に縒《よ》った縄に紙垂を付けたもんで、場所を区切るためのもんやと聞いたことがありますです。悪い場所や良い場所――そういう特別な場所を区切るんやそうです。せやからあの囲みの中が神社の代わりなんとちゃいますやろか」

なるほどなあ。――なんて感心して、我ながらオーストラリア人のジョンに神道について教えられてしまった自分をいかがなものか、と思ったりもする。

「ジョンは詳しいのねえ。神父さんなのに」

とんでもない、とジョンは赤くなって手を振った。

「やっぱり僕では神道や仏教のことは、よう分かりませんです。ほんまは、松崎さんか滝川さんに訊くのが一番やと思うんですけど……」

ジョンは言って、実験室の廊下側、窓際を見る。そこでは椅子に腰を降ろしたぼーさんが、窓枠に顎《あご》を載せて寝こけていた。

確かに祝詞って単調で、いたずらに眠気を誘うけどさ。

「……おじさん、年寄りだから疲れてるんだ、きっと」

玄関では巫女さんのパフォーマンスが続いている。


「これで何の心配もありませんわ。今日からでも工事にかかれます」

儀式のあとで、巫女さんは校長ににっこり愛想をした。端《はた》で見ているあたしなどは、本当なんかい、と思うのだけど、校長はいたく満足したようだった。満面に笑みを湛《たた》えて、教頭ともども巫女さんを褒めちぎっている。それを黒田女史や真砂子が軽蔑《けいべつ》の眼差《まなざ》しで見ている、という心寒い構図。

「どうですか、今夜一席設けますが」

校長の猫撫で声に、巫女さんは威厳を込めて微笑んだ。

「いちおう、除霊したあとは泊まり込んでその後の様子を見守ることにしていますから」

「いやあ、なるほど、さすがはプロですな」

校長の鼻の下が若干伸びているように見えるのは、眼の錯覚だろうか。

「それでは、どこかでお茶でも。せめて休憩なさってください。お礼の席のほうは、御都合の良い頃合いに改めて」

「ええ」

巫女さんが言って、勝ち誇ったような視線をあたしたちのほうへ向けたときだ。

ぎっ、と突然天井で嫌な音がした。続いて、こおん、と虚《うつ》ろな音がどこからか。

怪訝そうに周囲を見渡す校長たちに、巫女さんは自信ありげに言ってみせる。

「家鳴りですわ。こういう木造の建物では、当たり前のことですから」

「ああ──そうですな」

でれでれと言って、校長たちは巫女さんを伴い、玄関から出ていこうとする。その入口のそば、どこか上のほうから、やはりギシリと木の擦れ合う音がした。教頭が自分の頭や肩を払う。埃か何かが降ってきたのだろう。こおん、とまた音がして、同時にふっと嫌な臭気が実験室のほうまで漂ってきた。

何だろう、これは──あたしが周囲の連中に向かって問いかけるより先に、木の裂ける音がした。同時に何かが折れ、弾《はじ》けるような音、その刹那《せつな》、玄関のドアの上にある採光窓のガラスが罅《ひび》割れた。

けた。ガラスの破片が、すぐ下にいた校長たちの頭上に降り注いだのだった。
そう言う間もなかった。再びギシリと音がすると同時に、採光窓のガラスが内側に弾
「何……？」

3

「何の心配もありませんわ、だって」

黒田女史が、皮肉っぽく巫女さんに言葉を投げる。校長たちが逃げ出すように立ち去っていって、あたしたちは白けたムードで実験室に集まっていた。

「どこが？　除霊なんてできてないじゃない」

くつくつと笑った。巫女さんは女史を睨《にら》んだけれど、特に何も言わなかった。ガラスの破片を被って校長は禿《は》げ上がった頭を血だらけにしていた。他の先生も大同小異で、巫女さんには怪我がなかったけれども、だからこそいっそう、返す言葉はなかろうて。

「あれは事故ですわ」

冷ややかに言ったのは真砂子だった。

巫女さんは得たりとばかりに、真砂子の言葉に頷く。

「そうよねえ。あたしはちゃんと……」

「除霊できた、という意味ではありませんわ。初めから霊なんていませんの、ここに

は」

巫女さんがむっと押し黙り、しらじらとした沈黙の中、険悪な視線だけが三者の間を行き交う。こりゃ、三竦《すく》みってやつでないかい？　——霊はいないという真砂子と、霊はいるけど除霊できたという巫女さんと、霊はいて除霊できていないという黒田女史と。女三人が睨み合っている横で、男のほうはと言えば、首をひねるばかりなりけり。

「偶然ですやろか」

そうジョンが首を傾けると、ぼーさんが、

「偶然にしちゃ、できすぎじゃないか？　タイミングからすると、除霊に対する反発に見えるが」

「反発、って？」

あたしが訊くと、ぼーさんは肩を竦め、

「平たく言うと、殴ったから殴り返されたんじゃないか、ってこと」

「何に？」

「何だろなあ」

言って、ぼーさんは腕を組む。

「これだけガタの来てる建物だし、ガラスが割れること自体には不思議はねえわな。だとしても、あのタイミングは意味深だよな。やっぱ何かがいるんじゃねえの？　巫女さんじゃ手に負えねえような、強いのが」

ナルは考え込むように視線を落とす。

「……だったら、もっと機械に反応があってもいいはずなんだが」

ナルはテレビ画面を見ている。棚の中に収めた小型テレビとは別に、もう少し大きなやつがコンピュータの脇に据えてある。その画面上では、巫女さんの除霊の様子が、何度目か再生されていた。

なんだかなあ。頼りないなあ。そう心の中で呟いたとき、

「こんなものなの？」呆れたように口を挟んだのは黒田女史だ。「これだけの霊能者がいて、霊がいるかいないか、見ただけで分からないわけ？」

苛立《いらだ》たしげに言って、霊能者の集団を見渡す。

「考え込む必要がある？　霊感を働かせれば一目瞭然でしょうに」

……そう言いたい気持ちは分かる。

少なくともテレビ等においては、幽霊屋敷なる場所に霊能者が行けば、問題の屋敷に踏み込む以前から、良くない波動を感じるだの、あそこに霊がいますだの言って、一通り見るだけで即断即決、ここにはこれこれしかじかの不幸な出来事があって、かような霊がうろうろしております、などと言ってくれるもんだよな。

「もちろん一目瞭然ですわ」真砂子がきっぱり言った。「ここには霊などいません」

女史は嗤《わら》った。

「本当に欠片《かけら》も霊感がないのね。これだけ霊がいるのに見えないの？　さっきからずっ

とこの部屋に集まってるわよ」

……うえ。あたしは思わず周囲を見廻してしまう。

「怒りの波動を感じるわ。みんな怒ってる。自分たちのことをいい加減に取り扱われるのが、我慢ならないんだわ」

真砂子は超然とした眼を女史に向けた。

「あなたの『見える』に何か意味がありますの？　見たところ、こちらの生徒さんにすぎないようですけど」

女史がさっと青くなった。巫女さんが皮肉げに嗤う。

「自称、霊感少女だそうよ」

「自称するだけなら、誰にでもできますわね」

「まったくね。──もっとも？　ここには他にも自称だけの人間がいそうだけど？」

……ああ、また始まった。こいつらはなぜ、自分に「だけ」霊能力があると主張するのだろう。黒田女史は例によって険悪な視線を投げて実験室を出ていくし、巫女さんと真砂子は冷え冷えとするような皮肉の応酬をしているし。

うんざりして視線を逸《そ》らした。テレビの画面に眼をやる。画面の中では猛スピードで時間が遡《さかのぼ》っていた。さっきからナルが録画を巻き戻しているのだ。コンピュータの脇の主画面が巻き戻ると、同時に棚の中の小テレビ群も巻き戻る。これで何度目だろう、巫女さんたちが玄関を後退《あとずさ》っていく。画面の端に消えて、玄関が完全に無人になったところで映像が止まり、そして時間が正常に流れ始める。無人の玄関。入ってくる巫女さんたち。

ぼんやり眺めていると、巫女さんが唐突に声を上げた。

「ちょっと待って。今の、何?」

巫女さんはマニキュアされた指先で玄関が映っているテレビを示した。

「巻き戻してよ。さっきのとこまで」

ナルが不審そうに巫女さんを見て、それから、おとなしくビデオを巻き戻す。

それは霊能者御一行さまが校舎に入ってくる少し前の映像だった。玄関に置いたカメラが玄関と階段を機械的に映している。——ただ、それだけ。

「ほら、それ」巫女さんが言う。「階段の正面の壁。踊り場の」

ナルが眉をひそめてもう一度ビデオを巻き戻す。改めて階段の映像が映し出された。玄関の隅に置いたカメラは、薄暗い玄関とその向こうの階段を捉えている。画面のほぼ中央、上のほうに見える踊り場の壁。そこに、すっと白いものが動いた。

えっ……?

玄関から奥へ向けて昇った階段は、半分までを昇ったところで踊り場に達し、そこで百八十度方向を変える。残りの半分は手摺《てすり》が見えているだけだ。その手摺の向こうから、白いものが覗いて、そして消えた。踊り場の薄暗がりの中、ぼんやりと白くて、ちょうど人間の頭ぐらいの——。

「なにーっ、これ!?」

思わず大声が出ちゃったい。今のはいったい何なのさ。周囲を取り囲んだ霊能者一同までが息を吞む。

改めて録画が巻き戻される。それは踊り場の暗がりの中にいる。手摺の陰から玄関のほうを覗き込んでいた。薄ぼんやりと白い輪郭はわずかに歪《ゆが》んで、何かやわやわとしたものに見えた。白い顔には表情のない眼が開いている。それが眇《すが》められるように細まって、ふっと手摺の陰に引っ込む。ちょうど入れ替わるように巫女さんたちが画面に現れるので、その白い何者かは手摺の陰から玄関の様子を窺っていて、霊能者たちが入ってきたため視線を避けようと身を隠した、そんなふうに見えた。

「と……鳥肌が立ったよう」

あたしが言うと、ぼーさんも感心したように、

「うーむ。これはすごい……ような」

「ほら、やっぱり何かいるんじゃない！」

巫女さんの喜ばしげな声に対して、真砂子は表情が硬かった。ナルは無言で問題のシーンを巻き戻し、スローで再生している。

「これが証拠よ。でしょ？」

巫女さんはふんぞり返って一同を見渡し、そして、ハタと手を叩いた。

「そうだわ！　録画してるんじゃない。昨日だってしてたんでしょ？　あたしが教室に

閉じ込められたところ！」

そっか。それを見れば一目瞭然だ。ぽん。

期待を込めてナルを見たけど、ナルはそれを一蹴《いっしゅう》した。

「録画されていない」

「松崎さんが問題の教室に入った直後で映像が途切れているんです。どうやらカメラが止まったらしい」

……そう言えば。巫女さんの悲鳴を聞いて実験室を飛び出すとき、テレビの一つが消えていたような記憶が。

「それ、どういうこと？」

「さあ。心霊現象が起きると、えてして機械は正常に作動しなくなる。そのせいかもしれないし、あるいは純粋に機械的なトラブルかもしれない」

「でも、あたしが教室に入ったところは映ってるのね？　てことは、あたしが無意識のうちに戸を閉めたかどうかは確認できるんでしょ？　そこの小娘に見せてやってよ」

巫女さんは真砂子を見やる。ナルは鬱陶《うっとう》しそうに息を吐いて、コンピュータを操作する。主画面の映像が切り替わった。そこに一階の廊下が映る。ちゃんと頭出しされているのか、すでに編集されているのか、巫女さんがカメラに向かって歩いてくるところだった。

教室に視線を投げながら、巫女さんは廊下を歩いてくる。西端の教室にさしかかったとき、ふいに何かに気づいたように足を止めた。残念ながら問題の声は聞こえない。ただし、かなり斜めのタイトな映像ではあったけれど、この時点で教室の戸が開いていることは確認できる。

巫女さんは怪訝そうに中を覗き込み、周囲を見廻してから、改めて教室の中に半身を突っ込んだ。片手を戸口の柱にかけ、中を見渡すようにしてから教室へと踏み込む。巫女さんの姿が開いたままの戸口の中に消え、柱に残された手が引き込まれる。戸は開いたままだ。閉まっていない。

「ほーら！」

巫女さんが言って、真砂子が不愉快そうに眉をひそめた。

カメラは無人の廊下を映している。教室の戸口は開いたままだ。そして画面がふわっと呼吸をした――ように見えた。

「何……？」

それをどう言い表したらいいのか分からない。べつにカメラが揺れたとか、画面が動いたわけではない。なのに画面全体がふわっと一瞬、トーンを変えた。ぶれたのとも違う、でもピントを合わせ損なって慌てて修正した、そんなイメージに一番近い。画面がぼやけたわけでもないけれど、ふうっと画面の印象が変わって、それがすっともとに戻る。戻ったと思ったとたん、唐突に画像が途切れた。切り裂いたように縞目《しまめ》が走って、突きつけるような砂嵐で画面が塗りつぶされた。

「ここで停止している」

ナルは淡々と言う。あたしは、

「巫女さん、やっぱり戸を閉めてなかったね。それは分かったけど――最後のは？」

「止まる直前にカメラのオート機能が働いたようだな。これ自体は、心霊現象とは関係ないと思う。機械的なものだろう」

「じゃあ、カメラの故障？」

「とも考えにくいんだが……」

「逆サイドのカメラは？」口を挟んだのはぼーさんだ。「たしか、廊下の逆サイドにもカメラがあったよな」

「あれは玄関ホールまでしか捕捉《ほそく》していない」

何にしても、と巫女さんは朗らかに宣《のたま》う。

「あたしが閉めたわけじゃなかった。肝心なのはそこよ」

「確定したわけではございませんわ」真砂子が強く言う。「肝心の戸が閉まるシーンは映ってないのですもの。あのあと、松崎さん自身が閉めたのかもしれません」

「タイミングを考えなさいよ。教室に入って、ついうっかり無意識で閉めたんだったら映ってるわ」

「無意識でなかったかもしれませんわね？　松崎さん自身が何らかの事情で閉めたとも

考えられますわ。なのに開かなくなったので焦った、とも」

「……ちょっと!」

無茶を言うなあ。

あるいは、と真砂子は微笑む。

「他の誰かかもしれませんわね?　滝川さんが松崎さんを困らせようとした、とか」

「俺かよ」

ぼーさんが呆れたように声を上げた。

「単なる可能性の問題ですわ。肝心なのは、何も確定できない、ということです」

……そりゃ、そうかもしれないけど。

巫女さんは大仰に溜息をついた。

「何が何でも自説に固執したい人もいるみたいだけど、放っておきましょ」

真砂子に背を向けて、巫女さんはあたしたちを見渡す。

「何かいるのよ。——でしょ?　あたしを教室に閉じ込めた奴が。たぶん、さっき映ってた白い人影と無関係じゃないわ」

思い出して、また背筋がぞわっとした。階段の踊り場からひょっこり頭を出して、慌てたように隠れた白い影……。思い出して今夜は眠れないかも……。

どう、と巫女さんは得意気にナルを見た。ナルは淡々と頷く。

「補強材料にはなるでしょう」

「ほーら、ね」

「何もいない、という」

ナルが冷たく言って、巫女さんはかくんと口を開けた。

「なんですって？」

ナルは画面を踊り場の映像に戻し、ギャラリーを振り返る。

「これは霊姿じゃない」

ぼーさんが身を乗り出した。

「幽霊の姿じゃない？　粗忽な巫女の味方をしたいわけじゃないが、どうしてなのか聞いてもいいかい」

これだ、とナルは別のテレビの画面上を指先で示した。それは二階の廊下を捉えた映像が一時停止されたものだ。たぶん二階の西端に置いたカメラ。西端の教室前からちょうど階段を昇り切ったところにあるホールのあたりまでが映っている。画面のぎりぎり端――ナルが示した指のすぐそばには、ホールに並んでいる戸棚が映っている。その扉の表面に白い光が点《とも》っていた。

「戸棚のガラス扉に当たった光だ」

言って、キーを叩く。コマ送りで画面が動き始めた。

「光が動く。扉が動いたんだ。反射光が廊下に落ちてる。――ここ」

ナルの示したホールの床には、確かに薄く白い影のように光が落ちている。

「床面を階段のほうに動いて消える。消えると踊り場に現れる」

「あ。ほんとだ」

タイミング的には、反射光が動いていって踊り場に達した、という感じ。あたしが言うと、ナルは頷く。

「反射光ではなく屈折光の可能性のほうが高いが。いずれにしてもガラス扉の光だ。それが踊り場に現れて消える。消えるとぼーさんたちが玄関の画面に入ってくる。ということは、その前に玄関の扉が開いて閉じてる」

「うに？」

「二階に上がったところに戸棚があったろう。ガラスの入った扉が付いているが、蝶《ちょう》番《つがい》が緩んでいる」

あ、とあたしは声を上げた。

「あった。建付がゆるゆるで、何度閉めても勝手に開いちゃうの」

「勝手に開くのは傾いているからだな。手前にのめっているから開く。蝶番が緩いから、ちょっとした空気の流れで影響を受ける。麻衣はここで隙間風を感じているだろう」

「あ、そう。うん」

「つまり空気の通りのいい隙間があるんだ。玄関の扉が開くと、風が吹き込んでガラス扉が動く。玄関の扉が閉まることで、それが絶たれて重力的に安定する位置に戻る」

「……そっか」

なるほど、明快だ。しかも、いったんそうやって解説されてしまうと、問題の映像はどう見ても単に踊り場の壁に落ちた光が動いているようにしか見えなかった。巫女さんが騒いだときには、あんなにはっきり人影のような気がしたのに。……人間って不思議。

「でも……っ」

巫女さんは身を乗り出しかけて、ぐったり実験机に突っ伏した。

……なんだか巫女さんってば不憫《ふびん》。

ぼーさんがゲンナリしたように息を吐いた。

「やっぱ真砂子ちゃんの言う通り、何もいないのかね」

いませんわ、と言った真砂子は、どこか申し訳なさそうに巫女さんを見ている。その気持ちは分からないでもない。

「しかしなあ——霊がいなかったら、妙なことだって起こりようがないわけだろ。それで校長がわざわざ拝み屋を呼ぶもんかね？　俺たちみたいなのを一番嫌うお堅い連中が、むきになってこれだけの人数の霊能者を集めたんだ、そんだけの何かがあって当然なんじゃないのか？」

そう言ってから、「もっとも」とぼーさんは肩を竦める。

「世の中には妙に験を担ぐ人間もいれば、とんでもなく臆病で怖がりな奴だっているから、一概には言えないけどさ」

真砂子は軽く小首を傾げた。

「あたくしには、校長先生がそんなにこの校舎を恐れているというふうには感じられませんでしたわ。とてもお困りのようで、ぜひともなんとか来てもらいたいと、それは粘り強く懇願してこられましたけれど」

そうね、と巫女さんも投げやりに頷いた。

「恐れてないというより、あまり霊だの何だのを信じてる様子じゃなかったわね」

信じてないのに霊能者を呼ぶはずがあるだろーか。あたしがそう言うと、巫女さんは肩を竦めた。

「いろいろ事情があるんじゃない。あたしに話を持ってきたのは、別の人だもの。この学校の理事みたいよ。なんとかならないかって相談されて、引き受けてもいいって言ったら、校長が正式に依頼に来たの。理事から勧められたから断れなかったんじゃない」

あ、とジョンが声を上げた。

「僕もそんなんでおましたです。理事長さんから打診があって、校長先生から正式な依頼があったんやです」

ふうん。てことは、霊能者を呼びたかったのは校長じゃなく、その上にある理事会のほうなのかな？

確かにな、とぼーさんは呟いた。

「校長自身は他人事みたいだったもんな。良くない噂があるとは言ったものの、噂の内容を詳しく説明するわけでもなかったし」

「他の愚痴なら細かーく聞かされたけど」巫女さんは言って、顔をしかめた。「建物の完成はいつごろであってほしいとか、そのためには工事をいつごろに始めなきゃならないとか」

「俺も聞かされた。――ってことは、工事を始めるために除霊したって体裁だけ整えたかったのかね」

「体裁を整えたいだけなら、神主に祓ってもらうなりお坊さんに供養してもらうなりすればいいだけのことでしょ。普通はそのほうが説得力だってあるし、断然、安上がりだし。そう勧めたんだけど、それは過去にやって効果がなかったって言ってたわよ」

……勧めたのか？　い、意外に良心的。

「つまり」と、ぼーさんは腕を組む。「通常の儀式なら過去にやったが、効果はなかった、と。それを盾に取って工事に反対する一派がいる、ってことだよな。反対派を説得するために、除霊したという体裁が欲しい。――もっと言うなら、工事をしても大丈夫だっていう専門家のお墨付きが欲しいってわけだ」

言って、ぼーさんは皮肉っぽくナルを見た。

「それで都心に事務所を構える専門家を雇った、と。いかにも説得力がありそうだもんな。ところが、これが来てみると意外にも若くて頼りない」

にんまりするぼーさんを、ナルは完璧に無視する。

「これじゃあ反対派を説得できそうにないってんで、手当たり次第、勧められるままに拝み屋を掻《か》き集めた。メジャー霊能者の真砂子ちゃんを含めて。質より量、ってわけだ」

量と言われて怒るかと思いきや、真砂子は小さく頷いた。

「……そういうことなのでしょうね」

「てことは、やっぱ何もいないってことかあ？」

「人影を見たって噂、聞いたよ」あたしは口を挟んでみた。「……夜中に誰かいて、手招きしてたとか」

真砂子は軽く溜息をついた。

「それこそ単なる怪談話じゃありませんの？　それらしくても、どこかで聞いたような話ですもの」

それはまあ、あたしもそう感じないでもないけど。

「どこかで聞いたような怪談話と、正体不明の噂話――この校舎にまつわる話というのは、その調子でございましょ？　そもそも、祟《たた》りを恐れるような異常事があったとも思えませんけれど」

「そうかもしんないけど――でも、だったらどうして、この建物だけ今まで壊されずに残ってたのかなあ」

逆ですわ、と真砂子は涼やかに言ってのける。

「何かしらの事情で不自然に古い建物が残されていたからこそ、祟りがあるという噂になったんじゃございませんの？」

「あ、そうか」

なるほどな、と納得しながら、あたしは妙な気分がしていた。ここでも霊能者らしくない、という気がしたからだ。ナルちゃんがそれっぽくないのはもちろんのこと、巫女さんですら、どこかしら霊能者らしくない。じゃあ、どういうのが「らしい」のかと問われても答えられないわけだけど（なにしろ霊能者にお目にかかったのは初めてだ）、テレビなんかで見る霊能者とは何か根本的に違う感じ――そう、お馴染みの「霊能者」というイメージからすると、黒田女史のほうがそれっぽい。

「はっきりせんなあ……」ぼーさんが、ウンザリしたように頭を掻いた。「どうも真砂子ちゃんの『いない』説が信憑性《しんぴょうせい》高そうなんだが」

「信用はできない、ということですのね？」

真砂子が言うと、ぼーさんは溜息をつく。

「鵜《う》呑《の》みにするわけにはいかん、ってこと。鵜呑みにして何もしないで帰って、工事が始まって犠牲が出たらどうするよ。そりゃ、真砂子ちゃんは確信があって言ってるんだろうが、こっちは真砂子ちゃんの断定以外、根拠も何もないんだからさ。何もしないで帰るにしても、結果を引き受けられるだけの覚悟ってもんがいるの」

さいですね、とジョンが柔らかく頷いた。

「これが単なる廃屋やったらええのんですけど。工事を妨害する、いう話ですし。校長先生は僕らが帰ったら工事をしますやろ。実際に現場で働かはるのは事情をよう知らんお人やです。工事をしても安全やいう確信がなかったら終わったことにでけしまへんです」

言ったジョンの顔はとってもプロっぽく見えた。……そっか、そうだよなあ。職業として看板を掲げている以上、みんな責任を負ってるんだよな。考えてみれば当たり前のことなんだけど。

そんなことを考えていたら、巫女さんが唐突に立ち上がった。

「じゃ、明日また除霊してみる」

「おいおい」

呆れたようなぼーさんの声に、

「あたしが右代表で揺さぶってみる、って言ってるの。ガラスが割れたでしょ？　偶然かもしれないけど、そうじゃないかもしれない。もう一回揺さぶりをかけてみて、やっぱり反発があるかどうか確認すればいいんでしょ」

あ、なるほど。

「確認するためなら、同じ手法で除霊したほうがいいわけじゃない。それでまた何か起これば反発の可能性が高いし、今度は何も起こらなかったら、そもそもガラスが割れたのは偶然だったってこと。――でしょ？」

巫女さんの言に、霊能者の一群はもとより、ナルちゃんまでが頷いた。

「やってみる価値はある」

4

巫女さんの提案のおかげで泊まりを免除され、家でゆっくり眠ることができて、とてもめでたい。たらふく寝たので、朝、学校に着いた時点で、気力体力ともに万全の状態。

おまけに今日は土曜で授業は午前中だけだ。機嫌よく席に着き、授業が始まる段になって、あたしは黒田女史がいないことに気づいた。教室の前のほうには主のいない机と椅子がつくねんと蹲《うずくま》っている。

休みかなあ。昨日、霊能者集団から虐《いじ》められたせいでなければ良いが。

——なんてことを思いながらぼーっと授業を受けていると、一時限目も半分がた終わった頃になって女史が姿を現した。遅れてすみません、とだけ言った女史は、どこかで転びでもしたふうだ。なんとなく埃っぽく、頭髪も着衣も乱れ気味。先生もそれに気づいたのか、どうした、と声をかけたけど、女史は無言で首を横に振った。

何でもない、との意思表示だったのだろうけど、何でもないようには見えなかった。

それで授業が終わるなり、女史のそばに行ってみたのだが。

「ねえ、どうしたの？　大丈夫？」

女史は驚いたようにあたしを振り返った。

「大丈夫よ。──なぜ？」

「なんか、くたびれてる感じだよ」

そう言ってはみたけれど、疲労してる感じではなかった。常には態度にも身なりにもまったく隙がないのに、今日は隙があるというか、ちょっとだらしない感じだというか。

「埃《ほこり》……ついてるよ」

ああ、と女史は言ってハンカチで制服をはたいた。

「朝、旧校舎に寄ってみたから」

「寄った？　なんで？」

「様子を見てみようと思っただけよ。あの人たちがちゃんと除霊できたのか気になって。でも、変化はないみたいね」

「うん……まあ、あれから何もしてないし。巫女さんが今日、もう一回お祓いをするみたいだけど」

そう、と女史は冷ややかに言う。

「変に刺激して何も起きなきゃいいけど。谷山さん、あまりあそこには近づかないほうがいいんじゃないかしら」

近づきたくない気持ちは山々ですが、賠償請求が怖いんですよ。

「……危険な感じ？」

「増してるわね。さっき様子を見に行ったら、襲われちゃったわ」

女史はさらりと、とんでもないことを言った。

「え……ええっ⁉」

「二階の廊下を歩いてたら急に誰かが荷物を崩してきたの。逃げようとしたら、すごい力で髪を引っ張られて首を絞められて……」

言って女史が示した首筋には、うっすらと赤くなった痕があった。どう反応していいか分からず、言葉を失ったあたしに女史は微《かす》かに笑ってみせる。不吉なトーンの笑みだった。

「声が聞こえてきたのよね。——お前の霊感は強いから、邪魔だ、って」

授業が終わってから、あたしは女史を旧校舎に引っ張っていった。やっぱナルに報告するべきだと思ったからだ。

「どうせ信じないわよ」

黒田女史は拗《す》ねたように言ったけど、だから行かない、と拒みはしなかった。背中を押すようにして旧校舎に向かうと、ナルちゃんは例によってバンの荷室で何やらごそごそやっている。呼ぶと顔を上げ、黒田女史に眼を留めて怪訝そうにする。

重要な証言だぞ、ちゃんと聞くのだ。上司の注意を喚起し、あたしは渋る黒田女史に話を繰り返させた。

ナルは、少し考え込む様子だった。

「──それはいつごろ？」

「始業前よ。教室に戻ったのが……」

「一時限目の途中」

あたしは断言する。ナルは頷き、ハッチバックを閉めて実験室に向かう。中では例によって機械が自動的にお仕事をしている。──いや、正確に言えば一つを除いて。テレビ画面の一つが暗い。どうやら何も映っていない。他の画面と見比べるに、二階廊下の西側に設置したカメラが仕事をサボタージュしているらしい。

「切れてるよ？」

あたしが画面を指差すと、ナルは眉をひそめた。

「荷物が落ちてきたのは？」

黒田女史に問う。女史が、

「二階の廊下よ。廊下の端。段ボール箱が積み上げてある……」

二階の西端だ。

ナルは真っ白な指をコンピュータのキーボードに置く。すぐに主画面に再生された映像が出た。

それは画面端の時刻表示からすると、始業時間の十数分あまり前のことだ。廊下の西端に据えられたカメラは無人の廊下を捉えている。一階同様、教室の並びを見渡せるよう少し角度を付けてあるので、映っているのは階段を上がったホールのあたりまでだ。

そのホールに小さく女史の姿が現れた。女史はそこで左右を見比べ、少し緊張した仕草でこちらへ（カメラのほうへ）歩いてくる。何かを探すようにそれぞれの教室を覗き込み、一つ手前の教室の前にさしかかった。そのときだ。ぱっと画面に白い線が入った。画像が縞模様に乱れて何もない廊下が映る。さらにまた縞模様、何もない廊下、縞模様、──そして。積み上げた段ボール箱が女史の上に崩れてくる一瞬。

あたしは思わず腰を浮かせた。

ちょうどそのあたりの窓際には、人の背丈ほどの高さまで段ボール箱が積み上げてあった。それが女史の上に崩れかかり、女史は箱を避けるように──あるいは箱に押し倒されるようにしゃがみ込む。ほんの一瞬で映像は縞目に乱れ、何もない廊下が映ったかと思えば途切れる。散乱する箱の間に蹲る女史、何もない廊下、縞模様。それが唐突に途切れて録画が終わってしまった。それきり何も映らない。

「何これ。壊れてるよ」

「……壊れているわけはないんだが。意味深だな」

「意味深？」

ナルちゃんは頷いたが、それ以上は言葉を発さなかった。

そういえば、霊が現れると機械は正常に動かなくなるんだっけか。そういうことなんだろうか。なんだか、いやーな感じ。

ナルは女史を振り返る。

「声がしたと言っていたな？　どんな声だった？」

「掠《かす》れていたけど、女の子の声だったと思うわ」

女の子――と、あたしは、ちょっと身を硬くした。

そう、と呟いて考え込むナルに、

「ねえ？　真砂子は霊なんていないって言ってたでしょ？　あんなにきっぱり断言してたじゃない。でも、実際こうやって映像が切れちゃったりしてるわけで、それってなんで？」

「さあ……。彼女の才能は信頼に値すると思っていたんだが……」

本当にぃ？　なんか真砂子だけ特別枠に入ってる気がするんだけどなあ？

黒田女史は薄く笑う。

「原さんって、本当に霊感があるのかしらね。マスコミで持て囃《はや》されていることは、確かだけど」

「女性の霊媒というのは、好不調の波が激しいのが普通だが……」

ナルは考え込むように言ってから、なにやら意味ありげな眼で黒田女史を見る。

「……それとも、君と波長が合ったのかな。旧校舎に霊がいたとして、その霊は君と特別、波長が合うのかもしれない」

黒田女史は意外そうにちょっと眼を見開き、そしてうっとりと微笑んだ。

「そうかもね」

5

微笑んでられないのは、やってきた霊能者集団だった。あたしの説明を聞いている間は、いかにも鼻先で嗤うふうだったが、再生されたビデオを見て全員が押し黙ってしまった。

「真砂子ちゃん、感想は？」

真っ先に声を上げたのは、ぼーさんだった。

「機械のトラブルですわ」

真砂子は素っ気なく答える。けれども、その声音には力がなかった。黒田女史が険のある眼で真砂子を見る。

「トラブル？　いい加減に認めたら？　ここには良くない霊がいるのよ」

真砂子はこれには答えず、静かに立ち上がった。実験室の外へと向かう。黒田女史の声がその背中を追った。

「逃げるの？」

「……逃げる？　なぜ？」お人形さんのような顔が振り返り、「もう一度、中を見てきますわ」

くすり、と黒田女史は笑う。

「やっぱり自信が失くなったんだ？　そう、今度こそちゃんと霊感を働かせたほうがいいわよ。——できるなら、だけど」

真砂子はちらりと黒田女史を見て、黙って背を向ける。実験室を出ながら、

「……この校舎には霊はいませんわ」

そう低く言い残した。

「ショックやったですやろか……」

ジョンが真砂子の消えたほうを見送り、呟く。

「当然だろう」答えたのはナルだ。「人には分からない真実が見えるから、霊能者なんだ。間違えたら、それはもう霊能力とは言えない」

ふうん？　真砂子だけは、やけに庇《かば》うじゃない？　あんたってば——。

「可愛い女の子には弱いのね」

あたしは一瞬、自分が口を滑らせたのかと思った。あたしが思うだけで辛抱したことを、きっぱり言ってのけたのは黒田女史だった。ナルは冷たい視線を向ける。

「それは、どういう意味かな？」

「ずいぶん彼女を庇うじゃない？」

「彼女の業績は僕も知っているし、才能については高く評価している。だから相応の敬意を払っているだけですが？」

……ふうん？

「そうかしら？」

あやや。女史とシンクロしてるわ。

だったら、とカリカリした声を上げたのは巫女さんだ。

「あたしたちにも、もう少し敬意を払ってほしいものね」

「松崎さんのどこを、評価させていただけばいいんです？」

……あんた、やっぱり態度が違うぞ。

ぼーさんが笑った。

「まあ、あのザマじゃしょうがないわな。除霊はできないわ、閉じ込められて悲鳴は上げるわ」

「あたしがいつ、悲鳴を上げたのよ」

「こないだ教室に閉じ込められて、悲鳴を上げてただろうが」

「上げてないわよっ！」

「ほう。じゃあ、あれは鳴き声だったのか？　キャンキャン吠えてたが」

「あんたねえ」

……また始まった。あー。煩い。

そちら方面には耳を塞《ふさ》いで、あたしはちょっと声を低めた。

「ねえ、ジョン？　つかぬことを訊くけど、真砂子ってそんなに有能なの？」

ジョンは頷いてから、小声で、

「やと思うんですけど。原さんはそれなりに有名なお人ですし……」

「テレビによく出てるから？」

「みたいですけど、僕はあんまりテレビのことは。たしか原さんは、霊媒の中でも一流ゆう評価やったと思います。日本の研究者の間でも信頼できる霊媒や言われてますし、海外の研究者の間でも評価されてる人やったと」

「研究者？　研究って——霊媒の？」

　そんな暇な研究をしている大人がいたのかあ？

「霊媒だけとちゃいますけど。超能力とか霊の研究をしている——いわゆる超心理学とか、心霊学とかゆうやつですね。日本やとあまり本式の研究所いうのは聞きませんけど、民間やったらそれなりの研究所もありますし、大学の先生なんかでそれを専門にしてはる方もいてはります。海外やったら、大きな研究所のあるところもありますし、研究団体や大学の講座もあったりしますのんです」

　ほええ。……そうだったのかあ。

「原さんは、海外のそういう研究所から招聘《しょうへい》されたことがあったんと違いますやろか。僕も昔、アメリカの研究者が口寄せの報告書を書いてはるのを見たことがありますです」

「へええ。真砂子の？　それはすごいねえ」

　ハイ、とジョンは笑う。

「でも……ってことは、やっぱり旧校舎には何もいないの？」

「そうやですね……少なくとも、原さんがそう言わはる以上、その可能性が高いんやとは思うんですけど。ただ……」

「——ただ？」

ジョンは首を傾ける。真っ青な眼をほんの少し曇らせた。

「僕はこの校舎がなんとなしに嫌なんやです」

「それは……嫌な予感がするとか、そういうこと？」

ナルは、幽霊屋敷の中には危険なものもある、と言っていた。

「予感いうほど大したこととちゃいまんのですけど。ほんまに、かなん、いう気がするだけで。なんや、頭痛ゆうほどとちゃううんですけど、頭の芯が重うなって、それが校舎の中にいると酷《ひど》うなるんです。目眩《めまい》みたいな感じもあって」

「あ……それ、分かる」

「谷山さんもでっか？」

あたしは頷いた。

「麻衣でいいよ。——うん、そんなに大層な感じじゃないんだけど、確かにちょっと気持ちが悪くなる感じはあるかも。ジョンの言う通り、頭の芯が重くなる感じ？」

「松崎さんも、閉じ込められたとき、そう言うてはりましたですやろ」

……そう言えば。嫌だ、目眩がする、とか。

「原さんの言葉を疑うわけと違うのんですけど、何もいんのやったら、この感じは何なんやろ、という気がするのんです」

言って、ジョンは不安そうに周囲に視線を投げた。

「自分でもよう分からへんのですけど、ここはかなん、早よ出たい、帰りたい――いう気がして」

気を呑まれてなんとなく息を詰めたときだ。こおん、と虚ろな音がした。全員がふっと押し黙る。沈黙の中で軋《きし》むような音がした。さらに小枝を折るような音が天井のあたりで弾け、それが立て続けに鳴って移動していく。まるで天井裏をごく軽い何者かが駆け抜けていったように。

ぼーさんが軽く腰を浮かせた。

「……ラップ音か？」

小さく何かを叩く音、折れる音、あるいは木が裂けるような、歪むような音。そんな音が間歇的《かんけつてき》に天井のあちこちで鳴る。

ふっと嫌な臭いがした。同時にパシッと何かが爆《は》ぜる音がして、一瞬の空白ののち、激しい音を立てて西側の黒板に亀裂《きれつ》が走った。

「ちょっと……何よ！」

巫女さんが悲鳴じみた声を上げたときだ。ジョンが別種の緊張した声を上げた。

「原さん！」

驚いて振り返ると、ジョンは棚に収めたテレビにかじりついている。弾かれたように振り返り、

「——原さんが、二階の教室から落ちたです!」

第四章

1

夕暮れが近いグラウンドを救急車が出て行く。騒ぎを聞きつけて集まった部活中の生徒たちや先生たちが旧校舎を遠巻きにしていた。怪訝《けげん》そうに救急車を見送る彼らの顔には、強い西陽が当たっている。

──真砂子は二階、西端の教室から落ちたのだ。教室は一部を壊したまま放置されていた。西側の壁は取り壊されて存在せず、代わりにそこにベニヤ板が張ってあって風雨を遮るようになっている。そのベニヤ板が裂けたのだ。真砂子は裂け目から放り出され、三メートル下の地面に落下した。

旧校舎の西側には、鉄パイプや古い廃材、工事道具などが残されたままになっている。真砂子はたまたま、そんなものの間にわずかに残されていた柔らかい地面の上に落ちた。

──もしも、そうでなかったら。

一階の西端に設けられたお粗末なドアを抜け、あたしたちが校舎の外に駆けつけたとき、真砂子は苦しそうな声を上げてはいたものの、意識もあったし喋《しゃべ》ることもできた。

巫女《みこ》さんがざっと検《あらた》めた限りでは、特に酷《ひど》い骨折などもなさそうだった。——幸いにも、と言うべきなんだろう。苦しそうな声を漏らす真砂子の手を握っていたあたしの、背中に触れるところに、かつての足場だろうか、古びて錆《さび》の浮いた鉄パイプが乱雑に盛り上げてあった。

「真砂子……大丈夫かな」

校舎の角を曲がっていく救急車を見送り、あたしは呟《つぶや》いた。巫女さんが軽くあたしの背中を叩く。

「大丈夫よ、きっとね。意識も言葉もしっかりしてたし、手足もちゃんと動くみたいだったから。頭や背中を強く打ったんでなきゃ、そんなに酷いことにはならないわ」

そうだね、だといいね——と、あたしは頷《うなず》いた。

おろおろとした声を上げたのは、駆けつけてきた校長だった。

「どうなっておるんですか」

校長の額には、未《いま》だにガーゼが貼りつけられている。

「私は除霊をしてください、と言ってお呼びしたんですよ。前にも助手の方が事故で怪我をされたとか。そのうえこれでは、また不吉な噂が」

ナルは校長を制す。

「助手が怪我をしたのは、粗忽者《そこつもの》の女生徒のせいです」

——それは、あたしのことかなあ？

「原さんの件も単なる事故です。本人が、これは自分の不注意から起こった事故だ、と言っていましたから」

「しかしですね」

校長は言って、情けなさそうに霊能者の集団を見渡す。

「これだけのプロを集めて、なのに噂が増長したんでは、みなさんを呼んだ私の立場がですね……」

「それは重々承知しています」

「信頼できると勧められたからお呼びしたんですよ」

「御期待いただいたぶんに見合うだけの結果は出します。どうか余計な不安をお持ちになりませんよう。事故は事故でしかありません。西側を覆ったベニヤ板が風雨で傷んでいただけのことです。それを意味深に捉えて狼狽《ろうばい》なされば、かえって噂を煽《あお》ることになると思いますが」

「それは……そうですが」

「――調査に戻ります」

ぐずぐずと愚痴を続けようとする校長をナルは遮り、旧校舎に入っていく。どこからどう見ても冷静そのものだけど、真砂子のあれは本当に事故なんだろうか。そう――確かに真砂子は事故だと言ったのだけども。救急車に運び込まれる前、本人が自分の不注意で転落したと、はっきりそう告げていた。

「あれは真砂子の意地じゃないの？」

実験室に戻って、言ったのは巫女さんだ。いつの間にか、実験室はミーティングルームになり果てている。

「霊はいないと言ってた手前、事故だって言い張っただけだと思うけど」

言って巫女さんは、何かに気づいたように周囲を見廻した。

「──あら？　霊感ごっこのお嬢さんは？」

帰ったよ、とあたしは答えた。騒ぎを聞きつけて駆けつけた先生に帰されてしまったのだ。女史は残りたいふうだったけど、でもって──同じく帰されようとしたあたしが、ナルの「手伝ってもらっている」という一言で残る破目になったのを不満そうに見てたけど。

「──とにかく、やっぱり霊はいると思うわよ」

「そう。お前さんが除霊しそびれた奴がな」

ぼーさんに言われ、巫女さんは情けなさそうに口を尖《とが》らせた。

「……いいわよ、認める。あたしは除霊に失敗したわ。ちょっと条件が悪かったから。早くなんとかしないと危険だわよ」

あたしは瞬《また》いた。

「危険なの？」

巫女さんは肩を竦《すく》める。

「除霊に失敗した霊は、手負いの獣と一緒なの。とても凶暴になる」

「なによ、それ！　じゃあ、真砂子の怪我は巫女さんのせいなんじゃない！」

「ちょっと、やめてよ」

「だってそういうことなんじゃないの⁉」

「そこの単細胞二名」

ぴしりと冷ややかな声が飛んできた。

「早まるな」

「だって……」

「霊がいたとしたら、の話だろう。確かに除霊に失敗すると危険度は増すが、録画を見る限り、あれは事故としか言いようがない。原さん自身が言った通り、本人の不注意が引き起こした事故だ」

あたしは押し黙る。——そう、真砂子はあの壁が柔《やわ》なベニヤ板一枚でできているなんて、思ってもみなかったようなのだ。実際、あたしも驚いた。ベニヤ板で塞《ふさ》いであるのは一階も同じだけど、一階のほうはもう少し堅牢な造りになっている。ドアを設けているることからも分かるように、壁にそれなりの厚みがあるのだ。ところが二階の壁は、本当に木枠にベニヤを張ってあっただけで、それが長年の風雨ですっかり傷んでいた。そんなこととは夢にも思わなかっただろう真砂子は、壁に凭《もた》れた。そして、そこが板の継ぎ目から裂けてしまったのだった。あの教室を撮った映像には、その経過がしっかり映っていた。

——なのだけども。

気になるのは壁に凭れる直前、真砂子がふらっと踏鞴《たたら》を踏んだことだ。まるで目眩《めまい》でもしたよう——あるいは、誰かから引っ張られでもしたかのように。姿勢を立て直した真砂子は、ちょっと頭を振って身体を休めるように壁に凭れ、落ちた。直前の余計な動作が何かを暗示しているようで、少し意味深な感じがする。

「……ねえ？」巫女さんが深刻そうな声を出した。「あの教室って、あたしが閉じ込められた教室の真上よね？」

もちろん、そうですが。

「原因はやっぱり一階のあの教室なんじゃないかしら。上の階まで影響が出てる」

「逆かもしれんぜ？　上から下に影響してる」

「地霊だったら、地面に近いほうが大本《おおもと》よ」

「地霊だとすれば、な」

あくまでも揶揄《やゆ》的なぼーさんに、巫女さんはちょっと険のある視線を投げた。

「……もういいわ」

呟くと、ぷいと立ち上がって実験室を出て行った。その背中が心なしか煤《すす》けてる感じがして、あたしはちょっと罪悪感に駆られてしまった。真砂子の怪我まで巫女さんのせいにしたのは、我ながら言い過ぎだったかも……。

「ねえ？　除霊しそびれると危険？」

誰にともなく訊《き》くと、ジョンがやんわり微笑《わら》った。

「必ず、ゆうわけやおまへんし」

「てことは、そういうこともある？」

「場合によるんと違いますやろか。確かに、中途半端に手ぇ出したせいで事態を悪うしてしまうこともおますけど、今回がそうかどうかは分かりませんです。原さん自身は、事故やと言うてはるわけですし」

「本当に事故なのかな」

「事故やないと考える根拠は、おまへんですね」

それはそうなんだけど……。

ナルがちょっと、うんざりしたように息を吐いた。

「除霊が成功すればよし、そうでなければ、えてして反発があるし、その場合、当初よりも現象が激化することが多いのは事実だ。ただ、原さんの場合は、単なる事故であることを疑う積極的な理由はない。それ以前に、松崎さんの除霊自体が効力のあるものだったかどうかもよく分からない」

「あー……、巫女さんにはそもそも霊能力なんてないかも、って話？」

「能力の問題ばかりでなく、方法論の問題もある。除霊は儀式じゃない。どんな現象でも執り行なえば効力があるというものじゃない」

「……ほえ？　つまり、儀式なら必ず効果があるってこと？」

「除霊と儀式は別物だということだ」

……訳が分からん。

だからさ、とぼーさんまでが溜息をついた。

「よく、お祓《はら》いをする、とか言うだろ？　神主に頼んでお祓いをする」

「うん」

「そういう儀式と、拝み屋が行なう除霊は別物だって話」

「……分かんない」

「つまりさ、ここに幽霊が出る家があるとする。神主を呼んできてお祓いをしてもらえば、悪しきモノは祓われて消える。——だとすれば、俺たちみたいなのは出る幕ないわけよ。神社でも寺でも五万とあるんだからさ」

「まあ……それはそうだよね」

「実際、神主を呼んでも消えないことがある。だからこそ胡散臭《うさんくさ》いことを承知で拝み屋に縋《すが》る人間がいるわけでしょが。幽霊が消えなかったのは、神主の能力の問題だったのかもしれない。能力がない——あるいは、幽霊のほうの能力が勝っている。だとしても仕方ないだろ。基本的に現在の日本じゃ神主や坊主は宗教者なんだよ。神主や坊主になるのに、祓う能力の有無は問われない」

「そりゃそうだ……」

霊能力のテストがあるなんて聞いたことないもんな。

「神主のお祓いってのは、そもそも宗教的な儀式なの。宗教的な儀式にもそれなりの効果はある——それこそ先人の知恵ってもんだよな。効果があったからこそずっと受け継がれてきてる。だからこそ幽霊だろうと祟《たた》りだろうと、とにかく祓えば悪いことはなくなる、と思われてるわけだけども、実際のところ、幽霊つったっていろいろあるでしょーが」

「いろいろ？」

「例えば、こういう話がよくあるよな。祖先の霊が危険を知らせるために現れた、とか。この場合、祖先の霊には悪意はないわけだし、子孫を害する気もない。むしろ害から守ろうとしているわけで、善い霊か悪い霊かで言えば善い霊って話なんじゃねえの？　だとしたら、その霊を悪しきモノを祓う儀式で祓えちゃったら問題あるだろ」

……ぽむ。そりゃ、そうだ。

「本当は、それぞれの場合に従って方法を変えないといけないはずなんだ。そうでないと可怪《おか》しい。なんでもかんでもこれさえやっとけば、どんな相手でもＯＫなんて万能薬があるはずがない。市販の風邪薬みたいなもんかな。能力を問わず誰でも処方できるし、どんな症状にでも概ね効くけど、症状が重いとそれでは効果がない」

「それが儀式としてのお祓い？　症状が軽ければそれで治るけど、症状が重かったら、病院に行ってこれはインフルエンザだとか肺炎だとか、ちゃんと見極めてもらって、個別に治療しないと駄目なんだ。それが除霊、ってこと？」

「そうそう。嬢ちゃん、結構、賢いじゃん」

あらま。そうかしら。

「……ってことは、巫女さんは除霊したわけだけど、ひょっとしたら診断を間違えてるかもしれないし、治療方法を間違えてるかもしれないわけだよね」

「あるいは、そもそも治療する能力がないか。これが一番、可能性高そうだけどな」

嫌味を言うことは忘れないのな。

「能力がなかったら除霊したって反発なんて起こらんだろ。まず相手に掠《かす》り傷ぐらい負わせないとさ。そうでなきゃ、あまりに微力で相手が殴られたことに気づいてなかったりしてな」

「だったら、反発なんて起こりようがない」

「そういうこと。あるいは、診断を間違えてぜんぜん見当違いの方法で除霊しちまったのかも。見当違いの方向に振り降ろした拳が、たまたま相手に掠る場合もあるが、まったく掠りもしない場合もある。その場合だって、やっぱり反発なんて起こらんだろ」

なるほどなあ、とあたしは思った。それでこの連中、やたら理屈っぽいんだ。ちゃんと除霊するために、まず現象が何なのか見極めようとしてるから。そうでないと意味がないから。……そういうことなんだよな。

妙に感心したときだった。ねえ、という強い声がスピーカーに入った。テレビのほうを振り返ると、一台の画面に巫女さんが大写しになっている。

『ねえ、聞こえる？――ちょっと来て！』

2

巫女さんが呼びかけているのは、一階西奥に据えたカメラだった。何事ならんと全員で駆けつけると、廊下に強張《こわば》った顔の巫女さんが立ち尽くしていた。

「――いる。……何かいるわよ、ここ」

「またか、とぼーさんが聞こえよがしの溜息をついた。

「またか、ってのはどういうことよ。確かに何かがいるんだってば。足音が――」

「足音？」

ナルが真面目な顔で問い返した。巫女さんは硬い表情で頷く。

「この部屋に何か原因があるんじゃないかと思って。調べに入ったら、誰かがあとを尾《つ》けてきたの」

「あとを？　誰が？」

ぼーさんの問いに巫女さんは頭《かぶり》を振った。

「知るわけないじゃない。振り返っても誰の姿も見えなかったわ。でも、確かにそっとあとを尾けてくる足音が聞こえたのよ」

ぼーさんは失笑した。

「自分の足音だろ」

「だ、か、ら。違うってば。一歩ずつ足許《あしもと》を探りながら歩いてたんだから、自分の足音かそうでないのかぐらい分かるわよ。振り返っても振り返っても誰の姿もないのに、尾けてくる足音がする」

「誰かいるのか？」

ぼーさんは教室を覗《のぞ》き込んだ。

「いないの！ いないから可怪しいって言ってるんじゃない！」

「こんだけ暗かったら振り返っても見えなくて当然なんじゃないか？」

あのね、と巫女さんはぼーさんに指を突きつけた。

「人がいれば影ぐらいは見えるってば。真の闇ってわけじゃないんだから」

言われてあたしは改めて教室を覗き込む。廊下側に窓がないうえ、奥の窓まで物で覆われているので教室の中は暗い。ごたごたと立ち並んだ棚があちこちに高低様々の壁を作っているから物陰も多い。だからといって、確かに何も見えない、というほどじゃない。入口の戸だって巫女さんを救出するために外されたままだし。

同様に教室の中を覗き込んで、ナルは巫女さんを振り返った。

「足音がしたのはどこだ？」

「一番、奥」

巫女さんが指差したのは、教室の西奥の隅だ。ナルは中に踏み込み、中程まで歩いてからしばし考え込むように佇《たたず》んで、振り返った。

「麻衣。来い」

「……あ、あたし？」

当然だ、というように頷きながら二、三歩こちらに戻ってくる。おそるおそる教室に入ってナルのところまで行くと、今度はまっすぐに問題の隅を指差した。

「正面に見える棚から箱を取ってきてくれ」

「——あたしがぁ!?」

あたしはナルと教室の奥を見比べた。窓に向かって、スチール製だの木製だのの棚が何本かでたらめに立っている。正面の——というと、一番奥にあるスチール製の棚だろうか。

「取ってくるって……あたし、一人で？」

「一人で」

そんなあ。いやです、と訴えようとしたら、冷酷無比な眼で睨《にら》まれる。

「どの箱でもいい。行ってこい」

その顔が、行かないのなら考えがあるぞ、と言っているような気がする。おそらくその考えとは、損害賠償請求と無縁ではあるまい。

「……ここにいる？」

「もちろんだ」

あたしは項垂《うなだ》れ、そろそろと歩き出した。足許にある雑多なものを避けながら、息を詰めて棚のほうへと向かう。周囲の物陰には暗がりが潜んでいる。それを眼にするたび心細く、背後を振り返ってナルの姿と入口付近にたむろする霊能者の群を確認する。

……あんだけの数の霊能者がいて、なんであたしが。

足許を探りながら不要物の間を迂回《うかい》し、ようやく目的の棚に到達した。棚には箱や紙の束や、布の塊などが突っ込んであった。そこから適当に小箱を一つ取り上げると、大急ぎで廻れ右。入口に駆け戻りたかったけど、なにぶん足場が悪くてそれもできず、足許を探りながらハリボテを廻り込んだときだった。

……きしっ、と小さな音が背後でした。

背筋が凍る——というより、文字通り、全身が凍ったように固まる。足を止めて耳を澄ますけど、もう何も聞こえない。ナルのほうを見て、そろっと一歩を踏み出す。ぎしーっとという明らかな軋《きし》みは、あたしが立てている足音だ。床板が反っているんだろう。そーっとさらに一歩、踏み出した爪先に体重を乗せようとしたとたん、背後でまた微《かす》かにきしっと音がした。あたしはそれで、まったく身動きができなくなった。視線だけがおろおろとあたりをさまよって、救いを求めて霊能者一同の上に戻る。

「——どうした？」

ナルの冷ややかな声。

「……なんか……音がする」

あたしは、ようやっと言った。ほら、と声を上げて巫女さんが教室の中に踏み込んでくる。ナルはそれを片手で制した。

「お前の背後には誰もいない」

「でも、足音がするよ……」

「気のせいだ。戻ってこい」

頷いて、踏み出した爪先に体重を乗せる。さらに一歩。すると——また。

「また、したよお」

ナルは頷き、何でもなさそうに通路へと入ってくる。あたしのそばまでやってきて、脇にある木製の棚を押さえた。行け、と目線で促す。

こっくりして、おそるおそるまた一歩。今度は自分の足音しかしない。

「……？」

さらに一歩。やっぱり自分の足音だけだ。怪訝に思ってナルを振り返る。ナルが棚に当てていた手を離した。

……あれ？

一歩踏み出すと、今度は音がする。きしっ、という小さな音。

「あれえ？」

「——どうしたの？」

巫女さんが訊く。あたしは戸口のほうへ一歩ずつ戻った。ちょっと顔が笑ってしまう。

「……確かに音がするけど、変なことじゃないみたい」

「え？」

同意を求めてナルを振り返ると、素っ気なく頷いた。

「そういうことだな」

「……？　どういう……？」

「あれだよ、きっと。あの棚」

あたしは入口まで戻って、ナルの脇の棚を示した。

「床板が歪んでて軋むじゃない？　つまり、床板が撓《たわ》んでるわけだよね。それで棚が揺れてるんじゃないかな。その音」

「——ええっ⁉」

巫女さんがあんぐり口を開けた。

「ナルが棚を支えてると、音しないもん。手を離すと、足音みたいなのが聞こえるの」

まさか、と巫女さんが不満そうな声を上げるのと同時に、ぼーさんがこれ見よがしに笑った。

「やーれやれ」

皮肉っぽいぼーさんの声に、巫女さんは「ちょっと待ってよ」などと口走り。あたしと入れ替わりにナルのいるあたりまで行って。そのへんを往復して、それからがっくり肩を落とした。

「御納得いただけましたか？」

ナルの声は憐《あわ》れむ調子だ。

「で、でも」

「たぶん、このあたりの床板が特に歪んでいるんだろうな。踏むと床板が沈む。そのしなりで棚が傾く。足を上げると戻る。戻るときに棚の上の何かが他のものに擦れて音を立てるから、足音よりも一拍遅れる」

言いながら、棚を覗き込むようにして何度か床を踏み、すぐに棚の下のほうにある木箱を指で支えた。

「——これだ」

なーるほど。あの木箱が音を立ててたんだ。へー。

「いやあ、意外な尾行者だったなあ」

ぼーさんが、さも愉快そうに言う。巫女さんは大いにむくれて、どすどすと戻ってきた。そのまま無言で教室を出て実験室のほうへ戻っていく。

……巫女さんってば、ちょっと気の毒。

3

「……何なのよ、ここ！」

足音高く実験室に入った巫女さんは、八つ当たりするような手つきで椅子を引き寄せ、坐り込んだ。

「場所のせいじゃなかろーに。要はお前さんが迂闊《うかつ》なだけだろ」

ぼーさんが呆《あき》れたように言う。

「煩《うるさ》いっ！」

巫女さんは爆発寸前だ。まあまあ、と宥《なだ》めるように微笑って、ジョンが、

「松崎さんが勘違いするのんも仕方ないです。僕かて渋谷さんの説明を聞かんと中に入ったら、同じふうに誤解したと思いますよって」

「そうよね」

巫女さんは大きく頷いた。現金なヤツ、とは思うものの、ここは巫女さんに一票だよなあ。ナルが解説してくれなかったら、あたしも絶対、誰かが尾けてきたんだと信じ込んだと思う。

「にしても、粗忽すぎらあ」ぼーさんは言って、「無意識に戸を閉めといて閉じ込められたと悲鳴を上げる、空耳を勘違いする」

「閉めてない！」

「単なる光を心霊映像と勘違いする、おまけに、いもしない尾行者がいると騒ぐ」

「心霊ビデオはあんただって――」

言いかけた巫女さんを、ぼーさんは遮った。

「なあ？　本当にここ、何かいるのか？」

巫女さんも含め、全員が一瞬、押し黙ってしまった。巫女さんが周囲の顔を見廻し、

「いる……んでしょ？　だって、だからこそ依頼があったわけだし」

「とはいえ、校長が真剣に信じてるふうじゃなかった、ってのはお前も言ってただろうが。実際、祟るらしいという話は聞いたし、以前事故があって工事が中止になったって話は聞いたが、それがどの程度信憑性《しんぴょうせい》のある話なのかは謎だ」

「それはまあ……」不満そうに言ってから、巫女さんはあたしに眼を留め、大きく身を乗り出してきた。「そうだ。いるじゃない、ここに当事者が」

「あたしぃ？」

「そう。実際はどうなの？　ここって」

……と、言われましても。

「怪談話で聞いただけだし……それに、あたし高等部からの編入組だから」

「単なる怪談話でいいわ。校長はいろいろ噂があるって言ってたけど、どういう噂があるわけ？」

「だから……もともと不吉なことが多かったとか」

あたしはいつぞやの怪談話を思い出してみた。取り壊し工事の事故、出るという噂、噂を否定して旧校舎に入っていった先生——などなど。

話を聞き終わった巫女さんは腕を組んでふんぞり返る。

「漠然とした話ねえ」

だよな、とぼーさんも頷いた。

「最後の白い影は、いかにもありがちな怪談くさいし、信憑性はない感じ」

ジョンが頷いた。

「さいですね。典型的なFOAFですよって」

「FO……？」

あたしが首を傾げると、

「フレンド・オブ・ア・フレンドでんがなです。友達の友達。実話やということになってる怪談なんかは、『友達の友達』の体験談として語られることが多いんでおます」

「あ、なるほど」

確かになあ。よく考えたら怪談って、実話だと言いつつ、「私」でも「友達」でもないんだよな。必ず「友達の友達」とか「先輩の知り合い」とか「お兄さんの友達」で。

面白いな。なんでだろう。

ぼーさんも頷く。

「だいたいにおいて『友達の友達』ときたら、ほぼ根も葉もないんだよな。白い影の噂は、単なる怪談話の可能性が高い。同じく漠然としてるのは――、そもそもの始まりも同じか。もともと不吉なことが多かった？　それって具体的な話は伝わってないのか？」

「ええと、火事とか事故とか？　人が死ぬことが多かったとか。詳しいことは分かんないけど」

ぼーさんは首を傾げる。

「火事に事故に人死に？　いかにも不幸なことを並べました、って感じだよなあ」

「……そうかも」

「本当に事実として何か特別不吉なことがあったんだったら、もうちょっと具体的な話が伝わってるんじゃないか？　こっちも信憑性は限りなく薄めだよな。――女の子の話はどうなんだ？　この校舎で死んだって？」

「死ぬか殺されるかして、とは言ってたけど、話してくれた子も詳しいことは知らないみたいだった」

「信憑性、ねえなあ。――ってことは、信憑性があるのは解体のときの事故だけか？　作業員が死んだって？」

「と、聞いたけど」

「さすがにこれは事実だろうな。この話だけ、突出して具体的だし。事故で死んだ作業員の霊が出る。それが噂になって、噂を否定した教師までも自殺する。……この自殺はどうだろな。ここで死んだって？」

「……って聞いたけど。たしか宿直室。たぶん」

「宿直室なんてねーぜ」

「ないけど。てことは、去年の工事で取り壊されたんじゃないかな」

ぼーさんは厳しい顔で天井を見つめた。

「宿直室に入ったら障子を閉めないといけない──か。何かをしないといけない、何かをしちゃいけない。でないと出る。禁止事項と怪談がセットになってるわけだろ。おまじないやジンクスと怪談がセットになってるあたり、学校の七不思議っぽいんだけどな」

「そうなの？」

「これを聞いたら他人に話さなきゃいけないとか、いつまでに忘れなきゃいけないとか。有名な『花子さん』だってそうだろ。あるルールに従って呼べば出てくる。つまり、おまじないと怪談がセットになってる」

「あ、そっか。呼び出したらこうしなきゃいけない、でないと悪いことが起こる、とか言うもんね。禁止事項ともセットになってる」

「そういうこと」

「でも、宿直室の幽霊は実際に見た人がいっぱいいて騒ぎになったらしいよ。おかげで校舎は立ち入り禁止になったたって」

「それこそ尾鰭《おひれ》かもしれないだろ」

「それは、そうだけど」

「去年起こった事故も事実だろうな」

「だよね。新聞に載ったって話だし。あたしは記憶にないんだけども」

「俺もだ。見たような気もするんだが、別の事故かもな。事故のニュースなんて、始終あるからなあ」

そうだねえ。

「——にしても、どうもはっきりせんなあ」ぼーさんが顔をしかめた。「事故は事実として、問題はその事故が、祟りだとされてるのはなぜなのか、って話なんだよな。祟りを想定しないといけないような特異な事故だったのか、それとも事故に際して伝わってない怪談話があったのか」

……と言われてもな。

全員が考え込むように黙り込んだとき、ナルがしみじみと呆れ果てたような溜息をついた。

「……旧校舎が使われていた間、死亡者が多かったのは事実らしい」

ほえ？　隣にいるナルを振り返ると、げんなりした顔つきで薄いファイルを開いたところだった。

「そうなの？」

あたしが問い返すと、ナルは頷いてファイルのページを繰る。そこには細かい文字でびっしりとメモが取ってあった。ちらっと覗き込んだけど、お医者さんのカルテのようだ。横文字ばっかりであたしにはとても読めそうにない。

「建物が使われ始めた当初には立て続けに数人、その後も間を置きつつ頻繁に死亡者が出ている。特にこの建物が校舎として使われていた最後の三年間には、連続して教師、生徒が死亡している」

そうなのか、とぼーさんは呆気《あっけ》に取られたようだった。ナルちゃんは淡々と頷く。

「ただし、これは当時の事情を考えると一概に変だとは言えない。この校舎が建ったのは戦前のことだ。時代から言っても、子供の全てが必ず大人になるという常識がまかり通る状況でもなかっただろうし、そのあとには戦争もあった。戦後には食糧事情も悪かったし、伝染病なども多かったろう。だから死亡者が多かったこと自体は、さほどに異常なこととは言えない。最後の三年間、死亡者が連続したことも、偶然だと言って言えないこともないわけだし」

そっか、とあたしは呟いたのだけど、ぼーさんはあんぐり口を開けたままだ。

「なに、お前、調べたの？」

ナルちゃんは露骨に眉をひそめて、軽蔑も露《あら》わな視線をぼーさんに向けた。

「調べなかったんですか、この程度のことも？」

ナルちゃんに言われ、ぼーさんは明後日《あさって》の方向を向いた。さりげなーく巫女さんやジョンまでが視線を逸《そ》らせたのをあたしは見た。

「この建物が建ったのは、一九三六年——昭和十一年のことらしい。そもそも、この学校は一九二三年、貧しい女子にも教育の機会を与えようという創立者の理念のもとに誕生した。以後、順調に生徒数を増やし、それに従って学校も小さな私塾のような体裁から学校規模へと膨らんでいった。これに対応するために建てられた校舎がこの建物で、当時はこの建物のすぐ脇にある裏門が正門で、現在の体育館がある場所に講堂があった。のち、共学制になって学校が拡大するとともに校舎は増え続け、三十二年前、道路の向かいにあった大学が郊外に移転したのを機に、その跡地に初等部、中等部が移動、高等部でも校舎を新築、老朽化して不要になった校舎は取り壊されることになった。このとき、ここを取り壊す作業中に、屋根が落ちるという事故があった」

「やっぱり本当だったんだ、その話……」

「——半分は」

「半分？」

「伝説では、その事故で作業員が死んだことになっているが、そういう事実はないな。怪我人を五人ばかり出したが、いずれも軽傷で死者はいなかった。原因は作業上の不手際で、工事に当たった業者もこれを認めて補償に応じている」

へっ、と全員が呆気に取られたような表情を作った。

「死んでない？」

ここに尾鰭が潜んでいたか。ナルは素っ気なく頷き、

「工事は当初の予定通り、旧校舎の三分の一を取り壊して終了」

「予定通り——って、事故のせいで中止になったんじゃあ」

「そういう事実もない。そもそもそのときの計画では、旧校舎の三分の一だけを取り壊し、新校舎のせいでグラウンドが狭まった、そのぶんに当てようということだったようだ」

なーんだ、とあたしは思った。

「……そういうことかあ」

「その後もこの校舎は補修を繰り返しながら教室として使用されていたが、新たに校舎が建っていくにつれ、倉庫代わりに利用されるようになっていった。当時から、不吉だ、祟りがあるという噂があったようだが、校舎が解体を免れて残っていたこと自体には、さしたる理由はない、という話だった」

でも、とあたしは首を傾げた。

「それって不自然じゃない？　十年くらい前、今の校舎に建て替えたときにも、この旧校舎は壊されずに残ったって聞いたよ？　あとから建った校舎のほうを壊して、古い校舎を残すなんて、普通そんなことする？」

しない、と巫女さんとぼーさんが声を揃えたが、ナルちゃんはあっさり、

「あっても可怪《おか》しくはないだろう。校長によれば、利用の便を考えて校舎を配置すると、

現在のようにならざるを得なかったということだし、それは実際にあり得ることだ。すでにある敷地の中に校舎を配置するんだ、正門の位置が決まれば校舎を建てるべき場所は自ずから限られてしまう」

そうかしら、と巫女さんは不服そうだったが、ぼーさんは納得したみたいだった。

「なるほど、言われてみるとそうかもな。初等部と中等部が向かいに移転したんで、正門の位置が変わったんだ。以前は旧校舎の脇——ってことは、学校の正面が九十度変わったって話だ」

にゃるほど。今の正門は、初等部、中等部の向かいだもんな。正門の向いた方向を「学校の正面」と考えるなら、以前は東を正面にして建ってた学校が北を正面にすることになったわけだから、校舎の配置だって九十度変わったほうが合理的。

そっか、と巫女さんが納得したような声を上げた。

「この校舎は取り壊せなかったんじゃなくて、学校としては利用価値のない場所だから、そもそも取り壊す必要がなかったってことなのね」

なーるほど。あたしは頷いた。

「だから放置してあったんだね」

ナルは頷く。

「そういうことだ。見苦しいので取り壊そうという声もあったようだが、そういう声が出ると、同時に古い建物だからむしろ改修して保存するべきなのじゃないか、という声も出る。積極的な理由がなければ取り壊しにくい状況ではあったようだ。それが昨年、体育館を建て直そうという話になって、用地を空ける必要に迫られた。校長によれば、この旧校舎を壊した跡地にホールを兼ねた新体育館を建てて機能を移動させたのち、現体育館のある場所に室内運動場を備えた多目的棟を建てようという計画になっているらしい。それで取り壊し工事が始まったのが昨年、だが、これは中断した」

「トラックの事故？」

ナルは肯定して、ファイルに挟んであった新聞記事のコピーを差し出した。

──校庭でトラック暴走　生徒ら九人死傷

黒い大きな見出し。

「解体で出た瓦礫《がれき》を積んで校庭を出ようとしたトラックが暴走したんだ。ちょうど体育の授業中で、トラックは近くにあったバレーコートの中に突っ込んだ。七名が重軽傷、二人が死亡」

記事の下に、死んだ二人の生徒の写真が載っていた。ちょうど、あたしと同じ一年生。本当だったら二年生になっていたはずの先輩たち。こういうのは嫌だ。なんだかしゅんとしてしまう。

ナルは淡々とした声で続ける。

「運転手は昼食のとき酒を飲んでいて、軽い酒酔い状態だった。ハンドル操作を誤り、現場にあった重機に接触しそうになって急ハンドルを切ったが、そのときブレーキとアクセルを踏み間違えた。これが原因の事故だ。このせいで、工事はいったん中止された。旧校舎は不吉だという噂のせいもあったらしいな。生徒ばかりではなく、理事、教職員の中にも、以前、重大な事故があって取り壊しが中止になった、祟りらしいという噂を信じている者がかなりの数いるようだ」

「……ふうん」

じゃあ、とコピーを手にしていたジョンが首を傾けた。

「自殺した人がいる、ゆうのんはいかがなんですやろか？　他にも死人がいてはると」

「自殺した教師は確かにいるようだ」

幽霊なんかいるはずがないと言って、旧校舎の中に入っていって、そのあとで自殺した先生——あたしが呟くと、

「教師の言動については確認できなかったが、そもそもその伝説には誤解がある。噂によれば、教師は途中まで取り壊され、物置として使用されていた校舎に、幽霊などいない、と言って乗り込んで行ったんだろう？」

「うん。そう聞いたけど」

「だが、実はそうじゃない。自殺した教師が出たのは取り壊し工事の前だ。どうやら戦後間もなくの話らしい」

「ええぇ、逆なの？」

「のようだな。夏休み、宿直していた教師が校内で自殺した。具体的な場所がどこかは

伝わっていないが、休暇中のことでもあり、遺体の発見が遅れて、かなりの騒動になったらしい。旧校舎が不吉だ、祟るのじゃないか、という印象は、どうもこの事件によって生まれたものらしい」

「自殺の原因は？」

「確実なところが伝わっているわけじゃないが、教師の死後、実は彼が結核を患っていて療養のために入院するよう強く勧められていたことが分かった」

なるほどねえ、と巫女さんは呟いた。

「戦後間もなく——じゃあ結核は大病よね。たしかもう特効薬はあったはずだけど、印象としては依然として不治の病だものねえ。それを苦にしての自殺か」

「そういうことだと言われているようだな」

「じゃあ、幽霊なんかいないって言って乗り込んで——ってのが尾鰭なんだ？」

「だと思われる。それ以後、少なくとも教師が自殺した例はないそうだから」

ぼーさんが意味ありげに、

「少なくとも？」

「ああ——在職中の教師が自殺した例はない、という話だ。退職したもと教師の中にはいたかもしれないが、退職後のことまでは学校側も把握しきれていないし、記録にだって残らない。ただし、たとえもと教師といえど、校内で自殺したのだったら記録に残っているだろう。それを考えると、自殺した教師はいない、と言っていいと思う」

あたしは感心してしまった。

「へえ……。すごいねえ。よく調べたねえ」

どれも昔のことだろうに。──そう思ったのだが、ナルはすっぱりと、

「この程度のことはできて当然だ」

……さようですか。呆れて視線を逸らすと、向き合うように並んだ霊能者諸氏の視線がそこはかとなく泳いでいて、さらに呆れたりして。

「最低でももう一人、女の子が死んでいるという噂だったが、これは確認できなかった。一説によれば殺されたそうだが、そういう新聞記事は発見できていない」

ナルは言ってファイルを閉じる。

「僕が調べた限りでは、祟りだという話は噂の域を出ないな。不吉だ不吉だと言われるわりに、実際に起こったことというのは、事故が二件に自殺が一件。直近の事故が最も悲惨な事例だが、これは祟りの結果起こった事故であって、祟りの原因だとは認識されてない。原因と呼べるのは、実は死者の出なかった事故と、自殺が一件。しかも事情ははっきりしている。超常的なものの入る余地はないように見える」

巫女さんが忌々しそうに髪を掻《か》き上げた。

「つまり、祟るって話そのものが、単なる怪談話？」

「積極的に否定する理由は見つからない」

……なんてこったい。なんとかの正体見たり枯れ尾花、とか言うんだよな。

思いっきり脱力する反面、やっぱりね、という心地もしたり。何かいる、と言われるのは怖いけど、ここまですっぱり否定されると、それはそれで「ちぇっ」という気がするのはナゼだろう。自分でもちょっと不思議な感じだ。

ミチルの怪談を聞いたとき、旧校舎でそんなことが、とわくわく（？）したものの、ではそれを信じたかと言うと、さほど信じてもいなかった気がする。——そう、たぶん信じていない。そもそも最初からあまり本当のことだと思って聞いてなかったと思う。べつにミチルを疑ってるわけじゃない。怪談なんてそんなものだと思ってるんだろう。話を聞くというより、話の雰囲気だけ楽しんでいる感じ。

実際に旧校舎に来てみると、妙に雰囲気があるというか、いかにも何かありそうな感じで怖いんだけど、じゃあミチルの怪談を思い出して怯《おび》えていたかと言うと、そういう事実もない。眼の前の雰囲気に呑まれて、怪談なんてすっかり忘れてたし。

本当だったら二階の教室を調べるとき、ミチルの怪談を思い出して怯えるべきだったんだよな。そこの窓から人影が覗いてた、って話だったんじゃあ。

こんなもんか、と苦笑してしまう。怪談話もそんなもの、それを聞いてるあたしだってそんなもの。——それもなんだかな。怖いのは嫌なんだけど、何もかも単なるお話だとか気のせいだとか言われると、それもねえ……。

考え込んで、見るともなくテレビの画面に眼をやる。そしてふと、そこに見える画像の一つが妙なことに気づいた。

それは多分——いや、間違いなく、真砂子が落ちた二階の西端にある教室の画像だ。二階の教室も概ね一階の教室と大同小異、ごたごたとものを突っ込んであるのだが、西端の教室にだけは、それが少ない。黒板の前には教壇が三つばかり不安定に積み上げてあり、廊下側の窓際には半ば腐りかけた畳が積み上げてあったけれども、他には積み上げられた机と椅子が二、三の小山を作っているだけで、教室の真ん中には不定形にがらんとした空間が残っていた。

「ナル」

あたしは、言って画面を指差した。埃《ほこり》だけが堆積した空間に、一つだけぽつんと離れて古ぼけた椅子が出ている。——何度も見直した真砂子が落ちる映像。あの中では確かに、あんなところに椅子なんてなかった。机と椅子はどれも、廊下に面した窓際に押し込めるように寄せてあったはずだ。

ナルは形のいい眉をひそめてから、

「誰か西の教室に行ったか？」

そう、霊能者の集団に訊いた。霊能者の集団は、一様にノーと意思表示をし、そしてその画面に眼を留めて、いたく怪訝そうにした。その表情を見て取り、ナルはビデオを巻き戻す。ラックに押し込まれた小型テレビの画面がいっせいに時間を遡《さかのぼ》り、そして棚の周囲に集まってきた霊能者御一同様の眼の前で、再生画面が現れた。

それは、時刻表示からするに、ちょうど真砂子が救急車で運び出された——その前後のことだろうと思う。二階の西端の教室。窓際に寄せ集められた机や椅子。と、突然画面がわずかに揺れた。同時に椅子がぎくしゃくと身じろぎをした——少なくとも、あたしにはそんなふうに見えた。さらに同時に何かを引きずるような、ズルッという微かな音。次いで、ぱたた、と何かが転がるような音がしたかと思うと、また椅子が左右に身震いする。微かに振動した椅子は、まるでその弾みで置かれた場所から押し出されたように、脚の一本を軸にして回転しながら床の上を滑った。もちろん誰も手を触れてなどいない。移動した距離はわずかに十数センチ、けれどもそれでぴったりとくっついていた椅子の集団から一つだけ離れてしまった。と、同時にまた音がする。ぱたぱたたた、と続いたそれは何か転がる、というよりも——。

「……足音？」

小柄な——体重の軽い何者かが走る足音のようだった。と、同時に積み上げてあった椅子の山が崩れた。上から力がかかったようにぐしゃりと潰れて、山の形を変えた。

ぽかんとそれを見守っていたあたしは、我に返って間近のナルを見上げた。

「……どういうこと？」

さあ、とナルは素っ気ない調子で答えたが、声音に反して表情は硬い。

「だって椅子、動いてたよね？　誰も触ってなかったし、勝手に一人で」

なんてこったい。こんなことが本当にあるとは。あたしは妙に呆然《ぼうぜん》としてしまったし、霊能者御一同様も唖然《あぜん》としていた。

「……ポルターガイストね」

こくん、と巫女さんが息を呑んだ。

「ポルターガイストって？」

「騒がしい幽霊、って意味だったかしら。霊が物を動かしたり、音を立てたりするの」

ナルはちょっと眉根を寄せた。

「僕には、ポルターガイストだとは思えないんだが……」

「なんでよ」

「ポルターガイストが動かした物体は、普通、温かく感じられるものなんだ。実際に、わずかだが表面温度が上がることが多い。だが、サーモグラフィーを見ても、あの椅子に温度の上昇は観察できない」

サーモグラフィー……物の温度を色分けして映してくれるやつだっけ。へええ、そういうものなのか。

ジョンが首を傾げた。

「そやけど、ポルターガイストの条件は満たしてるのんと違いますでっか？　あちこちで妙な音がしましたし、椅子が動いて、それに、前にも松崎さんが閉じ込められた件かてありましたし」

ナルが微かに苦笑を浮かべた。

「ティザーヌだな」

「何、それ」

言ったのは巫女さんだ。

「エミール・ティザーヌ。フランスの警察官だったが、彼がポルターガイストの分類をしたんだ」

「へえ」

感心したように声を上げたところを見ると、ぼーさんも知らなかったと見た。

「一九二五年から一九五〇年の間に、フランス警察がポルターガイストに相当する現象を調査した報告書がある。一九五一年にこれを纏《まと》めたのがティザーヌだ。彼はポルターガイストで起こる現象を九項目に分類した。物――特に石などが降ってくる。多くの場合は戸外だが、ときには窓を破って部屋の中にまで飛び込んでくることもある。そして、ドアや壁、家具などを強打する音がする。あるいは、聞こえるはずのない異音や騒音が聞こえてくる。閉めたはずのドアなどが勝手に開く、逆に閉じる。あるいは物が動いたり、投げ出されたりする。さらには、常軌を逸した動き方をする。たとえば棚の中の本が、全て床に並べられていたりする――など。稀《まれ》には密室の中、あるいは鍵の掛かった戸棚や箱の中に異物が侵入している。さらには空中から降って湧いたように、あるはずのないものが突然出現する。そしてそれらは、えてして観察者が手を触れてみると温かく感じられる」

「へええ……」

「爆撃、ノック、異音、ドアの開閉、物体の移動、運動、侵入、出現、異物の表面温度の上昇――これがティザーヌの九項目だ。九項目のうち、ここで起こったと言える現象は、ドアの開閉と物体の移動、そして異音で三項目。ガラスが割れた原因は分からないが、これを爆撃、もしくは物体の運動としてカウントしても四項目しかない。僕はポルターガイストだと判断するには弱いと思うが」

「けども、ティザーヌはポルターガイストの定義をしたわけとちゃいますし。現象の分類をしただけですよって……」

はにゃ？　さっぱりわけが分からんぞう。思ってジョンを見ると、青い眼がふっと微笑む。

「ティザーヌは、この九つの現象が起こるのがポルターガイストや、と言うたわけとちゃうんです。ポルターガイストでは、いろんな奇妙なことが起こるけど、それはだいたい九つに分類できるんちゃうか、と言うただけで」

「てことは、そのうちの一つだけしか起こらなくても、ポルターガイストの可能性があるってこと？」

「ハイ。さいです」

なーるほど。納得したあたしに微笑んで、ジョンは視線をナルに向けた。

「頻繁に異音がしていることは、確かやと思うんです。家鳴りのような気ぃもしますけど、全部が家鳴りやとも言い切れへんのとちゃうですやろか。以前、松崎さんが除霊をしはったとき玄関のガラスが割れたんかて、偶然かもしれへんですけど、実際に割れた以上、何や力がかかったんやと思うんです。そやなかったら、割れたりせえへんですやろ」

ナルは返事をしない。険しい表情でじっと考え込んでいる。

「僕は、そもそも松崎さんが閉じ込められたんかて、妙やと思いますのんです。無意識のうちに戸を閉めようとしても、教室が暗くなりますよって、自分がうっかり戸を閉めようとしたことに気づくもんとちゃいますやろか」

「いや、だが、あれは」

言いかけたぼーさんに、ジョンは柔らかく、けれどもきっぱりと、

「それに、椅子は普通、勝手に動いたりせえへんです」

……その通りだ。

しかも椅子の山が崩れた。その前に聞こえた足音のようなもの。——そう、最初の音は何かが転がる音に聞こえた。でも、二度目に聞こえたのは足音だ。最初から足音、だったんだと思う。それが微かだったし、短かったので何かが転がる音に聞こえただけで。

そして、とあたしは思った。

あの音なら、以前にも聞いた。校舎に入った最初の日だ。気温を測るために校舎の中をうろうろしていて、確かにそれは二階の話で。そう、西端のあの教室だ。怖くなって教室を飛び出して、そしたら階段のところで誰かの声を聞いた。ナルは外の音が聞こえ

たのだろうと言ったけど――。

「待った！」

ぼーさんが声を上げて腰を浮かせた。

「一階！」

ぼーさんが示したのは別のテレビだ。

「戻してくれ。椅子の山が崩れたところだ」

ナルがコンピュータのキーを叩く。全ての画面がいっせいに時間を遡り、椅子が動き出すあたりまで戻った。そして再び、ぎくしゃくと椅子が動き出す。足音がする。積み上げた椅子の山が崩れる、ちょうどそのとき。

一階の廊下、西端からの映像だった。廊下を斜めから捉えた画面。ベニヤを貼った壁の先には、戸が外されたままの入口が暗く口を開いている。

ここだ、とぼーさんは画面を指差した。

教室の戸口、その上のほう。ちょうど戸口を入った教室の天井のあたり。そこをすっと何かが過《よ》ぎった。――白い、足にしか見えなかった。

「もう一回」

巫女さんの声に、同じ絵が繰り返される。何度見ても同じだ。白い足。腰も見えない、足首から下も見えないけど、確かに足で、二本のそれが走るように薄暗がりを横切る。単なる光――などではないと思う。膝が滑らかに曲がって動く。走っている足にしか見えない。けれども、同時にそれはどこか変で……。

「……天井を走ってるんだわ」

繰り返される映像を見ながら巫女さんが呟いた。

違和感はそれだ。天井側のほうが細い。腿《もも》と膝とすんなり伸びた脛《すね》と。それだけしか見えないけれど、確かに逆様に天井を走っている。

ナルを振り返ると、真剣な表情で眉をひそめていた。

「……足、だよね」

「だろう」

言って、あたしを振り返る。

「少し調査の角度を変えてみる。——麻衣」

「へい」

「僕は車に戻る。何かあったら呼んでくれ」

ナルは机の上に据えてあった機械のスイッチを示す。

「これを押せばマイクが入る。インカムに通じているから」

返事をする間もあらばこそ。ナルは難しい顔で実験室を出て行った。

4

「なんだ、あれは」

呆れたようにぼーさんが呟いた。

「気に入らなかったんじゃない」

巫女さんが笑った。

「いない説だったんだもの」

「……いない……とは、もう言いにくいよなあ」

「無理でしょ。足のほうは無理無理でも説明できるかもしれない。でも、椅子は不可能よ」

だよなあ、とぼーさんは天井を仰いだ。

「……しかし、いるって誰が？」

「足音、なんだか軽い感じがした」

あたしは言った。脳裏を過ぎっていたのは、黒田女史が言った「女の子がいる」という言葉だ。べつに信じたわけじゃないけど、――でも。

「音の感じだけじゃ分からんだろ」ぼーさんは言って、考え込む。「むしろいるとすれば、最初に自殺した教師じゃないのか？　しかし、怪談の舞台になった宿直室は現存してない。どこかの時点でとっくに取り壊されているわけだ」

「それが良くなかったんだったりして」

あたしが何気なく言うと、ぼーさんは首をひねった。

「取り壊されたから祟る、ってか？」

そっか、と巫女さんが指を弾いた。

「だから取り壊しを妨害してる。二度と居場所を失わないように」

……居場所、かあ。

「霊って、居着くものなの？」

あたしは訊いてみた。確かに怪談話だと、住処《すみか》を失いたくなくて、なんて話を聞くけども。

「居着くわよ。それが、あんたも言ってた地縛霊ってやつ。特定の場所に縛られて動けなくなった霊」

「その場合、特定の場所が失くなるとどうなるの？」

「その場所に残るわよ。ただし、因縁で縛られた場所が失くなったわけだから、錨《いかり》をなくして行動範囲が広がることが多い」

「つまり、宿直室に縛られていたのが、校舎全体をうろつくようになる？」

「と考えていいと思うけど」

「だったら、校舎が失くなれば、もっと行動範囲は広がるよね？」

「それは……そうね」

巫女さんは心許なげにぼーさんとジョンを見た。ぼーさんは、

「残るとは限らんだろ。何が理由で霊が残っているのかによるんじゃないか？」

「理由？」

「霊になって残っている以上、何か理由があるわけだろ。よほど思い残すことがある、とか。その拘《こだわ》りが宿直室そのものにあれば、宿直室が消えた時点で霊も消える可能性がある」

「先生は……宿直室そのものに拘ったり——してないよねえ？」

「しないだろうな、普通。自殺者の霊だろ。自殺者の霊ってのは、基本的に自殺に至るほどの無念を引きずって残ることが多い。自殺に追い詰められた苦しみ、とでも言うのかな。死にたくはないが死ぬしかない——この世に残る理由がそれで、強い思いがその場に焼きつく。だから延々、自殺を繰り返したりするんだよな」

「その場合、宿直室が失くなっても関係ないよね」

「ないだろうな」

言って、ぼーさんはジョンを見た。ジョンも、

「消えたりはせえへんと思いますです。実際、霊が何もない空中を歩く、という事例もありますし。以前そこにあった建物の廊下を歩いてるんやです。以前の建物とは廊下の高さが変わってしまったよって、何もない空中を歩くことになりますのんです」

「そっか。てことは、旧校舎がなくなってもやっぱりここに残るんじゃ？」

「やと思います」

「だったら、旧校舎が取り壊されたって構わないよね？」

「さいですね。——確かに、霊が住処をなくすのを嫌がる、なんてことを言うわけですけど、僕はちょっと違うんやないかと思うてるんです」

へ、と声を上げたのは巫女さんだった。

「でも、そういう話はよくあるじゃない」

「へえ。せやけど、霊が『壊すな』ゆうメッセージを送ってきた、ゆう例は少ないんとちゃいますやろか。住処をなくすのを嫌がってる、ゆうのは、霊がそう主張するからやのうて、周囲がそう解釈しただけなんやと思うんです」

「工事が起こると妙な現象が起こる——だから、嫌がってるんだと解釈される？」

「ハイです。取り壊しをしようとすると妨害される——これって、実は除霊に対する反発みたいなもんなんと違うんですやろか」

巫女さんもぼーさんも眼をぱちくりさせた。

「先生の霊はもともと宿直室に縛られてはったわけですやろ？　その宿直室を壊す、ゆうことは霊の存在に干渉する、ゆうことですよって、一種の除霊みたいなもんやと思うんです。せやから反発がある」

そっか、とあたしは呟いた。

「でも、除霊に成功したわけじゃないから、単に刺激しただけで、だから現象は強くなるわけだ」

なるほどね、と巫女さんも呻《うな》る。

「霊は消えるどころか、力を増して旧校舎に残る。それをまた取り壊そうとして干渉するから、さらに反発が起こる」

ジョンは頷いたけど、ぼーさんは首を傾げた。

「そいつは卓見だと思うが——だが、むしろ『宿直室』のほうが歪んだ情報だって可能性はないか?」

「歪んだ情報?」

「そう。ルールやジンクスとセットになった怪談ってのは、典型的な学校の怪談なんだよ。と、するとだ。宿直室に入ったら障子を閉めるべし、ってルールが独立して存在してた可能性もあるだろ。閉めないと不吉なことが起こる、不気味なことが起こる、なんてえ七不思議」

「それが自殺した先生の話とくっついちゃったってこと?」

「そそ。怪談や七不思議は口伝えで残されるから、当然、語られる過程で歪んだり混同されたりする。特に七不思議は七つって数の縛りがあるから、どうしても数合わせのために合体したり分離したりするもんさ。宿直室の怪談と自殺した教師の怪談は別物だった可能性がある。とすると、現場は宿直室ではなかったかもしれん。宿直中の教師だったから、宿直室だと思われた、だから宿直室の怪談と融合してしまった可能性がありゃせんか？」

「ある……とは思うけど、てことは、この校舎のどこかに現場があるってこと？」

あたしは思わず周囲を見廻す。視線の先でジョンが首を傾げていた。

「……どしたの、ジョン？」

「本当に宿直室は壊されたんどすやろか」

「だって、ないよ？」

「隠されてるのかもしれまへんですやろ」

「隠す、って。どこに」

「この奥——」言ってジョンは廊下のほうを振り返った。「東側の端でおます。そこだけ一階建ての部分がおますやろ。あそこに物置があるやないですか。なんや、妙な物置やと思ったんですけど」

……そう言えば。

ぼーさんも指を弾いた。

「入口までぎっしり物が詰まってるあそこな。確かに妙な感じではあったな。物置にしちゃ広すぎる感じで。教室を流用したと考えようにも、廊下側の窓がないし、出入口も一カ所しかないし……」

「……それって」

「可能性としては、あり得る」

「確かめてみまへんか？　外から覗けば確認できますやろ」

「よっしゃ」

ぼーさんの声で、全員で校舎を飛び出してみたのだが。

一階の東の端、そこだけ二階のない部分。裏庭側に廻ってみたら、窓には雨戸が入っていた。ぼーさんが手を伸ばして揺すってみたけど、まったく動く様子がない。背伸びして覗き込める隙間を探してみたものの、内部を確認できるような箇所はなかった。

「ここからは無理か……」

ぼーさんは古びた雨戸が閉められた窓を見上げる。

「だが、こうして見ると、この部分だけ明らかに建物の造作が違うな。教室として作られたもんじゃない……」

「じゃあ、やっぱり？」

あたしが全員の顔を見ると、ジョンが頷く。

「中から確認してみるしかおへんですね。荷物を出して」

ジョンの言葉に、ぼーさんも巫女さんも一瞬、嫌そうな顔をした。

「ま……仕方ないか。確認のためだ」

5

校舎の内部から見れば、物置は廊下の奥、教室の先に並んでいる。廊下に面しては窓がなく、出入口も一ヵ所しかない。それは西端の教室も同様だけど、こちらのほうは最初からそもそものように造られているとしか思えなかった。廊下側の壁には、天井に近いところに横一文字に明かり採りの窓が細長く延びていて、その窓の感じも、壁の感じも、一緒に造られたとしか思えない一体感がある。

手前にある出入口の引き戸を開けると、中にはぎっしり荷物が詰め込まれていた。傾いた棚や積み上げた段ボールの箱。かろうじて残った床面は人が一人やっと立てるほどしかない。隙間にも板やら角材やら細々《こまごま》としたものが押し込んであるので、ほとんど中は見通すことができなかった。

「改めて見てみると、頑張ってみちみちに詰めました、って感じだよねえ。何かを隠すためだとしか思えない感じ」

眼の前に立ち塞《ふさ》がる段ボール箱の柱を見上げながら言うと、ジョンが、

「隠したかどうかは分かりまへんです。学校の人にしたら隠す気なんかのうて、単に荷物を詰めていったらこうなっただけかもしれまへん。誰も隠してたわけやない、単にこっちの眼に見えなくなってただけなんとちゃいますやろか」

言いながら、ジョンが一番上の箱に手を伸ばしたけど、指先がかかるだけで抱えられない。じたばたする手の先から、ひょいと箱を取り上げたぼーさんは、

「……隠す気だった、を熱烈希望」

「へ？」

「隠すために積んだ荷物だったら、このへんに積み上げてあるだけだろ。目隠し代わりにさ。そうじゃなかったら、この部屋一杯、荷物があるわけで」

あー。あたしも「隠すため」を断固支持だ。汚い、重いと文句を言っている巫女さんも、同意見に違いない。お願いしますよ、と誰に対してか、心の中で懇願しながら、ぼーさんから荷物を受け取る。とんでもない重労働かも。

建物の外から確認して戻るとき、通りすがりにバンの中に声をかけ、ごそごそやってるナルに「宿直室を探してみる」と言ってみた。したらば、「勝手にやれ」とニべもなく言われたけど、ひょっとしたらあの御仁《ごじん》はこの事態を予想していたのかもしれない。

本当に好き勝手に生きてるよな、と口の中でぶつくさ言いつつ、せっせと荷物を運ぶ。バケツリレーの要領で荷物の壁を崩し、運び出して廊下に積み上げていく。やがて、少なくとも一つの結論は出た。

「……隠し事じゃなかったみたい」

「のようだねえ」

答えたぼーさんもゲンナリしたふうだ。崩せども崩せども荷物の山。ああああ、この部

屋一杯に荷物が詰まっているのかあ。

だが意外にも早く、この予測もまた裏切られることになった。入口近くは細々としたものがぎっしり詰まっていたけど、奥になると傾いた棚なんかの大物が多い。それも適当に放り込んだ感じで、ぎっしり、という状態じゃなかった。放り込まれた棚を運び出すと、廊下に面した壁際に木製の台が現れた。その台の上から大きなコンパスやら三角定規の入った木箱をぼーさんが取り除けたときだ。

「……おい。見ろ」

顎《あご》で示した先を見る。木製の台の上にはタイルが貼られていた。しかもこの台、ここに置いてあるわけじゃない。壁にしっかり作りつけられている。

「これって……」

無言で箱をジョンに渡し、ぼーさんはさらに台の上に置かれた段ボール箱を抱えてはジョンに押しつける。猛然と荷物を掻いて、台に沿って獣道を作っていった。投げ出すように取り除けられた荷物の下から現れたのは、黒ずんだタイルを貼った天板と、その脇の水槽のような窪《くぼ》み——いや、流しだ。すっかり曇って薄汚れた水道の蛇口が現れ、その向こうにはタイルの上に赤錆《あかさび》だらけになった丸いコンロまでが姿を現した。

「……台所……？」なのだろう。でもって、それがある、ということは。「……宿直室、だよね……？」

「間違いない」

ぼーさんは言って、背後を振り返った。ぼーさんの後ろには、素人の手作りっぽい木製の棚が二重三重に立ち並んでいる。そこに突っ込まれた箱や本を、ぼーさんとジョンが抜き始めた。巫女さんですら、猛烈な勢いで荷物を切り崩していく。廊下に運び出す手間も惜しくて、あたしは渡された荷物を現れたばかりの流しの上に放り出していく。棚が空になり、押し退《の》けられ、その後ろにさらに棚が現れた。角材を組んだだけの背板も何もない棚だ。押し退けた小物の隙間から、さらにその奥の闇が見える。

「懐中電灯、あるか」

あたしは慌ててポケットに挿してあったペンライトを渡した。

「……どう？」

「部屋がある……この向こうは、そんなに大した荷物の量じゃない……」

ぼーさんの脇から覗き込むと、ペンライトに照らされ、正面に窓が見えた。部屋の中にはほとんど明かりがない。雨戸が閉まっているから当然だ。わずかな隙間があちこちにあって、微かに光が漏れてはいたものの、部屋を照らす役には立っていなかった。ペンライトの光が部屋の中を薙《な》ぐ。あちこちに荷物が残っているようだったけど、部屋を埋め尽くすほどの量じゃなかった。荷物の間に床板が見えている。――そう、床は埃の積もった板張りだ。ただし、教室の床とはどこか質感が違う。しかも、どうやら一段高い。

「……残ってたんだ……」

呟《つぶや》くあたしの脇で、巫女さんが勢い込んで荷物を掻き分ける。空になった棚を横に押しやると、意外にあっさりと荷物の向こうにあった部屋が姿を現した。一段上がったところに板張りの小上がり。さらにもう一段上がると床板を張った八畳ほどの広い部屋だ。間仕切りの障子のようなものはなかったけれど、かつてあった証拠に敷居がある。

ペンライトの灯りでは手許が覚束《おぼつか》ないので実験室からハンドライトを持ってきた。光量の強いハンドライトを部屋の中に向けると、周囲の闇が深くなったように見える。光の輪の中に浮かび上がったのは、床板というより床の下地だ。たぶん、かつてはここに畳が敷いてあったのだろう。実際、その畳らしきものが部屋の奥、押し入れと思《おぼ》しき襖《ふすま》の前に積み重ねてあった。

それぞれが灯りを持って部屋の中に踏み込む。床は軋《きし》んでわずかに撓《たわ》む気がする。厚く積もった埃と、適当に放り込まれた雑多な荷物。ほとんどは学校に付きものの不要品だけれども、中には小さな水屋のような棚や、古い鍋や古いラジオや、――そういうどこか生活臭を感じさせるものもあった。

窓の上に掛かった時計。開いたまま垂れ下がっているカーテンの残骸。退色した生地は裂けて埃にまみれている。部屋の一方には押し入れが二つ並んでいた。手前の押し入れは襖が一方だけ開いていて、中にぶよぶよと膨らんだ布団が突っ込まれているのが見える。奥のほうは閉まっている。その閉まった襖の表面には派手な模様が入っていた。

……いや。模様、じゃない。真っ黒な染みだ。襖の下のほうに何かをぶちまけたような染みが広がっている。その前に積んだ畳の上にも。真っ黒で、ねっとりと埃を固めたような。

「……ま、まさか」

声が上擦る。ハンドライトを持ったぼーさんが間近に寄って、畳の上と襖を交互に照らした。まさか……血？　こんなに大量の？

ぼーさんが屈《かが》み込む。

「……黒黴《くろかび》だ」

ぼーさんが指先を見て言う。

「黴？　黴なの？」

「だな。閉め切ってあったせいだろ」

……そっか、黴か。ちょっと一息。同様の染みが、奥の壁にも、その上の窓に下がったカーテンにも広がっている。まるで何かが飛沫《しぶ》いたみたいだ。黴だと分かっても、嫌な気分のする眺めだった。

身を起こしたぼーさんが天井を照らした。板を張った天井、傾いでぶら下がっている電灯。上がり口の上の垂れ壁には額がいくつか掛かっている。どれも中は真っ黒だ。墨絵のアートっぽいけど、やっぱりあれも黴なんだろう。

ひとしきり周囲を照らして、ぼーさんがちょっと笑った。

「……ガセかな」

「うに？」

ぼーさんは振り返って笑う。

「御覧の通り、首を吊ろうにもロープを掛ける場所がない」

……あ。

あたしも改めて周囲を見渡してみた。確かに、どこにもロープを掛けられそうな場所はなかった。かろうじて可能性として考えられるのは電灯だけど、同じことを思ったのか、巫女さんがスイッチの紐《ひも》を引っ張ると、ぎしっと音を立てて天井が撓んだ。

……そっか。なーんだ。

ふーっと気が抜けて、あたしってば、いつの間にか、ものすごく緊張していたのね、なんてことを再確認したり。

「でも、縊《い》死とは限らないわよねえ？」

せっかく安心したのに、巫女さんが嫌なことを言う。

「麻衣の聞いた怪談は、縊死じゃないと成立しないだろ」

「その部分だけがガセだった、ってこともあるじゃない」

「そりゃあ、あるけどさ」

巫女さんはランタンを掲げて畳のほうを示す。

「あれだって黴じゃないかも」

「黴じゃなかったら何なんだよ。言っておくが、血痕だって主張はやめてくれよ。あれが血痕なら大量虐殺だ」

「でも、夏だったんでしょ？　しかも、しばらく遺体が発見されなかった」

巫女さんの低い声を聞いて、あたしもぼーさんも瞬時に思いっきり顔を歪めた。

「嫌なことを言うよな。……それも却下だ。畳はともかく、襖や壁に染みがある説明がつかん」

そうだけど、と巫女さんはちょっと無念そうだ。

「でも、宿直室は実在したわけだから。しかも時系列から言うと、そもそも最初に起こったのは教師の自殺でしょ？　ナルもそのせいで祟るっていう噂になったらしい、って言ってたじゃない。やっぱり教師なんじゃないの、全ての元凶は」

「元凶があるとして、だろ」

ぼーさんは言って、ハンドライトを消した。いっぺんに部屋が暗闇の中に沈んだように思えたけれども、眼が慣れると台所の上部にある採光窓から、夕暮れの薄明かりが射し込んでいる。

「宿直室は実際にあったけど、あったってだけのことだし」

ぼーさんは言いながら、部屋を出る。

「……ま、ここに何か、って思いたい気持ちは分かるけどさ。これだけの重労働が無意味だったとは思いたくないよなあ」

「その通りよ」

巫女さんは思いっきり力を込めた。

「でも、少なくともここで縊死は起こらないと思うぜ。やっぱ、自殺と宿直室の怪談は別のものだったんじゃないか？」

「……付喪神《つくもがみ》かも」

巫女さんが言う。あたしは首を傾げた。

「つくもがみ？」

「もともと霊魂を持たないものが、長い間に周囲の精霊の波動や、人間の感情を吸って霊を宿すことがあるのよ。まるで霊魂があるかのように振る舞う」

「へぇえ」

「自殺した教師は無念なんか残さなかったのかもしれない。昔起こった事故では死者なんか出てなかった。けれどもそれを信じてる人も多かったわけでしょ？　旧校舎には何かいる、祟りがある——そういう生徒や教師の感情を吸って霊を宿したんじゃないのかな。この校舎に対する恐怖を吸って」

ぼーさんが小馬鹿にしたような視線を巫女さんに向けた。

「地霊という意見はどこに行ったんだ？」

「もちろん、地霊も一役買ってるわ。この土地の精霊が核になって、そこに人間のマイナスの感情を取り込んで付喪神化したんじゃないのかな。……手強《てごわ》い気がする」

「ほおう？」

……また始まった。あたしはジョンを振り返る。

「ジョンはどう思う？」

「僕には分かりませんです」

困ったように微笑って、そして何事かを確認するように頷いた。

「せやけど、危険やゆうのんには賛成でんがなです。元凶も事情もはっきりせえへんのですけど、椅子が動いた以上、何かがいるんは確かやし、いるとしたら事故が続くのかて単なる偶然やおまへんやろ。とにかく一度、除霊してみますです」

「ほう、いよいよ、エクソシストのお出ましか？」

揶揄《からか》うようにぼーさんが言ったけど、ジョンは軽く頷いただけ。ジョンは喧嘩《けんか》なんて買わないよーん。あんたらと違って性格いいもんね。

あたしはジョンに、

「手伝おうか？」

「よろしいです。それより、祈禱《きとう》を始めたら、機械に注意せえや、です。何か反応があるかもしれへんです」

「うん」

6

画面には、二階の教室が映っている。ミチルの先輩が人影を見たという部屋。真砂子がそこから落ちた部屋。

すでに陽は落ちていたけど、二階の教室には微かに残照が射し込んでいた。その映像が突然途切れて、白黒になった。

「え?」

粒子の粗い、白黒の映像だ。あたしは慌てて、マイクのスイッチを入れた。

「ナル」

『どうした?』

「ビデオの画面が白黒になっちゃったの」

『心配ない。暗くなったんで暗視モードに切り替わったんだ。様子は?』

「ジョンがお祓いを始めるって……あ、現れた」

教室にジョンが現れた。古めかしい服(あれが神父さんの制服だろうか)に着替え、艶《つや》のある細い布を首に掛けている。残照に金髪が映えて、なんだか荘厳な印象だ。

ジョンは教室の中に踏み込むと、水の入った小瓶を取り出した。瓶の口に指先を当て、水滴を受けると、それで柱に十字を記す。

同様にしてあちこちの壁や柱に十字を書き終え、彼は教室の中央に置いた教壇に小さな祭壇を設けた。銀色の小さな燭台《しょくだい》と、小皿のようなものが二つずつ。そして銀色のキリスト像。

それらを並べ、蠟燭《ろうそく》に火を点《つ》けると、あたりが明るくなった。画面の中では蠟燭の先端だけ発光しているように見える。映りは良くないけれど、不思議で厳粛な映像だった。

ジョンは指を組んで頭《こうべ》を垂れた。微かな声がスピーカーから流れてくる。

『天にまします我らの父よ』

言った声には訛《なま》りがなかった。

『願わくは御名を崇《あが》めさせたまえ。御国を来たらせたまえ。御心の天になるごとく、地にもなさしめたまえ。我らの日用の糧を今日も与えたまえ。我らに罪を犯す者を我らが許すごとく、我らの罪をも許したまえ。我らを試みにあわせず、悪より救いだしたまえ。国と力と栄えとは、限りなく汝《なんじ》のものなればなり。――アーメン』

滑らかに唄うように言って、ジョンは小瓶を振って水を撒《ま》く。ひょっとしたら、あれが聖水というものだろうか。

そして、聖書を広げる。

『主よ、汝は古《いにしえ》より、世々我らの住家にてましませり。山いまだなりいでず、汝いまだ地と世界とを造りたまわざりしとき、永遠《とわ》よりとこしえまで、汝は神なり』

……なんか不思議だ。どうして祈禱のときは訛らないんだろう。同時に、英語ではないのは、なぜなのだろう、なんて思ってみたり。でも、ジョンの祈禱は気持ちいい。言葉の意味はよく分からないものの、柔らかい声が滑らかな抑揚をつけてするすると流れていく。いくらでも聞いていられる気分がする。そして妙に落ち着く感じ。

「……やるじゃん」

画面を見守っていたぼーさんが呟いた。

「やる？」

「祈禱を聞くと、できる奴かどうかは分かるもんなの。こけ威《おど》しもなけりゃ気負いもない。ありゃ、言葉が身に付いてるわ」

「へええ……」

ジョンが褒められると、ちょっと嬉しいぞう。

「パフォーマンスに堕してない。——どっかの巫女さんと違って」

……一言多いんだっつーの。

もちろん巫女さんは、このような当て擦りを聞き流すことなどしない。

「何か言った？」

「いーえ」

やがて完全に陽が落ちた。教室の中にある明かりは、テレビ画面のものだけだ。数が多いのでかなりの明るさにはなるのだけど、テレビ画面の明かりって、どうしてこうものっぺりと白々しいんだろう。無言で画面を見守っている巫女さんとぼーさんの顔が、妙に無機的な色に浮かび上がっていた。

二階西奥の教室では、ジョンの祈禱が続いている。ジョンは祭壇の上に載せた銀色の小皿から、白っぽい砂のようなものを指の先で摘《つま》み出す。聖書に眼を落とし、それを読みながら、摘んだものを床に撒く。ひょっとしたら塩だろうか。

『初めに言《ことば》があった。言は神と共にあった。言は神であった……』

ふっと、ジョンが聖書から眼を上げた。言葉が一瞬、途切れる。すぐに記憶しているのだろう、先を続けたけれども、視線はどこか上のほうをさまよっているし、言葉も滑らかさを欠いていた。上の空、というか。

「……何？」

ジョンはまるで何かを気にしているかのようだ。気になる何かを探している。

スピーカーのボリュームを上げてみると、ジョンの気の抜けたような声の合間に、何かが折れるような音が、はっきり入っていた。

「ラップ音じゃない？」

巫女さんが身を乗り出した。

『……この言は、初めに神と共にあった。万物は言によって成った。成ったもので言によらずに成ったものは何一つなかった……』

ジョンの周囲で何かが起こっている？

画面は教室の東の端から、対角線上に西側の隅を捉えている。何もない教室の中、困惑したように周囲を見廻すジョンの姿が頼りなげだ。しきりに軋みが響く。何かが折れるような音、小さく叩くような音。

『……言の内に命があった。命は人間を照らす光であった……』

ジョンは口の中で唱えながら、何度も振り返って天井に視線を投げる。

天井？

「──あ！」

あたしは思わず立ち上がった。

教室の天井。ジョンがしきりに気にしているあたり。教室の西側、ジョンの背後にあたるその真上。

天井が大きく内側に撓んでいる……。

何かが天井を突き破って、今にも落ちてきそうだ。

「ジョン、危ない」

あんなに天井が下がっているのに。何度もジョンはそちらに眼を向けているのに。

──そうか、これは暗視カメラの映像だから。カメラではこんなに明らかなのに、ジョンには見えていないんだ！

あたしは椅子を蹴った。

「嬢ちゃん？」

ぼーさんの声を背に、ハンドライトを摑《つか》んで実験室を駆け出す。全速力で階段を駆け上がった。暗くて足許が見えづらい。でも、そんなことに構っていられない。西の教室の近くまで来ると、廊下からも教室の中で激しい音がしているのが聞こえた。

「ジョン、ジョンっ！」

教室の中に飛び込むと、驚いたようにジョンが振り返る。

「麻衣さん……」

あたしは中に駆け込んで、とにかくジョンの手を摑んで引いた。

「ジョン、危ないよ、出て！」

「え……？」

「とにかく、出て」

撓んだ天井を指差す暇さえなかった。

頭上から、ばたばたと激しい足音がした。同時に板が裂ける嫌な音。地響きと、激しく物が降ってくる気配。どっと土埃が上がり、床が揺れる。燭台が倒れて明かりが消えた。あたりは真っ暗になった——。

7

ハンドライトの明かりが交錯する。

教室の中央に盛り上がった瓦礫の山。裂けた板や、折れた角材、砕けた瓦、くしゃくしゃになった青いシート、大量の土埃。教室の西側——真砂子の落ちたベニヤ板の壁は、半分ない。そのあたりから教室の中央にかけ、ものの見事に校庭側の天井が——いや、一部は屋根そのものも——落ちていた。

「麻衣さんが来てくれへんかったら、僕は危なかったです」

ジョンの声は少しだけ震えている。あとから追いかけてきた巫女さんもぼーさんも、一様に硬い表情をしていた。ナルは折れた角材の一つを手に取って考え込むふうだ。

「ここは危険だ。下に降りたほうが良くねえか？」

ぼーさんの声も緊張していた。巫女さんは寒いのか、自分の肩を抱いた。

「……あたし、今日はもう帰るわ」

「おや。意気地のないことを」

ぼーさんは揶揄うような口調だったが、巫女さんは珍しく反発しなかった。

「命あっての物種よ。真砂子だって落ちる場所が悪かったら一命に関わったわ。ジョンもそうでしょ。あたしは利口だから引き際を知ってるの」

「怖《お》じ気《け》づいたってわけだ」

「何とでも言って。——祈禱に反発してきたのよ。その結果がこれ」

あたしは巫女さんの服を引っ張った。

「また凶暴になる？」

だが、巫女さんは首を傾げた。

「これを言うのは、不本意だけど、こうなってみるとそもそも手負いにできたかどうか、疑問だわね。そんなに生易しい相手じゃないような気がする。——この有様を見ると」

巫女さんは懐中電灯の明かりを、瓦礫の山に向けた。

「屋根を落とすような乱暴な奴は初めてよ。こんだけのことができる相手なら、ちょろっと除霊して手傷を負わせることができるとは思えないわよね」

「……じゃあ、どうするの？」

除霊することはできない、しようとすると反発するんだとしたら。

「こっちもそれなりの準備をして、本気でかかるしかないかもね。そうでなきゃ、あたしの手には負えませんって言って逃げ出すか」

「プロのくせに……」

「プロというのは、自分の分《ぶ》を弁《わきま》えてるものなの。何でも頑張ろうとするのは、頑張ればどうにかなると思ってる素人のすることよ。とにかくあたしは、今夜は退《ひ》くわ。夜にここに残るのは御免だもの。続きは明日にする」

……そんなあ、とあたしは思わず巫女さんの手に縋りそうになった。あんたは帰れば済むことでしょーが、あたしはここに残るんですけど。怖いなんて言ったって、親方が許してくれるはずもなく。

「確かに、出たほうがいいかもしれないな」

呟いたのは、意外なことにナルだ。

「おいおい、ナルちゃん」ぼーさんの呆れた声。「お前さんまで臆病風か？」

「何とでも。ここは巫女さんの意見が正しい。——麻衣、帰っていいぞ」

角材を手にしたまま、ナルはあたしを振り返る。

「ほんと？」

あら、我ながら声が笑ってるわ。

「おいおい。女じゃあるまいし……」

なおも言うぼーさんを、ナルは視線で止める。

「いちおう忠告しておくが、ぼーさんも今夜は退いたほうがいいと思うけど？」

ジョンが溜息をついた。

「僕は……御忠告に従って、今日のとこは帰らせてもらいますです」

ぼーさんはナルとジョンを見比べたあげく、軽く舌打ちをした。

「しょーがねえな。んじゃ、今夜は帰るか」

あ、自分だけ残るの、怖いんだ。ふふん。

ぼーさんの言葉を潮に、あたしたちは教室を出る。階段を降りて玄関に出たところでナルだけが足を止めた。

「あれ？　ナルは？　帰らないの？」

「少し調べたいことがあるから」

あたしは何となく、玄関を出ようとしているみんなと、ナルを見比べてしまった。親方が無謀にも残るというのに、あたしだけ帰っていいのだろうか。道義的問題はともかく、さぼって帰ったと後々言われるのは胃に悪そう。足を止めてしまったあたしにつられ、どうした、出ないのかと言わんばかりにみんなも足を止めている。

ナルは軽く眉を上げ、片手を振る。

「どうした。帰っていい」

「……でも」

ナル一人で残るんだろうか。大丈夫なんだろうか、それ。

「僕のことでしたら、お気になさらず。――どうぞ」

言ったナルに促され、あたしは旧校舎をあとにした。なんとなく――割り切れない気分を抱えたまま。

第五章

1

翌朝、あたしは起きるや否や学校に向かった。この日は休日だから、張り切って授業を受けようというわけでは、もちろんない。

——ナルは大丈夫なんだろうか。

まあ、憎まれっ子、世にはばかるとは言うけどさ。やっぱ気になるわけだ。なにしろジョンが間一髪だっただけに。また妙な事故が起こったりしたら。しかも夜に一人では、何かあっても助けだってないわけで。

そういうわけで私服のまま学校に駆けつけ、あたしはまっすぐ旧校舎へと向かった。私服で学校に入るのって、妙にどきどきするのはなぜだろう。そのどきどきを引きずったまま校舎を廻り込み、無事に建っている旧校舎を見てほっと一息。

——こうして見ると、昨夜の事故はさほどの規模でもなかったようだ。西端を塞《ふさ》いだ二階部分のベニヤ板には大きな穴が開いているし、その上の屋根だってちょっと歪んでいるような気もするけど、とりあえず屋根瓦を覆った青いシートもそのままだし、事故があったことが一目で分かる、というほどの変化はない。

もちろん、昨夜のうちにさらなる事故があったという感じでもなさそうだ。——そう思いながら旧校舎に入ると、まっすぐ実験室に向かう。上がり口から実験室のほうに踏み出したとき、またあの、妙な臭いがした。

「何だろ、これ」

呟《つぶや》きながら実験室に入ると、ナルはいない。——いないだけではなかった。山のように積んであった機材は半分を残して消えている。そこに残された機械も、ほとんどが動いていない。外されたコード類が蜷局《とぐろ》を巻いて、今しも片付けている途中です、というふうだった。

——どういうこと？

あたしは外に飛び出す。実験室にいないのなら車だろうか。旧校舎を廻り込んで裏手に出ると、グレーのバンがあいかわらずの場所に停まっていた（というより、助手さんのリタイア以来、ずっと同じ場所に停めたままなんだろう）。荷室の中を覗き込むと、狭い内部で機械に凭《もた》れるようにしてナルが眠っている。

あたしは窓を叩いた。

「ナル！」

微《かす》かに瞬《まばた》きして眼を開ける。少しぼうっとしてから、あたしのほうを振り仰いだ。

……こいつ、本当に顔いいな。

半分寝惚《ねぼ》けた顔が鑑賞に堪えるというのは、滅多にないことだ。

「……麻衣か」

「おはよ」

「何だ、こんな朝っぱらから」

思いっきり邪険に言われてしまう、この理不尽。せっかく人が心配して駆けつけてきたっていうのにさ。

「朝っぱらって、もう十一時過ぎてますが」

「まだ昼前じゃないか……」

まだ昼前——って、あんた、どういう生活してんだ？

「コーヒー、淹《い》れてきたけど、飲む？」

「……珍しく気が利くな」

これは褒め言葉と取るべきか。「珍しく」ってのが気になるが。なぜにここで、素直にありがとうと言えないのか。——いいけど。もう慣れたから。

心の中でぶつくさ言いながら、あたしは持って来たポットからコーヒーをカップに注ぐ。それを差し出して、

「ゆうべ、何か分かった？」

「ああ」

そう答えられて、ぱちくりしてしまうあたしも、たいがい理不尽かも。自分で訊《き》いて

おきながら、あたしはどうやら何の期待もしていなかったらしい。

「ああ、って……何か分かったの？」

ナルは無表情に頷《うなず》く。ここで皮肉が飛んでこないのは、コーヒーに対する感謝だろうか、それとも単に、まだしっかり目が覚めていないせいだろうか。

──いや、そんなことは、どうでもいい。分かったって、何が分かったというのだ。

問い詰めようと思った矢先、ナルを呼ぶ声が聞こえてきた。

霊能者御一行さまのお着きだ。

駆けつけてきたのは、ぼーさんにジョンに巫女《みこ》さんだった（しかし、何だって三人が三人とも揃っておるのだろう?）。真っ先にぼーさんが、

「おい、どうしたんだ」

まるで何事か起こったかのよう。あたしは首を傾げた。

「何がどーしたの？」

「実験室の機材だよ」

──ああ、あの有様のことを言っておるのか。そういや、あたしもそれをナルに問いたかったのだった。

あたしが問うより先に、巫女さんが、あくまでも意地悪っぽくナルに訊く。

「もう帰る準備？」

素っ気ない返答に、巫女さんもきょとんとするから、やっぱり理不尽だ。

「そう」

「……冗談でしょ？」

「本気だから片付けたんだが？」

しんとみんなが、押し黙った。何事かを量るかのような沈黙のあと、ナルちゃんの本気を悟ったのか、いっせいに騒ぎ出した。

「ちょっと、それどういう意味よ！」

「ほなら、除霊できたんでおますか」

「そんなわきゃ、ないよな？」

ナルが軽く額を押さえる。

「起きぬけに騒がないでくれ。……さっき寝たところなんだ」

げ。徹夜かあ？

ぼーさんがナルの顔を覗き込む。

「……帰るって、なんで？」

「事件は解決したと判断したから」

「除霊したのか！」

「してない」

はあ？

ナルは眠そうに手近にあった書類を引き寄せる。それをぼーさんに差し出した。

「何だ？」

「床下に設置した位置センサのグラフ」

はあ、とぼーさんはそのグラフを眺める。巫女さんとジョンがぼーさんの肩越しに、それを覗き込んだ。かく言うあたしも、一緒になって覗き込んでみたのだが、もちろんそれが何を意味するものなのか、分かるはずもなく。

「――これが？」

「旧校舎は、昨日、半日で〇・二インチ近く沈んでいる」

「なにぃ⁉」

ぼーさんは、勢い込んでグラフをナルの手から引ったくった。じっと眼を落としてから、決まり悪げに瞬きして、

「……見ても分からねえよなー、やっぱり」

巫女さんが口を挟む。

「どういうことよ、それ」

「だから、建物が沈んでいるんだ。――地盤沈下」

「じゃあ、なに？　あの怪現象の原因は、それだって言うの？」

ナルは答える代わりに、書類の山から紙を引っ張り出す。

「古地図。地図、地図……。地層図、水脈図」

言いながら、十枚はあろうかというそれを、順番に放り出していく。

「何？」

「見れば分かる」

あたしたちはそれを手にして睨《にら》みつけ、果ては互いの手許《てもと》を覗き込んだりしたのだが。

「地図だね……」

「地図だな」

うー、分かんないよぉ！

ナルはやっと目が覚めた風情だ。軽く伸びをして、

「ここはもともと湿地なんだ。それを埋め立てて、このあたり一帯の土地はできた。それだけでなく、そこに書き込んである井戸の印からするに、この学校の真下をかなり大きな水脈が通っているらしい」

全員が改めて地図を覗き込む。それぞれの地図の上にある黒い点がいくつか赤く囲ってあった。

「その印のついた井戸のうち、二つは今も残っていた。どちらも神社にあったんだが。水量の確認をしたら、二つともほとんど涸《か》れかけていた。——そういうことだ」

「はあ？」

「だから、ここはもともと地盤が弱いんだ。湿地を埋め立てた場所だから。大きな地下水脈が通っていたが、その水量が減って涸れかけている。水量が減ると地盤は収縮する。

土の粒子の間を埋めていた水が減ることで、地層が締まっていくんだ。——そのせいで起こった地盤沈下」

我々は等しくぽかんとするばかりなりけり。

「それもかなり激しい勢いで沈みつつある。特に激しいのが」ナルは旧校舎の見取図を出す。青く塗った取り壊された部分を指して、「このあたりだ。いわゆる不同沈下だな。地盤が均等に収縮していくのではなく、沈下に偏りがある。建物の一方が急速に沈んでいるので、あちこちに捻《ねじ》れや歪みが生じているんだ。校長は旧校舎を取り壊したいらしいが、慌てる必要はない。校舎が倒壊するのも時間の問題」

「しかしだな……」

言いかけたぼーさんを、ナルは制す。車のすぐそばを示した。そこには折れた木材が二つ三つ、放り出されている。

「ゆうべ落ちてきたものだ。それを見てみると分かる。——急激に力がかかって折れたものなら、断面は新しいはずだ。だが、断面は複雑に裂けて、その大半の部分は変色している。そもそも無理な力がかかって折れかけていた証拠だ」

しんとした間。

ぼーさんが、がっくりと肩を落とした。

「なんてこった。——それじゃあ何か？　椅子が動いたり、屋根が落ちたのはそのせいってわけか？」

「だろう。傾斜計を置いてみたら、あの教室は床の西端が東側より最大で二インチ半低かった」

「二インチ半……六センチちょいってとこか……。とんでもねえ」

「実際には、かなり不均衡に歪みを生じて、床板が波打っているようだが。西端の壁際のラインのみでも、平均して三十五ミリ前後というところかな。旧校舎は建物のほとんどの部分が木材でできている。コンクリートと違って木材には弾性がある。古い工法で建てられていて、それでかろうじて形を保っているというところだろう」

実際、とナルは紙の山の周辺から、ポラロイドの写真を摘《つま》み出した。

「西側の床下だ。ベニヤを剝《は》がして中を覗き込んだら、御覧の有様」

それはたぶん、柱の根本を写したものなのだと思う。古びた色の角材の下に、大きな石が据えられているのだが、角材と石の間は、ものの見事に空いていた。

そっか、とぼーさんは頭を掻《か》く。

「ポーチに亀裂《きれつ》が入って罅割《ひびわ》れてたもんな」

「雑草のせいで分かりにくいが、調べてみると外壁に沿った基礎部分にも、かなりの亀裂ができている。玄関の土間もそうだ。埃《ほこり》で隠されているが、掃き除いてみると亀裂が入って段差ができているのが分かる。靴箱がずいぶんと傾いで立っているが、あれは靴箱の歪みではなく、そもそも土間が歪んでいるせい」

——なーるほど。あたしは内心で膝を叩いた。あんなに簡単に靴箱がドミノ倒し状態に陥ってしまったのは、そもそも安定が悪かったからなんだ。そうだよなあ、あたしが突き飛ばしたぐらいで、そう簡単に倒れるはずがないもんなあ。うんうん。

でも、と不服そうに声を上げたのは巫女さんだった。

「本当にそんな単純なことで、全部説明がつくわけ？」

「つくと考えている」

「そりゃ、あたしが閉じ込められたのは、建物のせいかもしれないわよ？　敷居が傾いていれば戸が勝手に閉まることだってあるかもしれないし、弾みで開かなくなることだってあるかもしれないけど。でも、あの足は？」

「走っている足の映像だ。ただし、霊の、じゃない。たぶんグラウンドを走っていた生徒のものだろう」

「はあ？」

「ピンホール現象だ。あのとき、外には強い西陽が射していた。それが建物の隙間から入って暗がりに像を結んだ」

ええと、とぼーさんが呟く。

「そもそもカメラの原理になってるあれか？」

「そう。だから映像は天地が逆になってる。――強い西陽の射した日、晴天の日はそれ以前にもあった。にもかかわらず、それまでピンホール現象は確認されていない。つまり、それまでにはなかった隙間が、あの日に生じたんだ。隙間は建物の歪みによるものだろう。すると、建物の歪みは進行している、ということになる」

なるほど。それでナルはあれを見て「調査の方向を変える」とか言い出したんだ。

でも、と巫女さんはまだ釈然としないふうだ。

「ラップ音は？」

「実際に建物が歪んでいる音」

「つまりは家鳴りってわけ？」

「間違いないと思う。実際、最初の時点から、家鳴りは頻繁に録音されている。ライブラリに収集してある音と比較しても、家鳴りと特に差異がない。超常的な音の場合は、家鳴りとは音の特徴が異なっていることが多いものだし」

……へええ。

「でも、足音が聞こえた」

「足音じゃない。あれは水の音だ」

「え？　でも」

「ライブラリと対照した結果もそう出ている。水滴が落ちて薄い板を叩いた音だ。そもそも雨漏りがしていてそれが天井のどこかに溜まっていた。最も可能性が高いのは、シートのようなものだ。雨漏りを防ぐため、天井裏にシートを入れてあったんじゃないのか。実際、崩れた瓦礫《がれき》の中に汚れたシートが交じっていた。建物が歪んでシートが傾くと、窪《くぼ》みの中に溜まった水が零《こぼ》れて水滴が断続的に天井板を叩く。それがちょうど足音のように聞こえた」

「ええと……でも」

「旧校舎の中で異常な音はしていない。廃屋などではごく当たり前の物音だけだ。珍しい音と言えるのは、時々起こる金属音だけだな。鉄パイプを叩いたような音がしばしばしているが、鉛管同士がぶつかると同じ種類の音がする。古い水道管だろうな」

あ、とあたしは声を上げた。こおん、という虚《うつ》ろな音。

「あれ――水道管の音なの？」

「だろう。床下を見た限りでは、配水管の繋《つな》ぎ目が外れている箇所があるようだったし。二階の階段を上がったところに手洗い場があったろう。そして、二階の階段付近を誰かが歩くと、あの音がするんだ。おそらく、二階から一階に向かう水道管が外れているんだろう。外れた水道管が振動で揺れてぶつかっているんだと思う」

「じゃ、あれも？　時々、臭いがするの。何かが腐ったみたいな」

ナルは頷く。

「水の腐敗臭だろう。――だから、最初から異常はないと言ってる。空気中の臭いを計測して辿《たど》っていくと、どうも階段の下が怪しい。計器に引っかかる臭気は、心霊的な現象じゃない。心霊的な異臭はイメージとして異臭を感じるもので、計器に引っかかることはまずないんだ。ひょっとしたら床下に汚水溜まりでもあるんじゃないかと思っていたが、実際にそのようだ。階段の下――ちょうど踊り場の下にあたる部分に物入れがあるが、その床板を一部切り取ってファイバースコープを挿入したら、床下に大きな窪みがあって、水溜まりができていた。おそらく、建物の隙間から流れ込んだ雨水が長い間に溜まったものだろうな」

ほえええ。……なんか、すごい。そうか、こんなに何もかも説明がついちゃうものなのかあ。

「ちょっと待ってよ！」

巫女さんが激しく異議を申し立てた。

「音も臭いも、そういうことなのかもしれないわよ。でも、それだけじゃ説明がつかないの。西端のあの教室は変なんだってば！」

そうです、と巫女さんに同意したのは、意外なことにジョンだった。

「松崎さんの言わはることは、僕もそうやと思いますです。なんや、嫌な感じがするんです。それも地盤沈下なんでっか？」

「だから、地盤沈下なんだ」

「だから？」

ナルは頷く。

「ジョンの言う、その感じには気がついていた。長時間作業をしていると、目眩《めまい》を感じることもある。それで建物に歪みがあるんじゃないかと疑っていた。人間の眼や平衡感覚は、本人が自覚している以上に鋭いんだ。一般に、千分の六程度の歪みがあると、人間は違和感を覚えると言われている。これが千分の十になると、日常生活に支障をきたすし、そこで長期間生活していると、自律神経に影響が出て不眠症や頭痛を起こすことがある」

「ちょい待て」ぼーさんが口を挟む。「千分の十って……ええと？　西端の沈下が平均三十五ミリで、教室の間口が――」

「傾斜の問題じゃない。変形角の問題だ。この建物のように変形傾斜――つまり、建物の躯体《くたい》に変形が生じて沈下傾斜している場合、単純に沈下量を二点間の距離で割って傾斜を求めても意味はない。建物全体に計測点を取って個々の点ごとに変形角を求める必要がある。時間がなかったのでざっとの計測になるが――最大変形角で、およそ千分の十七」

さらりと言って、ナルはあたしたちを見渡す。

「――ちなみに、千分の十五程度の歪みがあると、その建物は倒壊の危険性があると言われている」

巫女さんが軽く跳び上がった。

「それじゃ、あたしたち、すごく危険な場所にいたことになるんじゃない！」

「みたいだな」

「僕らだけとちゃいます」ジョンが緊張した声で、「生徒さんかて危険です。校長先生にゆうて、立入禁止にしてもろたほうがいいのんとちゃうんかいです」

がくっとぼーさんがコケた。

「ジョン！　たのむから、大阪弁にデスをつけるのはやめてくれっ！」

「申し訳おまへん……」

虐《いじ》めるなよー、ジョンのせいじゃないんだからー。教えた奴が悪いんだからね。

「ジョンの言う通りだ」

ナルは、あくまでも冷静そのものだ。

「校長に言って、旧校舎の付近は立ち入りを禁止してもらったほうがいい。この建物は、遠からず倒壊するだろう」

2

そのあと、あたしとナルとで機材の後片付けをしていたら、黒田女史がやってきた。

巫女さんにぼーさん、ジョンの三人は、地盤沈下の証拠とやらを見に行っていた（ひょっとしたら、後片付けに駆り出されるのが嫌だったのかもしれない）。機材の半分はナルがもう始末していたのだけど、残った機材をチェックして車に運び、ラックを分解し、仮設電源からコードを抜いて（どうやら電気は電柱から直接来てたようだ）、校舎内から掻き集めたコードを束ねて——と、作業は山ほど残っていた。それを黙々とこなしていたら、私服姿の女史が現れたのだった。

例によって何でもなさそうな足取りで実験室に入って来るなり、女史はあたりを見廻して驚いたように声を上げた。

「――いったい、どうしたの？」

「あ。こんちは」

あたしはいちおう、挨拶をしてみたのだが、黒田女史はちらりと視線を寄越しただけ。つかつかと机まわりを片付けていたナルに歩み寄る。

「まさか、逃げ出すつもり？」

ナルの返答はなし。明らかに話しかけられてて、無視するか、普通。

「ええとね、調査は終わったんだって」

あたしはナルの代わりに説明した。この建物は地盤沈下のせいで歪んでいること。ラップ音もポルターガイストもそのせいで起こったことで、べつに心霊現象なんかじゃなかったんだ、ということ。

女史は眼を丸くしてナルを振り返る。

「じゃあ――それでもう帰る準備をしているってわけ？」

ナルはようやく頷いた。

「依頼の件については片が付いたから。今日中に報告書を作成して、それで終わり」

素っ気なく言い切った「終わり」という言葉に、女史は突き飛ばされでもしたような表情をした。でもって、あたしもなぜだか突き飛ばされた気分。

……そうか。考えてみれば、ナルはうちの学校の生徒でも何でもなくて、校長の依頼を受けて旧校舎の調査に来たんだよな。当然のことながら、調査が終われば帰る。もうこの学校には用がないわけだし、仕事にしている以上、別の場所に行かなければならないのだし（本人の「必要とされているから」という台詞《せりふ》を信じるならば）、だからここに来ることは二度とないんだし、ゆえにあたしがこの坊ちゃんに会うことも、二度とないということだ。

てことは、これ以上、脅迫まがいに労働を強要されることもない、ということでは。皮肉を聞く必要もなく、馬鹿扱いされることもない。恵子たちは、さぞがっかりすることだろうが、あたしはとっても嬉しいぞ。これで平凡な高校生活に戻れるってもんだ。

……たぶんこれは、とってもめでたい。

やあ、とっても嬉しいなあ。

心の中でぶつくさ言っていたら、女史がいかにも不快そうな声を上げた。

「ずいぶん、いい加減なのね」

女史は言い放った。

「地盤沈下だなんて、本気で言ってるわけ？」

「もちろん、本気だが」

「じゃあ、あたしが襲われたのは、どうなるの？」

——あれ？

そーいえば、あったよな、そういうことが。あたしは首を傾げてナルを振り返った。

「そうだ、あれは？　地盤沈下とは……関係ないよね？」

ナルは嫌そうな視線を寄越して、

「あれは一連の現象とは無関係だろう」

「無関係って」

「旧校舎の異常とは別の、たまたま起こった現象だということだ」

——はあ？

女史はちょっぴり皮肉っぽい笑みを浮かべて腕を組んだ。

「呆《あき》れた。地盤沈下で説明できないことは『たまたま』で済ませるわけね」

そういうこともある、とナルはあくまでも素っ気ない。

「説明しきれないってことは、間違ってるってことじゃないの？」

女史の小馬鹿にしたような声に、ナルは女史を振り返った。真正面から女史を見る。

その視線が何やら意味深に見え、それを受けた女史が少しばかり怯《ひる》んだように見えたのは、あたしの気のせいだろうか。

「……あれは旧校舎とは無関係。たぶん、君についてきた浮遊霊か何かの仕業だろう」

「そんな！」

声を張り上げ、女史はナルをねめつける。

「……霊はいるわよ」

いない、とナルの声は素っ気なく、片付ける手を止めようともしない。

「ずいぶん自信があるのね。——そりゃあ、地盤沈下だって起こっているのかもしれないわ。だけど、それで全てが説明できるわけじゃないでしょ？　霊だってやっぱりいるのかもしれないじゃない。そもそも地盤沈下そのものが霊の仕業ってことも」

「あり得ない。調査の結果も、完全に否定的な結果が出ている」

「調査が足りないんじゃない？　そうでなければ、あなたにはそもそも分からないのよ」

「黒田さん」

出た。ナルの体感零度の声。ナルは手を止めて黒田女史を見る。声以上に冷ややかな眼。

「では、分かると言うあなたが除霊をしてみたらいかがです。僕は、自分の仕事は終わったと判断したし、だから引き上げるだけだ」

さすがの黒田女史も怯んで顔を逸《そ》らした。

「……ねえ、もうちょっと様子を見るっていうのは？」

あたしは、間を取り持ってみたりする。

「ほら、確かに黒田さんの件もあるわけだしさー。あれだけ特別っていうのは、言われてみれば変な感じがするよ。黒田さんだって、ここまでいるって断言するわけだし、もう少し調べてみるとか、経過を観察してみるとかしたほうが良くないかなあ？」

「必要ない」

ナルはきっぱり言い切る。

「地盤沈下で、疑問の余地なし？　帰っちゃって後悔しない？」

「しない」

そっか、とあたしはちょっと溜息をついた。

「……なんか、寂しいね」

思わず呟くと、ナルは意外そうな顔をしてあたしを見た。そんな顔をするようなことかい、と心の中で呟いて、あたしは自分の発言が極めて誤解を招きやすいものであったことに気づいた。

「言っとくけど！　あんたが帰るのが寂しいって意味じゃないからねっ！」

「僕は何も言ってないが？」

そう言いながら、その皮肉っぽい笑みはなにさ。ええい、このナルシストがっ。

「なんだってあたしが、あんたが帰るからって寂しいなんて思わなきゃなんないのよ！　扱《こ》き使われずに済むんだから、もちろん嬉しいに決まってるでしょうが！　あたしは、ね、ただ」

「怒鳴る必要のあることか？」

煩《うるさ》い、っての。

「――あたしはただ、夢が消えちゃった気がするだけなんだい！」

「夢？」

そう、とあたしは大きく息を吐いた。

「だから……学校の片隅に古い校舎があって、いかにも曰くありげで、幽霊が出るとか祟《たた》りがあるなんて噂があって——そういうのって、一種のロマンじゃない。夢があるっていうか」

「そのわりには、怯《おび》えていなかったか？」

「それとこれとは話が別。怖いから楽しいって心理もあるじゃない。……まあ、楽しかったとは言いがたいけど、どっちかと言うと気味悪いし、怖かったけど……でも、ちょっと盛り上がったな」

ふうん、とナルは淡泊な相槌《あいづち》を打つ。

「それがさあ、地盤沈下のせいでした、なんてロマンも何もないよねえ。合理的で説得力があるだけに、なーんだ、って感じがするじゃない。これで旧校舎が取り壊されちゃったら、きっともう噂だって消えちゃうよね。その当初は話題になっても、きっとすぐに忘れられちゃう。合理的な現象なんて、身のまわりで山ほど起こってるんだもん」

言って、あたしはちょっと笑う。

「本当に幽霊がいて、祟りがあって、人が死んだりすると困るんだけどね。でも、無害な怪談話ならあったほうがいいよ。失くなってしまうのは寂しいな。せめて地縛霊がいたけど退治されました、ってことだったら救いがあるんだけどね。そしたら、旧校舎が失くなって、真新しい体育館が建っても、ここでこんなことがあったんだ——って話だけは残るでしょ？」

そう、きっとあたしたちは、ぴかぴかの体育館を指差して語り継ぐに違いない。あそこにはもともと、すごく気味の悪い旧校舎があってね……。

それはもう、あたしたちにとって、なんの脅威にもならない伝説にすぎないわけだけど、きっとあたしたちは真新しい体育館に旧校舎を重ね合わせていつまでも語り継ぐに違いないし、体育館にいるとき、ふっとその伝説を思い出して怖い思いをするに違いない。ひょっとしたら、そこからまた怪談話ができあがるのかもしれない。体育館は変だ、という。なぜなら、あそこにはもともと旧校舎があって、その旧校舎が——。

「たとえ単なるお話にしても、それが怖い怪談話にしても、ずーっと語り継ぐお話があるほうが楽しいもん。そういう学校のほうが、なんにも語り継ぐことのない学校より、ずっと楽しい感じがする」

ナルはちょっと苦笑した。

「……そんなものかな」

「そんなもんだよ」

あたしが答えた、そのときだった。

ぴしっ、と鋭い音がした。細い板か何かが弾けて折れるような音だ。あたしは、はっと天井を見る。いきなり思い出した。千分の十七。——そう、この建物は、いつ倒壊しても変じゃないのだ。

ぎしっと建物が歪む音がした。と同時に裏庭に面した窓ガラスの一枚に亀裂が入った。建付の悪い窓枠が小刻みに震え始める。天井裏で砂利でも撒《ま》くような音がする。細かな埃が降ってきて、明るい光の中、靄《もや》のように舞った。

「――麻衣、外に出ろ」

ナルに言われ、あたしは頷く。驚いたように天井を見上げている黒田女史の腕を摑《つか》んだ。

「出よう……！　ここ、危ないよ」

女史の腕を引いて戸口のほうに向かいかけたときだ。廊下側の窓――戸口の真横のガラスが一枚、内側に向かって弾けた。小さな破片が飛んできたような気がして、あたしも黒田女史も声を上げる。思わず退《すさ》った眼の前で、さらにガラスが罅割れた。生じた亀裂はガラスから隣のガラスへと伝染していき、教室の後ろへ白くのたうっていく。窓枠が震える。音を立てて振動し、それが壁や床にも伝わる。大きく壁が軋《きし》みを上げる。

――軋み？

……違う、これはそんな音じゃない。断続的に続く低い衝撃、同時に壁も窓も震えて悲鳴を上げる。木っ端が飛ぶ。埃が舞って教室の中に靄をかける。

「誰か……教室を叩いてる……」

そう、これはそんな音だ。まるで巨大な何者かが、建物を外から殴りつけているよう。

そのたびに建物が揺れ、軋む。

これは何、とナルを振り返った。あたしも黒田女史もお互いの手にしがみついているのが精一杯で、とても足が動かない。

「何事なの⁉」

巫女さんの甲高い声がした。戸口から飛び込んできた巫女さんは、部屋の中の騒ぎに驚いたように立ち竦《すく》んだ。

「……何なの、これ」

呟いて、巫女さんはあたしたちに救いの手を差し出す。実験室に踏み込んだ巫女さんの背後で、いきなり叩きつけるように戸が閉まった。弾みで引き戸に嵌《は》まったガラスが砕ける。巫女さんは跳び上がり、背後を振り返って引き戸に取りついたけれども、戸は閉まったまま、びくとも動かない。

「ちょっと、何よ！」

「校舎、壊れちゃうよ」

「そんなんじゃないわ！」

巫女さんは叫んで、開かない戸に背をつけ、教室の中を見渡した。激しい音が続いている。音がするたびに床や壁が揺れ、木っ端や埃が落ちてくる。建物のどこかで、ぼーさんとジョンの声が聞こえた。

「ここだけなのよ！　他の教室は何ともないんだもの！」

え、とあたしは声を上げた。

「すごい音がするから来たんじゃない！　この騒ぎは何なのよ!?」

巫女さんが叫んだとたん、廊下側の窓ガラスが砕けて弾けた。破片が音を立てて降ってくる。窓際にいた黒田女史がもろに破片を被《かぶ》って悲鳴を上げた。地響きを立て、教室の隅に積んであった椅子が崩れる。その一つが狙い澄ましたように床を滑って黒田女史の足を直撃した。

がくっと頽《くずお》れそうになった女史の腕をナルが摑んだ。倒れ込みそうになった女史を力任せに引き起こし、あたしの腕の中に押し込む。焦って女史を支えたあたしの頭に、ばさっと何かが被さってきた。黒い――上着だ。

「外に出ろ！」

ナルは廊下側の窓を引き開ける。巫女さんの手を摑んで窓のほうに押し出した。

「ちょっと、ここから!?」

「そんなことを言っている場合か！　この建物は脆《もろ》いんだ！」

……この騒動が何なのかは分からない。まるで建物の外から殴りつけているような衝撃。たとえこれが建物の崩壊でなかったとしても、さっきから壁も床も天井も悲鳴を上げている。そもそも歪んで捻れていた建物。

あたしは黒田女史の身体を抱えて走った。窓に取りつこうとしたとき、またガラスが弾けて飛んできたけど、上着のおかげで鈍い痛みを感じただけで済んだ。黒田女史を窓枠に押し上げ、外に押し出す。何事だ、と声を上げて駆けつけてきたぼーさんとジョンが、窓の向こうから女史を引き上げてくれた。続いてあたしも窓枠によじ登る。とっさに摑んだ窓の桟にはガラスの破片が残っていた。踏み越える窓枠にも破片が散っている。それを踏み折りながら廊下に飛び降り、激しい音と埃の中を、あたしは外へと走った。

3

こけつまろびつしながら玄関から飛び出して振り返ると、旧校舎は不穏な佇《たたず》まいのまままそこに鎮座していた。建物の内部からは激しい家鳴りが聞こえていたけれども、建物自体は微動だにしていない。ガラスが割れ、欠けた窓から、薄暗い胎内を覗かせたまま何かを待ち受けるかのように蹲《うずくま》っていた。

やがて、内側から響く物音も静まった。大きく傾いた陽射と無人のグラウンド、休日の学校に特有のぽっかりとした静寂。敷地の外側では何の滞りもない日常が流れている。風に乗って響く車の音、子供の歓声、犬の鳴き声、雑然とした町の音——。

掌が今になってじんわりと痛い。両手を挙げて見てみると、小さな切り傷がいくつもできていた。窓を乗り越えるときに切ったんだろうか。そう思い、あたしは、はっと思い出す。——女史は？　黒田女史はもろに破片を被った。

女史はすぐそばに立って、放心したように校舎を見上げていた。頭から埃を被り、額や頬に小さな傷がいくつもできていた。

「……大丈夫？」

女史の髪の間で、ガラスの細かい破片がきらきら光っている。あたしはハンカチを出して、それを払った。

「動いちゃ駄目だよ。服の中に破片は入ってない？」

女史がぼんやりと頷く。その傍らにいた巫女さんも、我に返ったように小声を上げてハンカチを引っ張り出すと、女史の顔を覗き込みながら血を拭《ぬぐ》っていく。

「痛いところはない？　気分、悪くない？」

女史は頷く。怪我はどれもちょっと切っただけのようだったけど、数が多い。巫女さんは、未だにきょとんと校舎を見上げていたジョンに声をかけた。

「あたしの鞄《かばん》に救急セットが入ってるから取ってきて。車のとこに置いてあるわ」

ジョンは頷いて走り出しかけ、すぐに足を止めて黒田女史を促した。

「とりあえず傷を洗うたほうがええです」

言って、まだ放心したふうの女史を連れて行く。それを見送って、ぼーさんがナルを振り返った。

「……今のは何だ？」

ナルの答えはない。じっと旧校舎を見上げている。

「あれも地盤沈下のせいなのか？」

さあ、とナルは呟くだけ。

「実験室に駆けつけたら、今にも校舎が壊れそうな勢いだったが、他の教室には何の異変もなかったんだがね？　地盤沈下のせいで建物がどうにかなったってんなら、どうして教室の一つだけあんな大騒ぎになったのか、説明してくれんか？」

ナルは答えない。その後ろ姿が硬い。

巫女さんがナルに向き直った。

「建物が沈んだり歪んだりしたからって、あんなことが起こる？　あれ、そんな音じゃなかったわよ。絶対に誰かが壁を叩いてる音だったわ」

ぼーさんが嫌味っぽく笑う。

「それにしちゃ派手だったがな。解体工事用の鉄球でもぶつけられてるんじゃねえかと思ったぜ」

「鉄球大の拳を持った巨人でもいたんじゃない」

巫女さんが毒を含んで笑う。こいつら、ナルを虐める段になって結託しやがったな。

「なにが地盤沈下よ」巫女さんは言って、これ見よがしに埃を払う。「あーあ。馬鹿馬鹿し。もう少しでブラフに引っかかるところだったわ」

「まあ、許してやれって。仕方ないだろ、歳が歳なんだから」

「引っかかったこっちが馬鹿って話？」

「人が好すぎたって話」

まったくね、と言って巫女さんは旧校舎に向かって足を踏み出した。

「大人の仕事をしようっと」

「そうそう、俺たちだけでもしっかりしないとな」

い……嫌味な奴ら。いっつも喧嘩《けんか》ばっかりしてるくせに、こんなときだけ馴れ合いやがって。

二人は高笑いしながら旧校舎のほうに消える。ナルは無言だ。表情もなく旧校舎を見上げている。でも、少しだけ目許が厳しい。そして身体の脇に垂れた手が真っ赤だ。

「ナル……手」

あたしがハンカチを差し出すと、ナルはやっと怪我に気づいたように左手を見る。親指の付け根が切れて掌を血が這《は》っていた。ぎょっとするような傷だったけれども、当のナルは鬱陶《うっとう》しいものを振り解《ほど》くように軽く手を振っただけ。

「手当てしないと」

「大丈夫だ。すぐに乾く」

無機的な声だった。表情はないまま、あたしのほうを見もしない。

「駄目だよ、もし」

破片か何か残っていたら。そう言おうとしたあたしを素っ気ない声が遮る。

「黒田さんの手当てをしてやれ」

「でも」

「今は放っておいてくれ。……自己嫌悪で吐き気がしそうだ」

旧校舎裏に向かうと、ジョンが黒田女史の手当てをしているところだった。傷はどれも浅いもので、ガーゼや何かで押さえるまでもなさそうだった。とにかく埃まみれなので、帰ってお風呂に入り、流したほうがいいよ、と勧める。頷いた女史を見送ってジョンと二人、旧校舎の玄関先に戻ると、ナルの姿が消えていた。

「──ナルを知らない？」

玄関から中に声をかける。巫女さんとぼーさんが、実験室の中であちこちを見廻していた。

「来てないぜ。いないのか？」

「うん。──どこに行ったんだろ」

巫女さんが笑った。

「逃げ出したんじゃない？　恥ずかしくなったんでしょ」

「子供らしくて可愛いじゃないか」

ぼーさんまでが一緒になって笑うから、本当にこいつらって根性が悪い。

巫女さんがもっともらしく頷いた。

「やっぱり付喪神《つくもがみ》ね。今度こそ祓《はら》い落としてやるわ」

意気込む巫女さんにぼーさんが、

「おっと。お前さんはリタイアしたんだ。——そうだろ？」

「ちょっとミスっただけじゃない」

「力量不足だ。自覚したほうが良かないか？」

　ぼーさんはにっと笑う。

「あとは俺に任せなさいって。女子供とは違うところを見せてやるよ」

　——なーにが、任せなさい、だあ？　今まで何もしないで難癖つけるだけだったくせに。んで？　女子供がどうしたって？　フェミニストに言いつけるぞ。

　ひらひら手を振って実験室を出ていくぼーさんに向かって巫女さんが吐き捨てる。

「女子供と違うところってどこよっ」

　自尊心と図体ばっかり、でかいところでないかい、なんてことを思いつつ、あたしは足許のクリップボードを拾い上げる。すっかり埃と木っ端にまみれているのを払い落とし、それを机の上に載せる。散らばったケーブルを埃の間から引っ張り出して、見よう見まねで腕に巻き取っていった。ジョンが脇に屈《かが》み込む。

「片付けますのんですか？」

「うん。片付けてる途中だったんだし。それにここ、いつ壊れるか分からないから」

　あたしが言うと、巫女さんが笑った。

「坊やの地盤沈下説をまだ信じてるわけ？」

　あたしは巫女さんを睨む。

「違うって証拠でもあるわけ？　違うって言うんだったら、付喪神とかいうやつがいるって証拠を見せてよ」

「証拠、なんて」

「最初は地霊だっけ？　地縛霊がいるとか、付喪神だとか、あんたら言うばっかりじゃない。少なくとも、根拠を出しただけナルのほうがましだよ」

巫女さんが驚いたように瞬いた。

「……ずいぶん肩を持つじゃない」

「いちおうボスだからね」

代理とはいえ、あたしはナルの助手なんだから。

腕に巻いたケーブルを抱えて、あたしは実験室を出る。ちょうど階段の向こうにある教室から、ぼーさんが出てくるところだった。ぼーさんは墨染めの衣姿だ。肩から掛けているのは袈裟《けさ》っていうんだっけ。お坊さんの制服姿ってとこか。んでも衣の下からジーンズの裾《すそ》が覗いてるあたり、やっぱり破戒僧だ、こいつ。

ぼーさんがあたしに気づいて、何か言おうとするように口を開きかけたけど無視。小汚いおじさんの相手なんかしてやんない。とっとと玄関を出ると、空は薄藍《うすあい》色に染まっていこうとしていた。影の伸びたグラウンドにも、そして旧校舎の裏手に停まった車の周囲にも、ナルの姿はなかった。

「どこに行っちゃったんだろうなあ……？」

怪我の手当て、したのかな。

ジョンに手伝ってもらって、残った機材はとりあえず車の中に積み込んだ。機材を抱えて校舎を出入りする間、ぼーさんのおよそ日本語とは思えない呪文《じゅもん》が聞こえていた。対抗意識を燃やしたのか、巫女さんももう一度、お祓いに挑戦するらしい。機材を運び終わったジョンを、無理矢理手伝いに引っ張っていった。

することもなくなり、話し相手もいなくなって、あたしは仕方なく、車のそばに坐り込んでいた。ぽつんと待っていたけど、ナルは帰って来なかった。

——陽が落ちる。

ぼーさんも巫女さんも、どうやら今夜は泊まり込むらしい。ジョンはどうするとも言ってなかったけど、多分付き合うんだろう。そうでなくても巫女さんがパシリ代わりに使おうってんで引き留めるだろうし。

あたりは薄暗くなっていた。

どうしよう、帰ろうか。それともナルの帰りを待とうか。

待てと言われたわけではないし、何も言わずに消えた奴を待つ義理なんかないとは思うんだけど。おなかだって空いたし、身体は埃まみれのままだし、こんなとこに暗くなってまで坐り込んでるなんて、侘《わ》びしくてやだし。かといって、旧校舎の中に入るのも、できれば遠慮したいところだし。

さんざん考えた末、あたしは待つことに決めた。べつにナルが心配なわけじゃないぞ。

こんな高価な機材を、放りっぱなしにしておけないだけだ。肝心の持ち主がいつ戻ってくるか分からないんだから。

それにあたしまで逃げ出したと、ぼーさんや巫女さんに思われるのも腹が立つ。女子供にも意地ってもんがあるんだい。

——こうなったら、とことん付き合ってやろうじゃあ、ありませんか。

4

ジョンの手が空くのを待って、手伝ってもらいながらテープレコーダーとマイクを改めて旧校舎にセットした（結局、あたしもジョンを扱き使ってるし……）。ナルの地盤沈下説には、あたしなんかでも一理あるように思えるけど、地盤沈下じゃ説明できない——ナルも説明できないことを否定しなかった——ことが起こったのも確かだし。もしも何かいるとしたら、ぼーさんと巫女さんのお祓いのせいで、動きを見せることだってあるかも。

本当はカメラを置きたかったんだけど、あたしでは設置の仕方が分からない。なのでこれは諦めて、レコーダーを使うことにした。一階と二階の西端の教室と実験室にレコーダーとマイクを据える。

ぼーさんと巫女さんは、そんなあたしを思う存分笑った末、玄関のあたりで蜷局《とぐろ》を巻きながら、時折思い出したように校舎の中を見て廻っていた。さすがにもはや実験室を溜まり場として使う気にはなれないらしい（それは、あたしも同様だけどさ）。

「麻衣さん、どうしはりますか？　校舎を出てはったほうがええのんと違いますか」

「うん、そうなんだけど」

内部の様子も気になるし、と思いながら、あたしは服を引っ張った。背中で何かがチクチクする。ジョンが首を傾げた。

「なんぞ？」

「イガイガするの。……背中に何か入ってるのかなあ」

ジョンは心配そうにあたしを見る。

「ガラスの破片が残ってるのとちゃいまっか？」

「……かも。ちょっとどこかで見てくるね。──ジョンはここにいる？」

います、とジョンは柔らかく微笑む。ジョンの笑顔って、あったかくていいなあ。

手を振って、あたしは校舎を奥に向かった。一回、服を脱いで検《あらた》めてみよう。──そう思うと、旧校舎には適当な場所がない。いくらなんでも外には行けないし、二階はぼーさんが巡回中だし、一階西側は巫女さんが待機中。実験室は気味が悪いし──思いながら、横目で実験室を見て通り過ぎる。教室はいくつもあるけど、どこも物でいっぱいだし、廊下側の窓は素通しのガラスだし。こんなに暗いのに奥のほうの物陰に行くのもやだし。

迷いながら歩いていて、宿直室にまで辿り着いてしまった。

……さすがに、ここはちょっと……。

でも、宿直室の噂はガセの可能性が高いんだったか。

どうしようかな、と背後を振り返ったら、背中を何かが引っ掻いた感触がした。こりゃあ、本当にガラスの破片だ。今のでちょっと切れたかも。

慌てて宿直室に駆け込む。宿直室には戸がない。荷物を運び出す作業の際、邪魔になるから外してしまった。視線を遮るものがないので、仕方なく奥へ。小上がりを上がって、床の上にハンドライトを置くと、部屋の中でトレーナーを脱いだ。裏返して検めてみても何もない。下に着ていたシャツを脱いで振ると、背中のあたりで何かが光った。ハンドライトに近づけてみると、シャツの布地に一センチほどのガラスの破片が刺さっていた。

……これかあ。

摘んで捨て、シャツを検めて再度着込む。ちょっと身体をひねってみたけど、今度は何も触らない。うん、取れた。取れた。

機嫌良くトレーナーを着込んで——そしたら改めて気になった。ここは宿直室だ。足許がぎしりと鳴った。床が歪んで撓《たわ》んでいるせいか、足許が頼りない。

何もない、はず。噂はガセだ。ぼーさんはそう言ってた。

障子は開いている。開いているというより、そもそもない。撤去し残した棚が、上がり口の左右に残って入口の大半を塞いでいるけど。あたしは部屋の隅を見た。障子紙が破れたまま重ねて立てかけてある障子。

「平気、平気……」

呟きながら裾を直す。平気なはずだ。なのに周囲を窺《うかが》ってしまうのはなぜだろう。おどおどと周囲を見廻す。部屋の隅、汚れた壁、黒ずんだ押し入れの襖《ふすま》、そんなものを眼に映しながら、あたしは実は背中を意識している。何かが触りはしないか、その気配が感じられないか、神経が尖《とが》ってちりちりする。

……大丈夫、何もない。

自分に言い聞かせたときだった。カサリと微かな音がした。窓のほう――裏庭のほうから聞こえた気がして、思わずそちらを振り返った。開いたカーテンは破れて垂れ下がり、ほとんど帯状になってる。曇ったガラスの向こうは雨戸に塞がれて真っ暗だ。そこに何かを見た気がしてギョッとしたけど、何のことはない、ハンドライトの明かりに浮かび上がった自分の姿だ。

ガラスに映ったあたしは、暗闇の中にぽっかり浮かび上がって、我ながらすごく不安そうに見えた。ハンドライトの明かりが妙な色合いと陰影をつけていて、ホラー映画の一シーンのようだった。

……嫌な感じ。

視線を逸らそうとしたときだ。自分の背後に何かが……いた。

瞬間、手も足も硬直する。眼を逸らしたいのにそれすらできない。浮かび上がった自分の姿と、あたしの背後に見えている白い——顔。

……誰か……いる。

ちょうどあたしの肩のあたり。ぼんやりと白い顔がこちらを見ている。何か言いたげな表情をしている。

巫女さんでもぼーさんでもない。顔立ちは分からないけど、知ってる顔じゃない。その顔があたしの背後、肩越しにこちらを——。

違う。

あたしの、後ろじゃない。

細かく顎《あご》が震え始めた。膝が笑う。硬直したまま動けないでいるのに。

廊下側の採光窓だ。壁の上のほう、ほとんど天井に沿うようにして細長く開いた窓。その窓の向こう——廊下から首を曲げて無表情に中を覗き込んでいる。天井からぶら下がりでもしなければ、覗き込めるはずなんかないのに。

……見てる。

瞬間、膝が力を失って崩れた。あっと声が上がると同時にあたしは眼を閉じる。固く眼を閉じても歪んだ白い顔が焼きついて消えない。虚《うつ》ろな眼と何か言いたげに開いた口。ムンクの絵のような空洞の顔。忘れたくて大声を上げた。何も見てない、見てない、見てない！

「──麻衣さん⁉」

蹲っていたあたしを誰かが揺さぶった。温かい手の感触がした。

「なんぞ、あったんやですか⁉」

……ジョンだ。顔を上げると、ジョンが心配そうにあたしを覗き込んでいた。

怖い、と訴えたい。なのに声が出ない。声を出そうと焦っていると、ばたばたと足音が入り乱れて、二人ぶんのハンドライトの明かりが飛び込んできた。

「どうした⁉」

ぼーさんと巫女さんだ。どういうわけか、ぽろぽろと涙が零れた。すごく、すごく怖かったよう。

「……ここ、いるよ」

あたしは、ようやっと言った。

「さっき、見た。……そこの窓から覗いてた」

あたしは採光窓を指差した。みんなが窓のほうを振り返る。そこにはもう、何の姿もない。暗闇に塗り込められたガラスが明かりを反射しているだけだ。

「く……首を吊ってるみたいな、ひと」

「それって──例の？」

巫女さんが隣に屈み込んできた。ぼーさんは険しい顔で部屋の中を見渡している。

「……例の先生でっか？」

ジョンにも訊かれたけど、あたしには首を振るしかない。

「分かんない。白い顔が見えただけだから。性別も年齢も……」

見て取ることはできなかった。覚えているのは、「からっぽ」を具現したかのような虚ろな表情だけだ。

「今はいいわよ。とにかく出ましょ」

巫女さんが言って、立つように促したときだ。ぼーさんが、ふっと息を吐いた。

「生意気な坊やの真似をするわけじゃないが」

言って、あたしの顔を覗き込む。

「──お前が見たのは時計だ」

え、とあたしは呟いた。巫女さんもジョンも怪訝《けげん》そうにぼーさんを見る。

「麻衣はこっち側の窓を見たんじゃないのか？　そしたら背後のあの採光窓に人の顔が見えた」

「……そ、そう」

「採光窓に映った時計だ。今も映ってる」

そんな馬鹿な、と呟きながら立ち上がった。確かに窓の上には時計が掛かっている。

「この位置だと見えるんじゃないか？　俺には人の顔には見えないが」

ぼーさんが窓を示したけど、あたしはとても、もう一度窓ガラスを見る気にはなれなかった。どうしても視線が逸れる。

「角度の問題だろうな。俺のほうが麻衣よりも背が高いぶん、見える景色が変わる」

言いながら腰を屈めた。

「お前くらいの目線だと、確かに時計が窓の中に映り込んでるのが見える。丸いし白い。そこに点が二つだ。おまけに、その下に振子の窓がある」

言われて時計を見ると、四時と八時の位置に丸い小さな点があった。文字盤の下には楕円《だえん》形の穴が開いている。

「小さいのは螺子《ねじ》穴だろうな。片方が時計の螺子で、もう一方が鐘の螺子だ。下の丸い穴の中には振子があって、穴を横切るのが見えてたはずだが振子はない」

「……でも」

ぼーさんは、ふっと笑った。

「人間ってのは不思議なもんで、点が三つ並んでいるとそこに顔を見てしまうんだよな。風景写真の中に幽霊を見てしまうのも、この原理だ」

「で、……でも、時計だったら丸い顔の中に眼があって、顔の外に口があるように見えるじゃない。そうじゃなくて、顔の中に眼と口が……」

「あったような気がしただけだ。点が二つに丸が一つ。麻衣はとっさにそれを顔だと認識した。まず眼と口が視野に飛び込んできたから、文字盤の白いカーブを顔の輪郭だと解釈したんだ。それが頭の中で混じり合って、白い顔の中に眼と口があるように見えた」

……そんな。

呟きながら、おそるおそる窓を見てみる。暗い窓にはみんなの姿と、その背後に採光窓が映っていた。――そして、その窓には白いものが。

「……時計」

言われてみれば、確かにそうだ。落ち着いて見ると、白い丸の中に黒い点が二つ。うすぼんやりとしたフレームの下のほうにぽっかりと楕円形の穴が開いてる。

……時計だよな。間違いなく、時計だ。

あたしは納得した――けれども、あの一瞬に見た顔を忘れることはできなかった。頭では分かる。確かにこの時計だ。でも、一瞬見てしまった白い顔。虚ろな眼と空洞のような口と。天井からぶら下がるようにして、力なく項垂《うなだ》れ、何かを訴えるようにこちらを見ているからっぽの顔。

「まだ納得できないか？」

呆れたようにぼーさんが言う。

「――違うでしょ」

巫女さんがあたしの肩に腕をかけた。

「まだ怖いのよね」

巫女さんの手は温かかった。

「怖かったのが忘れられないんでしょ。あとからどんなに理屈を知っても、遡《さかのぼ》って怖かったことまで消すことはできないの。今後、怖がることは予防できてもね」

巫女さんは言って、あたしの肩を軽く叩いた。

「もう大丈夫。あんたが見たのは時計だから。この先、同じものに付きまとわれることはないわよ。怖いのはもう終わったの」

……うん。

5

……なんだかなあ。

そう思いながら、あたしは階段に坐っていた。しばらくジョンと巫女さんがついててくれたけど、もう大丈夫だから、と二人を巡回に送り出した。ジョンも巫女さんも、校舎内の見廻りに向かい――そして、ぼーさんと三人、階段のあたりに来るたびにそれぞれ声をかけてくれる。

気遣いがありがたくて、心のどこかでほっこりするけど、すぐに見てしまった「顔」が脳裏を過《よ》ぎる。時計だって納得したのに、思い出せば少し震える。――巫女さんの言う通りだ。あれは見間違いだったってことは分かっているのに、怖かったのが忘れられない。

ハンドライトを胸許に囲い込んで、一人で膝を抱えていたら、玄関先に人影が見えた。

「――ナル？」

期待して腰を浮かし、明かりを向けたあたしだったが、案に相違して入ってきたのは黒田女史だった。驚いたあたしを後目《しりめ》に、女史はあたりを見渡す。

「谷山さんだけ？」

「みんな巡回中。――どうしたの？」

ちょっぴり声が弾んじゃうわ。大丈夫だと言ってみたけど、やっぱり一人は心細い。

「もちろん様子を見に来たのよ。あれからどうなったかと思って」

剛毅《ごうき》な人だ、とあたしは少々呆れた。あんな騒動に遭遇して、痛い怖い思いをして、なのに仕事でも臨時雇いの助手でもないのに、夜の旧校舎にやってくるとは。

「黒田さんが帰ったあとに、ぼーさんと巫女さんがお祓いをしたよ。やっぱり何かいるって、二人は主張してるけど」

「……ふうん。渋谷さんは？」

「いない。どっかに行っちゃった」

「どっかに、って。どこへ」

「分かんないの。何も言わずに消えちゃったから」

「戦線離脱？　本当に無責任なのね」

うーむ。なぜに女史はこうまでナルに突っかかるかなあ。ま、でも無責任という言い様は不当ではあるまい。あたしと機材をどうするのさ。

「それで？　あの連中の祈禱《きとう》は効果あったみたい？」

「分かんない。──ねえ？」

あたしは、そそっと身を乗り出した。

「黒田さん、ここに霊がいるって言ってたよね。……やっぱ、実験室の騒ぎもそいつのせいだと思う？」

女史はあっさり頷いた。

「でしょうね」

「それって……どういう霊？」

女史は考え込むように──あるいは、宙を透かし見るようにして首を傾げた。

「以前、見たのは怪我をした兵士みたいな霊だったわ。看護婦みたいな霊もいたし、女の子の姿も見たわ」

「それが全部、ここにいるの？」

「みたいね。みんな自分が死んだことに気づいてないのよ。そして今も苦しんでる……」

そっか、そういうことを前にも言ってたっけ。

「……先生、なんかは？」

「自殺した？　姿を見たことはないわ。でも、自殺者の波動は感じる。自殺した霊の波動って独特だから」

「そう……」

とかくの噂がある旧校舎。でも、噂は噂でしかない。ナルの話からすると、噂の大半は事実じゃない。──そう、真砂子の言う通りだ。こんな古ぼけた旧校舎があれば、怪談話ぐらいあって当然、きっと学校の七不思議みたいなもんなんだろう。だから、実は変なことなど何もない、地盤沈下が起きているだけだ、というナルの説もあり得ることのような気がした。それじゃあ、つまんないよ、という私情はさておき。

でも──と、あたしは思う。今日の昼間に起こったあの騒動。確かに、あれは地盤沈下で建物がどうにかなっている、というふうには思えなかった。実験室だけというのも変な話だし、何らかの原因でたまたま実験室だけ崩れそうになった、というなら、その影響が校舎の別の場所に出てもよさそうなもんだと思う。でも、実験室のすぐ外なのに、玄関の様子には変わりがない。傾いだ靴箱、あたしがドミノ倒ししてしまった跡、巫女さんが除霊したときに割れたガラスと枠に残った破片──何もかも以前のままだ。実験室の廊下に面した窓ガラスはほとんど全部割れてしまっているのに、廊下のグラウンドに面した窓ガラスは無傷だし。

あれが異常な現象なら、やっぱりここには何かいるってことになる。それは何？　女史の言うようにたくさんの霊がいるんだろうか、それとも巫女さんの言う付喪神とやらだろうか。そいつはいったい、何のために、あんなことをしでかしたんだろう？　それとも、霊とかそういうのに「何のために」なんて問うこと自体、無茶なんだろうか。

あたしには、なんにも分からない。霊能力なんてものはないし。この歳になるまで霊を見たこともなければ、虫の知らせを感じたこともない。だから、本当にここに霊がさまよっているのかどうか、確かめようがない。

「――どうしたの？」

黒田女史が、あたしの顔を覗き込んできた。

「うん。本当に霊がいるのかな、と思って」

「あたしは見たのよ」

「……そう。そうだね……」

でも、見間違いということもある。女史はここで何かを見たのかもしれないけど、それはガラスの光や映り込んだ時計や、たまたま中に潜り込んだ誰かだったのかもしれない。そもそも怪談話のある校舎だから、霊だと思ってしまった、ということだってあるのでは。――いや、それともナルの言ってた浮遊霊ってやつかな？　校舎にいるんではなく、女史についてきたとか、……うーむ。

ああっ、いくら考えてもあたしでは分からんっ。がるるる。

密《ひそ》かに頭を抱えていたら、ハンドライトの明かりとともに、巫女さんが階段を降りてきた。

「あら」

巫女さんは女史の姿を見て、顔をしかめる。

「子供の遊ぶ時間じゃないわよ」

「手応《てごた》えはどう？」

「あんたに答える義理はないわね」

つっけんどんな巫女さんの言葉に、黒田女史は薄く笑う。

「何の手応えもないでしょ？　だって除霊できてないもの。まだいる。気配があるわ」

「霊感ごっこだったら、相手を間違えてるわよ」

女史は鼻先でくすりと笑った。

「ナルが……あたしはこの建物の霊と波長が合うんだろうって」

「それが？　あの坊やの言葉が信用できると思う？」

……失礼な奴め。さっきはちょっといい奴かなと思ったのに。やっぱりこいつは性格が悪い。

巫女さんは階段の途中から黒田女史を見降ろして、

「そんなに知りたければ教えてあげるけど？　除霊は終わったの。念のために残ってるけど、成功したのは分かってるのよ、手応えがあったもの。これであんたも、悪い霊に悩まされることがなくなって良かったわね。そういうことで安心して家に帰って寝れば？」

「……前にもそう言って、失敗した人がいたにゃー」

あたしがちょろっと口を挟むと、巫女さんはむっとしたように、

「今度は大丈夫よっ。現にもう、何の動きもないじゃない」

「ふうん？」

「今は鳴りをひそめているだけよ」

断言して女史は嗤《わら》う。

「そんなことも分からないなんて、本当にそれで霊能者？」

「そう。あんたと違ってこっちはプロなのよ。自称、霊感少女さん」

「プロと言うわりに、大したことはできてないじゃない？　今度こそ、って言うけど、そもそも自分が一回除霊したってことを忘れてない？」

あ、そうか。ぽん。——そうだよなあ、地盤沈下説が間違いだってことは、すなわち巫女さんが除霊に失敗したってことが確定するわけだ。なるほど。

暢気《のんき》に納得していたあたしの頭上で、巫女さんと女史が殺気の籠《こ》もった睨み合いをしている。ちょうどそこに、廊下の奥からぼーさんとジョンがやってきて、剣呑《けんのん》な気配を嗅《か》ぎ取ったのか、尻込みしたように顔を見合わせた。

「……なんか、このへん、凍ってないか？」

凍ってます。もう、おなかの底から冷え冷えと。

巫女さんが、ふん、と鼻を鳴らした。

「こちらの自称霊感少女さまが、除霊はできていないってよ」

それを聞いて、ぼーさんは笑った。

「そんなわきゃあない。そこの巫女さんはともかく、俺がやったんだから間違いない。もう霊はいないぜ」

「ちょっと、その『巫女さんはともかく』ってのは何よ」

「事実、事実」

「人の手柄を横取りしないでよね」

「その言葉、そっくり返してやろうか？　自称巫女さん」

あー……。また始まっちゃったよ。あんたらが仲良しこよしでいられるのは、ナルを虐めるときだけかあ？

ぼーさんと巫女さんは、派手に口喧嘩を始めた。うんざりしてそっぽを向いたら、ジョンが喧噪《けんそう》を無視して天井を見つめているのに気づいた。つられてあたしも天井を見上げる。懐中電灯の明かりで微かに見える染みだらけの天井。何の異常もないように見えるのだけど。いったい何を見ているのか、ジョンに訊こうとして、あたしは気づいた。

なんだろう。——足音？

そう、上のほうから足音が聞こえるのだ。

あたしたちの様子に気がついたのか、他の三人までが天井を見上げた。

パタパタパタ……。

誰かが走っている音だ。小さな歩調の軽い足音。廊下に沿って、奥へ手前へ。

ぼーさんが立ち上がった。

「何の音だ……？」

「誰かが走ってるみたいな音ね……」

巫女さんは言って、全員を見渡す。巫女さんにぼーさん、ジョンに黒田女史。誰も欠けていない。じゃあ、他に誰が？

ナルが言っていたように水音だろうか。けれど、そうとも思えない。足音はまるで円を描くように奥へ手前へと響く。軽く小さく、忙《せわ》しない足音。そう——ちょうど子供が廊下で駆け廻っているような。それがだんだん階段のほうへと近づいてくる。いつの間にか全員が明かりを向け、階段の上のほうを凝視していた。

階段は踊り場で折り返しているから半分しか見えない。あとの半分は手摺《てすり》が見えるだけ。

バタバタという足音が、あたしたちの真上までやって来た。階段にさしかかる。ほんの少し足音がやんで、そして、ことん、と音がした。それはちょうど、両足を揃えて階段を一段、飛び降りた音に聞こえた。ことん、と二段目。三段、四段——。階段を半分降りる。足音は踊り場にさしかかる。姿が見えるはずだ。足音を立てている誰かの姿……。

全員が固唾《かたず》を呑む中、足音はふいに途絶えた。はたりと消えてそのまま。あとはコソとも音がしない。

ぼーさんが弾かれたように階段を駆け昇っていった。踊り場が見渡せるあたりまで駆け上がってそこで立ち竦み、それから首を振りながら降りてくる。

あたしは訊く。ハンドライトを握った手が、我ながら震えてる。

「誰か、……いた？」

「——いや」

「じゃあ、今の足音は何？」

「気のせいだろう」

「気のせい？　あれが？　あたし、ちゃんと聞いたよ」

ぼーさんの返答はない。

「除霊に成功したんじゃなかったの？　プロなんでしょ？　女子供とは違うんでしょ？　だったら今のは何なのよ」

巫女さんがあたしを睨んだ。

「風の音よ」

——あのなあ！

我ながら、どっかの血管が切れそうになったのが分かった。——そりゃあ、誰にだって間違いや失敗はあるさ。大人だろうと子供だろうとプロだろうと、どんなに偉そうな口を利いていたって、絶対に失敗することもある。でも、ナルがそんなくだらない言い訳をしたか？　あんたらがさんざん言いたい放題言って、そのとき、ナルが一言でも言い逃れをしたか、っての！

あたしはぼーさんと巫女さんを力いっぱい睨んだ。二人がてんでに、そっぽを向く。

そのとき、二階から戸を開け閉《た》てする音がし始めた。誰かが力一杯、戸を開ける。開けたそれを叩きつけるように閉める。それも一つの教室じゃない。二階の教室のいくつか——ひょっとしたら全て。

鼓膜まで叩くような音が二階に鳴り響く。振動がここまで伝わってくる。思わず耳を塞ぎそうになったとき、突然、激しいノックが始まった。二階の床や壁を乱打する音。そして足音。床を踏み抜こうとする勢いの無数の足音。

いきなり大勢の人間が暴れ始めたようだった。校舎中を駆け抜け、全ての戸を乱暴に開けて閉める。手当たり次第に壁を叩き、床を踏み鳴らす。

突然、あたしたちの頭上で、形だけ残っていた蛍光灯が弾けた。細かい破片が降ってくる。慌ててその場を離れ、あたしたちは逃げる。玄関へ廊下へ散り散りになったとき、今度は玄関に乱立した靴箱が硬い音を立てて小刻みに揺れだした。身震いするように揺れ、罅割れた音を立てる。

あたしは思わず、間近の靴箱を押さえた。なんだってそんなことをしたのか、我ながら分からない。ひょっとしたら倒れるとでも思ったのだろうか。

とっさに手を当てて、そしてあたしは、それがほんのり温かいのに気づいた。日向水《ひなたみず》のような温度。

……ナルはなんて言ってた？

ポルターガイストが動かしたものは、温度が……。

あたしの手の下で靴箱がもがいた。そんな気がした。ぐっと捻れるように大きく揺れたかと思うと、それが掌を押し戻してきた。思わず両手で突っ張る。なのにそれは、意思を持つみたいに、あたしのほうに倒れかかってきた。したたかに身体を叩かれ、がくっと膝が崩れる。思わず悲鳴が漏れた。

……それからあとは、覚えていない……。

6

頭がズキズキする。

涼しい風が顔に当たっていた。冷やっこくて気持ちいいなあ——そう思ったところで目が覚めた。

ぽかっと瞼《まぶた》を開けると、暗い狭い場所だった。闇に眼が慣れて、それが車の中なのだということが分かった。車だけれど天井が高い。たぶん、旧校舎裏に停めてあったナルのところのバンの中だ。

……なんで？

自分がどうして車の中にいるのか、いつ車に乗り込んだのか思い出せない。しかもこれ、動いている？

波に乗ったように身体が揺れる。なのにエンジンの音は聞こえない。振動も感じない。そうか、と思う。車が動いているわけではないみたい。これは目眩か……。

とりあえず身体を起こそうとしたけれども、全身に力が入らない。動こうとしたとたん、ぐらあ、と周囲が回転した気がしたのでちょっと断念。

……えーと。

もやもやと拡散した記憶を掻き集めた。――そっか、あたしは靴箱の直撃を受けたんだ。助手さんみたいに、あたしも下敷きになったということか。あのときには他人様《ひとさま》を犠牲にして難を逃れたというのに、なんて見事な因果応報。それともこれは、助手さんの祟りだろうか――なんてな。

思いながら周囲に眼をやる。眼の届く範囲に誰の姿もなかったし、人の気配もまたなかった。人声もしなけりゃ、物音もしない。

見廻していると目眩《めまい》で酔いそうだった。頭が痛くてぐらぐらする。揺れる脳裏に記憶を手繰《たぐ》り寄せる。二階の足音、騒音、そして倒れ込んでくる靴箱。温かかった木の感触。あれからどうなったんだろう？　なんだってあたしは車の中にいるんだろう。誰かが運んでくれたんだろうか。でも、誰が？　周囲には誰もいない。明かりもない。目眩は酷いし頭も痛い。起き上がることもできなくて、心細い。

あんまり心細くて、頑張って身を起こそうとしたけど、やっぱり手足には力が入らなかったし、おまけに吐き気がした。変だな、あたし、怪我でもしてるんだろうか。他の人はどうしたんだろう。災難に遭ったのは、あたしだけだろうか。あたしはどれくらい寝てたんだろう……？

気が焦ってくる。起きなきゃ、と思う。なのに少しも力が入らない。起き上がれないばかりじゃなく、手も足も床に張りついたみたいで、ぴくりとも動かせない。何だかとっても拙《まず》い感じ。あたし、やっぱりどっか可怪《おか》しいみたい。誰かを呼ばなきゃ。呼んで助けを求めないと——。

あがいていたら、額に感触がした。白い手があたしの額に載せられている。

「誰……」

言った声には、我ながら力がなかった。軽く宥《なだ》めるみたいに載せられた手に沿って視線を動かす。暗闇の中、すぐ脇にほのかに白い顔があった。

「ナル……？」

……戻って来たんだ。よかった。

報告しないといけないことがいっぱいあった。勢い込んで身を起こそうとしたら、やんわりと額を押し戻された。

「動かないほうがいい」

でも、と見上げた顔が、ふっと和んで柔らかな笑みを作る。あたしはちょっと驚いてしまった。ナルにこんな笑い方ができるなんて。

「……いつも、そんなふうに笑っていればいいのに」

つい言葉にしてしまった。──ああ、やっぱりあたし、どこか壊れてるみたい。来るぞ、皮肉が──そう思って身構えたけど、ナルは少し笑っただけだった。

「……近くに誰かいる？」

「いない」

静かな声だ。なんだかとても安心できる音色の声。

そっか、とだけあたしは呟いた。額に載せられた掌の感触がひんやりしていて、それがとっても落ち着く感じ。そのせいか、すごく眠かった。

「あのね……残念だけど、ポルターガイストだったみたい……」

そう、と穏やかな声には何の拘《こだわ》りもなさげだった。

「あんま、気にしちゃだめだよ……」

「そんなことは、どうでもいいから。少し眠ったほうがいい」

「ん……」

……ナルはどうしちゃったんだろう。えらく優しい……。

「……ありがとね」

見上げると、ナルは首を振って微笑んだ……。

……目が覚めた。

あたりを見廻す。車の中だ。周囲は暗い。そこに月の光がほんのりと射し込んでいた。それで微かに見て取れる、左右の棚に詰め込まれた得体のしれない機械の群。頭が疼《うず》く。硬い床の感触のせいか、ついでに背中も腰も痛い。

……ありゃ？

きょろきょろと周囲を捜したけれども、誰の姿も気配もなし。ナルはどこにいったんだろう？

ラックに押し込まれた機材が左右から迫ってきていた。見廻すまでもありゃしない。かろうじて残った床の上は、あたしが横になっているとそれだけで占拠率百パーセント。どう考えてもそばに人のいられる余地はなかった。

あれえ？　……でもさっき、そばにいたよね？

いたって、ドコにさ、と自分に突っ込んでしまう。ナルはどう見ても細そうだが、紙のように薄いというわけにはいくまい。ならば、そもそも車内には、あたし以外の人間がいられるスペースなど存在しない。

てことは、夢だったわけですかい？

夢かな？　夢かも。思い出してみると、ナルの様子は限りなく嘘くさかった。

そうだよなー。あり得んよなあ。

一人納得していると、頭上から声が降ってきた。ぼーさんが車の窓からこちらを覗き込んでいる。

「おい！　嬢ちゃん、大丈夫か!?」

7

幸か不幸か、怪我をしたのはあたしだけだったらしい。

哀れにも、あたしは将棋倒しになった靴箱の下敷きになったのだ。靴箱の下から掘り起こされてみると、完全に意識がなかった。呼べど叩けど目を覚まさない。それで巫女さんなんかは、あたしが死んだと思ったらしい。——人を勝手に殺すんじゃないっ。怒鳴りつけてやりたいところだが、あたしが気絶しているだけだと分かって、良かった、と泣いていたらしいので、特別に許す。

みんなは車の前に集まっていた。夜風が冷たい。

「今、何時？」

「四時。もうすぐ夜が明けるな」

ぼーさんは言って、空を見上げる。うすぼんやりと星の見える空には、まだ夜明けの色は見えなかった。

「んじゃ、あたし結構、長いこと気を失ってたんだ」

「おうよ。気持ちよーく寝息を立ててな」

……あううう。

「ナルは？　戻った？」

「いや」

うーん、やはり夢であったか。……なんであんな夢を見るかなあ。

ジョンがしみじみ言う。

「それでも、麻衣さん、大きな怪我やなくてよかったでんなです」

「ごめんね」

「ごっついポルターガイストです。あんなえらいのを見るのは、僕、初めてでっせ」

「あれから何かあった？」

ぼーさんは肩を竦める。

「あれきり、何も。祈禱をしても反応なし」

「ふうん……。黒田女史は？」

「とっくに帰った」

「そっか」

巫女さんが呟く。

「でも、ちょっとヤバい感じよね。除霊も一向に効き目ないみたいだし……」

「へえ？　除霊の失敗を認めるの？」

あたしが言うと、巫女さんがツンとそっぽを向く。

へっへっへ。

そのまま皮肉っぽい、聞こえよがしの呟き。

「ナルはどっかに行ったまま帰ってこないし、その助手はお荷物。エクソシストは頼りにならないし、坊主は無能で……」

「お前は？」

ぼーさんが鋭く突っ込む。

「……非力」

巫女さんが、しぶしぶ言った。

「認めるわよ。あたしじゃ無理。とても太刀打ちできない。当たって砕ける覚悟で除霊を繰り返すのは簡単だけど、たぶんそのたびに反発を喰らうわよ」

だろうな、とぼーさんも渋い顔をした。

「するとそのたび激化するってわけだ。これ以上の規模になったら、正直言って手の出しようがねえ」

つまり、処置なし、ってこと？　意見を求めてジョンを見ると、ジョンまでが不安そうな表情だった。

「手の出しようを間違えてるのかもしれまへんです。そもそも捉えどころがない、ゆうか。前に祈禱をしたときも、掠《かす》りもしなかった感じでおましたし……」

正体不明だからなあ、とぼーさんはぼやく。

「女史の言う女の子は？」

「それっぽいが、それだけとは思えない。単に死んだ女の子の霊がいたっていうだけなら、こんな常識外れの規模になるもんか」

「第一、女の子が死ぬか殺されるかした以前にも、いろいろと噂があったわけでしょ？　大本《おおもと》に何かがあるんじゃないの？」

巫女さんは言って、自分の腕を抱いた。

「すごく危険な気がするのよね。単に反発を喰らうだけなら、大本がはっきりするまで手出しをしなきゃいいだけのことだけど、なんだか敵視されてる感じがする」

「敵視？」

「敵としてマークされてる感じ、って言えばいいのかな。あたしたち、ここらで自分の身の安全を考えるべきじゃない？」

ぼーさんは呻《うな》る。

「危険を覚悟でもう一度トライしてみるか、でなきゃ、両手を挙げて逃げ出すか……」

「簡単に覚悟できるような半端な危険じゃないわよ」

「つまり、巫女さんは逃げたいんだ」

あたしは巫女さんに言ってやる。

「……だったら何よ」巫女さんは、あたしを恨めしげに見た。「あたしは自己犠牲なんて趣味じゃないの。たかが依頼で怪我をしたりするのは真っ平御免よ。あんたのボスだって、逃げたのかもよ？　今頃家で震えてたりしてね？」

……げ。

「……巫女さん、それ本気で言ってるの？」

「あら、そんな小心者じゃないって？　えらく庇《かば》うじゃない」

「庇うも何も。寒い想像をさせないでくれる？　ナルが逃げ出して震えてる図なんて、あたしには想像つかないよぉ」

考えるだけで怖いぜ。

ぼーさんが笑う。

「そうかい？　ひょっとしたら今頃、布団被って泣いてたりしてな。昼間、俺たちが虐めたから」

やめてよぉ！

「もっと悪いよ。背筋が寒くなるような光景だあ。布団被って泣く？　あのとんでもなく偉そうで、自信家の──天上天下唯我独尊的ナルシストが？」

あたしが言うと、ぼーさんが眼をパチクリさせた。

「……それは言えてるな……」

「渋谷さんの場合」ジョンまでが、「怒って、藁人形《わら》でも作ってる、ゆうのんのほうが似合ってますね」

小さく巫女さんが噴き出して、思わず全員がつられて大笑いしてしまった。

間近に見える体育館の屋根の向こうが微かに白み始めた。

第六章

1

ナルは結局、戻ってこなかった。

あたしは健気《けなげ》で感心な少女だから、あのあと大急ぎで家に帰って制服に着替えて、ちゃんと授業に出席したのだった。

教室に入ると、真っ先に黒田女史が声をかけてきた。

「谷山さん、大丈夫？」

女史は珍しく、教卓のあたりで二、三人の女の子に取り巻かれていた。

「うん。心配かけてごめん」

手を振って、自分の席に辿《たど》り着く。怪我はないけど、へろへろだあ。椅子に坐り込むなり、今度は恵子たちに捕まった。

「ちょっと、麻衣。昨日、大変だったんだって？」

「……よく御存じで」

恵子はそっと教室の前のほうに目配せした。黒田女史が歓談中だ。

「さっきから、ずいぶん積極的に広報活動をしてるよ」

……あらま。

祐梨がしみじみと呟《つぶや》いた。

「霊感があるって、すごいけど……大変そうだね」

でも、とミチルが不服そうに口を挟む。

「華やかでいいじゃん。なんであたし、霊感を持って生まれて来なかったかなー」

「危険ですぜ、お嬢さん」

あたしが言うと、ミチルはぴんと立てた指を振る。

「それこそが華やぎってもんじゃない。平凡な人生より、スリリングな人生のほうが楽しいに決まってるさ」

「楽しいかどうかは、個人の趣味によると思うよ」

「あたしは非凡な人生を求めてるのっ」

……さようで。恵子も頷《うなず》く。

「だよねえ。あたしの場合、危険なのはお断りだけどさ。渋谷氏みたいな見目良い男子に庇《かば》われる、というのは大いに望む展開だわ」

「ああ、それもいいねえ。──なのに実際に起こる華やぎって、せいぜい電話で麗しのお声を拝聴する程度なのよね」

ミチルの言葉に、祐梨は頷き、恵子は相好《そうごう》を崩した。

「あたし、びっくりしちゃったー。電話をもらうなんて思ってもみなかったから。こういう意外な展開も望ましい感じー」

「電話?」

「そそそ」

「ナルから? いつ?」

恵子はパチクリする。

「昨日の夜。なに? 麻衣が番号を教えたんじゃないの?」

「違う違う。ナルは昨日の午後から行方不明なの。電話って、どこから?」

「聞いてないよー、そんなこと」

「なんて言ってた?」

恵子たちはちょっとばかり怯《ひる》んだように眼を見交わす。誰からともなく顔を寄せ集め、声をひそめて、

「いろいろ質問してったよ。旧校舎のこととか……あんたのこととか」

「あたし?」

「そう。どういう性格かとか、クラスでどんな感じかとか。あんただけじゃなく、黒田女史のことも」

……なんだあ? 突然、行方をくらまして、いったい何をやってんだ?

首をひねったとき、先生が教室に顔を出した。

「黒田、谷山。校長が呼んでるぞ。すぐに行くように」

……はあ？

女史とあたしは連れ立って校長室に向かった。なにぶん校長室を訪ねることなど、滅多にあるはずもなく。ドアの前でマゴマゴしていると、女史がスラリとノックをする。こういうところ、優等生は板についてる。

応答があってドアを開けると、中には妙な顔ぶれが集まっていた。正面のデスクに坐ったお狸さま——もとい、校長は当然のこととして、その脇には教頭、および生活指導の先生。でもってそれら教師陣の前で、偉そうに立っているのはナルだ。

……こいつ、こんなところに。

さらにその前には、デスクを取り囲むようにパイプ椅子が並べられている。そこに並んだのは校長室には似つかわしくない霊能者の集団だ。巫女《みこ》さん、ぼーさん、ジョン。しかも、真砂子までいる。何なんだ、この面子《メンツ》は、と首を傾げつつ、とりあえず校長の前のことゆえ、遅くなりまして、などと口の中で挨拶する。校長に勧められるまま、霊能者集団の脇に並べられた椅子に腰を降ろした。

何事かなあ、と居並ぶ面々を見渡すと、綾子は肩を竦《すく》めたし、ジョンは首を傾げる。ぼーさんは、さっぱり何だか分かりません、という素振りを返してきた。呆気《あっけ》にとられているのは霊能者一同も同じらしい。

それを見渡してから、ナルは一つ頷く。

「これから少しお時間をいただきます。ちょっとした実験に協力願いますが、校長先生の承認は得ていますから、これは学校からの要請だと思ってください」

……なんですと？

校長のほうを見ると、いかにもさよう、という風情だった。本当に学校公認の行事らしい。

ナルは全員に楽にするよう言って、窓のブラインドを降ろした。さらには取りつけてあった暗幕を引く。とたんに校長室の中に薄闇が落ちた。そして、カチリと小さな音。同時に校長のデスクの上に白い小さな明かりが点《とも》る。

デスクの上にはメトロノームのような物体が置いてあった。それが間延びした速度で点っては消える――というよりも、明かりの前をゆっくりと左右に動いている何物かが光を遮って、それで明滅しているように見えるわけだ。明滅するたび、微《かす》かに時計の秒針が動くような機械的で単調な音がする。

「椅子に深く腰掛けて光に注目してください」

そう言うナルの声も機械的な調子だ。デスクの向こう側にいるらしく、教師一同ともども、ぼんやりとしたシルエットにしか見えない。

「背凭《せもた》れに体重を預けて構いません。両手は自然に足の上に。掌を上にして力を抜いてください。ゆっくりと息を吸って……吐いてください。目線は光へ。……明滅に合わせて息を」

不思議な気分だった。単調な光の明滅。微かな機械音。見つめながら息をしていると、特に合わせようと思わなくても調子が揃ってくる。同時に鼓動まで落ち着いてきた感じ。

ナルはひとしきり呼吸させてから、

「これから少し、事件の経過について再確認をします。異論はあとで受けつけますから、しばらく黙って聞いていてください」

そう、抑揚のない調子で言って、始まったのはなんと旧校舎の歴史についてのおさらいだった。学校の創建、当時の様子とその後の変遷について。えらく迂遠《うえん》な再確認だな、と明かりを見ながら思う。そんなことはどうでもよかろうに、と思いつつも、とりあえず耳を傾けるのは、他にすることがないからだ。しかしながら、抑揚を欠いた、どこか間延びすらした調子で、単調な情報を聞かされても頭に入るはずがない。なんだか馬の耳に念仏状態で、右から左に流れていくだけ。

……なんだか眠い……。ゆうべ、寝足りなかったしなあ。半分、眠っているみたいな気分……。

ぼうっとしていると、明かりを見ろ、と言われる。

「……眩《まぶ》しかったら、眼を閉じても構いません。眼を閉じても瞼越《まぶたご》しに明かりは見えるはずです。……見えますね？」

確かに眼を閉じてもうっすらと明かりが明滅するのが見えている。ぼやっとした薄闇の中にナルの単調な声が響く。どこからか、まるで沈んでくるみたいに。

……ぼやっと聞くともなく聞いているうちに思い浮かんだのは旧校舎の実験室だ。機材のほとんどが片付けられてガランとしてしまった教室。そこにぽつんと取り残された椅子。木製で、古びた椅子が一脚だけ。その椅子がコトンと揺れる。いつかの録画だ。ノイズのかかったような視野の中、椅子が揺れて捻《ねじ》れるように身動きをする、あの……。

「結構です」

さっと部屋の中に光が射した。

はれ？　我に返ると同時に、唐突に校長室の中に放り出された気分。ナルは暗幕を開けきって、さらにブラインドを上げる。眩しくて眼をパチパチする。

「このあと校長先生からも説明があると思いますが、本日は旧校舎への立ち入りを御遠慮願います。──お時間をいただいて、ありがとうございました」

言って、軽く頭を下げるナルの脇には古ぼけた椅子がある。

……椅子……。

なんとなく見つめていたら、ナルはさっさと校長室を出ていく様子。巫女さんが、

「ちょっと、何なの、これ」

声をかけたけど、まるきりの無視。あたしは、出ていくナルと戸惑った様子の面々を見比べ、すぐに校長方面に一礼してナルのあとを追った。ドアを出るとき、いったいど

ういうことですか、と校長（だろう）に問うぼーさんの声が聞こえた。

「——ナル！」

さっさと廊下を遠ざかるナルを、あたしは追いかけた。呼ばれてチラリと振り返りはしたものの、足を止めることもない。どうやら校舎を出ていく様子だ。

「ねえ、昨日あれからどこへ行ってたの？」

「方々へ。——怪我をしたって？」

やっとこさで追いついたあたしを振り返った。

「怪我ってほどのことじゃ。頭に瘤《こぶ》ができたくらい」

「そう」

……って、リアクションはそれだけですかい。一瞬、心配してくれたのかなと思ったのに。

「ねえ、今のは何だったの？」

ナルは答えない。その代わりに、

「授業に戻らなくてもいいのか？」

「いいの、いいの」

それより今の妙ちきりんな出来事のほうを——言いかけたあたしの顔をひんやりと見て、

「……なるほど、馬鹿になるわけだ」

こ、こいつっ。思わず拳を握ったあたしに軽く手を挙げ、立ち去ろうとする。ふん、消えてしまえ、どこへなりと。思って、あたしはもう一つ訊《き》きたいことがあったのを思い出した。

「ナル!」

「なんだ?」

振り返ったナルは露骨にウンザリした顔だ。

「……つかぬことを訊くけど」

「無知」

まだ何も言ってないだろーがっ!

「ゆうべさあ、帰ってきた、よね?」

「どこに?」

「旧校舎」

言うと、ナルは怪訝《けげん》そうな顔をする。

「……帰ってきてない?」

「さっき戻ったところだけど?」

あやや。やはり夢だったか。

ナルは不思議そうな顔をする。あたしは手を振って追い払った。いーのよ、気にせず消えておしまいなさい。あたしだって本当は授業に戻らなくちゃ、だわ。

くるり、と教室に向かって踵《きびす》を返し。

夢だよなー、やっぱり。そりゃそうだ。どう考えてもあの坊ちゃんが、あたしを看病したり優しかったりするわけがないよなあ。夢は無意識の賜物《たまもの》で介入不可能とはいえ、なーんでそんな、あり得ない夢を見るかなあ。

我ながら、自分の無意識が見えんわ。

心の中で呟いて、ぴったり足が止まった。

「……？　あれ？」

俗に、夢は無意識の所産と言うわけで。

「……って？」

……まさか……。

ちょっと待てよ、おいっ！

廊下の真ん中で思わず左右をおろおろと。

え？　んじゃ、あたし？　もしかしてー……？

うーわー……。

2

放課後を待ちかねて、あたしは旧校舎に向かった。実験室かな、それとも車かな、と双方の様子を窺《うかが》うと、車の中に誰やらいる模様。そちらに近づいて、車窓からナルの顔が見えたとたん、心臓が小躍りする。

うええ、どうしちゃったんだよー。

なんだか声をかけにくい。何と声をかけたものやら。——って、いつも通りにすればいいんですがな。ほらっ！

自分を鼓舞していると、ナルのほうがあたしに気づいた。目線が合って、思わず赤面してしまう。本っ当に、どうかしてるぞ、自分っ。

ナルは車の中でテープを聴いていたらしい。ヘッドフォンを外して、

「ゆうべ、レコーダーをセットしたのは麻衣か？」

「う、うん。ビデオのほうがいいかな、とは思ったんだけど、分かんなくて」

「レコーダーだけでも上出来だ。面白い音が入ってる」

「ゆうべのポルターガイスト、録音されてた？」

「ちゃんと」

よかったー。

「あ、そうだ、靴箱ね……」

ナルが振り返る。いや、こっちは見なくていいから。

「えーっと、あの……靴箱、温かかったの」

「倒れたやつ？」

「うん。たしか、ポルターガイストの動かしたものは温度が上昇する、って言ってなかったっけ」

「よく覚えていたな」

わーい、褒められた……わけでなく。これはたぶん「記憶力の不自由なお前にしては」が省略されていると考えるべきなんだよな。……難儀だわ。

ナルは立ち上がる。すごい量のコード類をあたしに差し出した。

「はい？」

「機材を置く」

——はあ？

何がどうしてどうなったのやら。撤収してみたり設置してみたり、この坊ちゃんのすることは訳が分からん。思いながらコードを抱えて旧校舎に向かったところで、ちょうどジョンが校舎の中を覗《のぞ》き込《こ》んでいるのに出会った。挨拶を交換する間もあらばこそ、ちゃっかりジョンまで扱き使って、ナルはごつい機材をあれこれ運ぶ。

「ねえ、どうしたのー？」

問えども返答はなし。何の説明もないまま車と実験室を二往復させられ、実験室と廊下に機材を積み上げたと思ったら、あたしには三脚をセットせよだの、ジョンには電源を引っ張って来いだの申しつけ、自分は部屋の隅から椅子を引っ張り出す。実験室の中にはいくらでもある、古い木製の椅子だ。空いた床の上にそれを置き、脚の輪郭に沿ってチョークで線を引く。でもって埃《ほこり》を払った椅子のあちこちに白い丸いシールを貼って。最後におまじないのように、椅子の上に白い小袋をちょこんと載せた。

「それ、何？」

やはり返答はない。何度も言うようですが——聞いたら減るのかって！

様々のややこしそうな機械を実験室にセッティング（するために、あたしとジョンが、あれだのそれだの言われたものを持って右往左往するわけだ）。さらには廊下に出て、そこでもややこしそうな機械類をセッティング。実験室と廊下を隔てる壁には、分厚い辞書のよーな箱を取りつけてノートパソコンに繋《つな》ぐ。

「ねー、ってばー。渋谷さん、渋谷さま、渋谷先生、ボス。それはなにー。何が起こってるのー。教えてくれよーう」

思いっきりゴネてみたら、ナルは深々と溜息をついた。

「これはレーダー」

はいな？

「レーダーって、あの、飛行機とか船に付いてる……」

「そう考えても間違いじゃない。その一種」

ひえええ。なんだかとっても大層じゃございませんこと？

「そんなものを使って、何をするわけ？」

「言えない。言ったら効果がないから」

「でも、あたしは助手だからー」

「駄目」

なんだよー。けちけちけちけち。

「明日になったら教える。それまでは訊くな」

「んじゃ、一つだけ」

「なんだ？」

ナルはパソコンを閉じてあたしを振り返る。

「解決の目処《めど》は立った？」

ナルはちょっと考え込むふうだ。

「分からない。──でも、多分……」

それきり口を閉ざしてしまう。何を訊いても答えない。見かねたようにジョンが、

「麻衣さん、渋谷さんには、何ぞ考えがあるんやです。明日になったら教えてくれはる、ゆうんですから、待ったらどないやです」

「だって……」

あたしは性分としてセッカチなんだい。

ナルは知らんぷりだ。今度は釘の入った箱と金槌を出して、廊下の奥のほうを示す。

「それを実験室の中に持ってきてくれ。中の機材に当てないように」

いつの間に準備されたものか、廊下には大量のベニヤ板が積まれていた。こっちの要望は無視して、あくまでも自分の要望だけ通す気か。悔しいけど、なんだか物珍しい展開なので好奇心が疼《うず》くんだよな。あんたなんか、もう知らん、って帰ってしまったら、このあと何が起こったか気になってイジイジしそうな感じ。

ああ、いいように鼻面を取って引き廻されているわ。切ない気分で、おとなしくベニヤ板を運ぶ。薄い板は軽くて持ち運びには便利だけど、べろべろ撓《たわ》むので機材に当てそうで怖い。おっかなびっくり実験室に運び込んだそれを、ナルちゃんは窓に当てて釘で打ちつけていく。外に面した窓という窓を覆って。

……台風でも来るのかな？（の、わけはない）

全部を打ちつけてから、ナルちゃんはあたしとジョンに太いマジックを差し出した。

「二人でこの板にサインしてくれ。大きく。継ぎ目に跨《また》がっていいから、全ての板に文字がかかるように」

……なんだってそのようなことを、と訊いたところで答えちゃくれないんだろうな。

重労働でくたびれたことでもあり、無用のエネルギー消費は控えて、おとなしくベニヤ板に大きな字で名前を書いていく。それが終わったら、今度は実験室を出て廊下側の窓だ。全ての窓と出入口を板で覆って、ここにもサイン。その間に、ナルは廊下に置いた機械に跪《ひざまず》く。全ての機械にカバーをかけて床板に固定。固定した金具の上に紙を貼って、そこにもあたしとジョンに名前を書かせた。

「──お疲れ。もう帰っていい」

何だよ、そりゃ。さんざん人を扱き使っておいてー。ええ、分かりましたよ、全ては明日なのね。ならば明日には、何のまじないなのか答えてもらうぞ、絶対に。

3

翌日は早々に学校に駆けつけた。脇目も振らずに旧校舎に突進する。ナルはもう来ていて、車の中で何やらしていた。そして、その脇に細長い人影。

おっと、あれは負傷した助手さんではないか。

「あー。えーと、おはよう、ございます」

声をかけて、助手さんに会釈。

「もう、いいんですか？」

松葉杖を突いた助手さんからは、冷ややかな視線しか返ってこなかった。

……あたしも靴箱をぶつけられて大きな瘤を作ったから、アイコってことにしといてくれないかなあ。

ナルが車を降りて、

「えらく早いな」

「そりゃあ、もう！」

さあっ、明日になったぞ、昨日のあれは何だ。言うんだ、言わんか。

気迫が届いたのか、ナルは少々うんざりした顔つきだ。

「結果は？　昨日のあれは何？」

ナルは溜息を一つ。

「麻衣は口は堅いほうか」

「言うなと言われれば、絶対に言わない」

ダイヤモンドになってみせましょうとも。

ナルは少し考えるようにしてから、

「ちょっと待て。じきにみんなが来る」

みんな、って？　まさか霊能者一同？

何を考えておるのやら。


霊能者の御一行さまが到着する前に、軽い揉《も》め事があった。授業の前に黒田女史が顔を出したのだ。女史はあたしと同じように、昨日のあれは何だったのかと厳しい口調でナルを問い詰めた。あたしが、それはみんなが集まってから、と言ってしまったのが原因で、ナルと女史の押し問答になった。

残る、と言う女史と、帰れ、と言うナルと。

結局、女史が頑《かたく》なな態度で勝利を収めて、ナルに溜息をつかせた。

授業開始のチャイムが鳴って、少ししてから巫女さんたちが集まり始めた。てことはだ。あたしたちは授業をサボっちゃったわけだねー。

巫女さん、ぼーさん、ジョン、真砂子、と全員が揃ったところで、ナルは旧校舎に向かう。片手で杖を突いて足を引きずっている助手さんが、あとから小型のビデオカメラを持って続く。

「今日は何を見せてくれるんだえ？」

ぼーさんの笑う声。巫女さんも、

「やめたほうがいいんじゃない？　また恥をかいて逃げ出す破目になるだけよ？」

対するナルは無表情だ。

「実験の証人になってほしいだけです」

「へ？」

きょとんとした巫女さんとぼーさんが顔を見合わせた。

実験室前の廊下では、昨日最後に見たときの状態のまま、機材が鎮座していた。ナルがあたしとジョンに声をかける。

「二人とも、確認してくれ。昨日サインしてもらった紙が破れていないかどうか」

いつの間にか助手さんがビデオを廻している。あたしはちょっとジョンと眼を見交わし、機械に貼られた紙を確認する。破られた形跡はない。書いてある文字も昨日のまんまだ。

「大丈夫だな？」

「うん」

ナルは頷いて固定した金具を外し、機材に被《かぶ》せたカバーを外す。ノートパソコンを開いて、満足そうに頷いた。

「……あのう」

「——ドアのサインは」

「あ？　えーっと」

あたしは実験室の戸口を振り返る。子細に検《あらた》めてみたが、やはりこれも昨日のまんまだ。板にはどこにも破れた箇所はないし、文字だって記憶にある限り、そのまんま。

「大丈夫みたい」

「少なくとも、間違いなく僕の字でんがなです」

あたしたちの証言に頷いて、ナルは釘抜きを手に取る。ドアと板の間に差し込んで乱暴に引き剝《は》がす。ベニヤ板が裂けて落ちた。

あたしたちが顔を見合わせて意味を探ろうとする中、ナルは実験室に入っていく。

——おや？

部屋の真ん中にチョークで付けた印がある。たしかそれって、椅子の脚の跡じゃなかったっけ？

椅子はない。それは窓際に倒れていた。

「渋谷さん、椅子が動いてまっせです」

ジョンが緊張した声を上げた。そうだな、とナルは頷いて、次いで自信に満ちた視線をあたしたちに投げかけた。

「御協力ありがとうございました。僕は本日中に撤収します」

4

「……ちょっと、何よ、それ！」

ぽかんとしたような沈黙のあと、巫女さんがすっとんきょうな声を上げた。

「まさか、これで事件は解決した——なんて言うんじゃないでしょうね」

詰め寄る巫女さんに対して、ナルは平然と答える。

「言うつもりですが」

「地盤沈下？」

巫女さんの語調は限りなく嫌味っぽかった。だが、ナルはあっさりと言い放つ。

「その通りです」

おいおい、と小馬鹿にしたように笑い声を上げたのは、ぼーさんだ。

「いまさらそれに固執するか？　いい加減に認めようぜ」

「校長から依頼を受けた件については、地盤沈下で全てが説明できたと考えている」

「実験室の騒ぎは？　地盤沈下であんなことが起こるのか？」

「あれはポルターガイストだな」

あっさり認めたナルに、ぼーさんと巫女さんが仲良く勝ち誇ったような声を上げた。

「ほーらね」

「なるほど？　お前は除霊できないんだ。そうだろ？　それで除霊の必要のない結論でお茶を濁そうとしているんだ。あとは俺たちに押しつけて帰ろうって肚《はら》だろ？」

「除霊の必要はないと判断している」

言いながら、ナルは暗視カメラの映像を巻き戻す。

「——御覧になりますか？」


小型テレビに映し出されたのは、実験室に置いた椅子の映像だった（当然か）。暗視カメラ特有の白黒画面の真ん中に椅子の姿が捉えられている。それは昨日セットしたときのまま、おとなしく直立している。画面上のカウンターを見る限り、昨夜——今朝の午前三時半過ぎまで、置いた状態のままだったことが分かる。

「なによ、これ」

女史が不満そうに声を上げたときだった。

ゴトッと椅子が揺れた。椅子が目を覚まして身震いしたように見えた。苛立《いらだ》つように一方の脚を上げてガツンと床を踏み鳴らす。ガッガッと足踏みをしたかと思うと、誰かに突き飛ばされたように、唐突に倒れ込みながら窓際に滑っていった。窓下の壁に突き当たり、倒れる。そしてそのまま、動かない。

ナルが再生を止めた。

「今の……何？」

あたしが訊くと、ナルは助手さんからノートパソコンを受け取りながら、

「見ての通りだ」

「椅子……動いたよ」

そうだな、と言ってナルはパソコンの画面を示す。青い小窓の中に白い点が折線状に並んでいる。

「はい？」

「レーダーの監視したデータ。御覧の通り、最初にポイントが動いたのが午前三時三十二分十二秒。以後、一秒毎に移動している。動いたのは五十四秒間」

ナルがキーを操作すると、いったん全ての白い点が消え、一つずつ順番に現れて点々で折線を描いていく。なるほど、この点は椅子が動いた軌跡を示しているわけだ。

「暗視カメラの映像でも分かるように、この間、実験室の中には誰もいない」

だけど、と言いかけたあたしを制し、ナルはパソコンの表示を変える。

「しかも、建物は動いてないな。これは実験室に設置した振動計のデータだが、少なく

とも椅子を動かすほどの振動は記録されていない」

ぼーさんが吐き捨てるように言った。

「だったら立派なポルターガイストじゃねえか！　除霊しないと——」

「その必要はない」

ナルはきっぱり言い切った。

「ない、って」

ナルはパソコンを閉じる。それを助手さんに手渡すと、助手さんは無言で実験室を出ていった。ナルは教卓に後ろ手を突き、眼を白黒させているあたしたちを眺め渡す。

「——昨日、全員に暗示をかけた」

「暗示？」

「催眠術みたいなもの、と言っておこうか。夜、この椅子が動く、と」

……あの校長室の。妙な実験。

「あれって催眠術だったの⁉」

「厳密には違う。単に無意識レベルで、実験室に置かれた椅子が動くというイメージを強く持ってもらっただけだ。そのうえで椅子を実際に置く。この部屋の窓で戸締まり可能な箇所は全部内側から鍵を掛けてある。さらにその全てを板で覆い、麻衣とジョンにサインをしてもらっている。ドアも同様に封印した。すると、人は中に入ることができないし、無理に入れば絶対に分かる」

「そっか。……板が破れるもんね。ベニヤ板、薄くてベロベロだったし。さっきナルが入口を開けたときみたいに、どうしたって裂けちゃう。板を取り替えればサインがないから分かっちゃうし、真似しても筆跡が変わるし……」

「そう。厳密に筆跡鑑定をしたわけではないから筆跡を真似た可能性は除外できないが、椅子が動いた問題のシーンで、画像上には誰の姿も映っていない。外部からレーダーで監視した結果からも、このとき部屋の中に動く物体は存在しなかったことが分かっている。サーモグラフィーや他のセンサを確認すれば、さらにそれが確定できるだろう」

「うん。……だろうけど。でも、誰もいなかったんでしょ？　なのに椅子が動いたわけじゃない。しかも、振動もなかったわけで」

「それこそ、ポルターガイストが起こったって証拠じゃないの！」

女史がヒステリックな声を上げた。

「そういうことだ」

言ってから、ナルは女史を見つめ、それからあたしたちを見渡した。

「ポルターガイストだと考えて間違いないだろう。少なくとも既知の科学的常識の範囲内で、あの椅子が動く要因はどこにもなかった。実際に動いた以上、それは常識外の力によるものだと考えるしかないし、こういう現象を総じてポルターガイスト現象と呼ぶ」

「うん。だから」

「しかしながら、ポルターガイストが必ず霊が起こす現象だとは限らない」

「ポルターガイストの半分は、人間が犯人だ。たいていはローティーンの子供。霊感の強い女性の場合もある」

……はあ？

「悪戯《いたずら》ってこと？」

あたしが訊くと、

「馬鹿者」

なにもそんな、すっぱり言わなくてもいいじゃんよー。

「一種の超能力。いわゆる超能力には五感を超越した超感覚とでも言うべきESPと、手を触れずに物体に作用するPKとがあるが、ポルターガイストの半分はこのPKが原因であると考えられる。これを超心理学用語でRSPK――頻発性自発的サイコキネシス、あるいは反復性偶発性念力などと呼ぶ」

超能力ぅ⁉

あたしも驚いたが、ギャラリーも驚いたようだ。全員がぽかんと口を開けている。

「てことは？　えーと？　犯人が超能力でやった……ってわけ？」

「犯人という言い方は語弊があるかな。これは本人も無意識のうちに行なっていることだ。多くは強く抑圧された人物が、構ってほしい、注目してほしいという無意識の欲求で起こす。本人には現象を起こしている自覚はないわけだし、つまりは犯意はないわけだから、厳密には犯人とは言えない。行為を行なっているという自覚のない行為者――エイジェントだ」

「へえ……」

「ポルターガイストがRSPKの場合、暗示をかけるとその通りのことが起こるんだ」

はた、とあたしは窓際に転がった椅子を振り返った。暗示通りに動いた椅子。

ぼーさんが割り込んでくる。

「じゃあ、あの椅子が動いたのは人間のせいだって話か？　誰かが自覚のないままやったって？」

「その通り」

巫女さんも呆気にとられたふうだ。

「霊の仕業じゃないわけ？　あの――大騒ぎも？」

「おそらくは」

言ってナルは、窓のほうを振り返り、鬱陶《うっとう》しいな、と呟く。釘抜きをあたしに差し出して、

「剝がそう。暗い」

……はあ。言われるまま、あたしたちは釘抜きだのドライバーだのを持って窓のベニヤを剝がしにかかった。全員で寄って集《たか》ってベニヤを剝がすと清々する。そして、射し込む明かりが増えるごとに「なーんだ」という気がした。

なーんだ、幽霊じゃないのか。

やっぱりここには怪しいものなんて棲《す》んでなかったんだ。……晴れ晴れとしたような、少し寂しいような。雰囲気のある暗がりも、傾き始めた陽射が射し込んでみると、すっかり傷んで埃まみれになった古い教室にすぎない。

曰く因縁が囁《ささや》かれてはいたものの、実際には何もない古い校舎。妙なことが起こったように思えたけれども、それは校舎が傷んでたせいだし、地盤が沈下していたせいだし、誰かがやらかしたことにすぎなかった。無意識の超能力、と言われるとなにやらミステリアスな気がしないでもないけど、幽霊がいたというほどの神秘性はないよなあ。本当に、なーんだ、という気分。

小さく苦笑まじりの溜息が漏れて、あたしはふと首を傾げた。

でも、誰かの無意識って、誰の？

……構ってほしい。注目してほしい。

自己顕示欲の強い奴ならいっぱいいる。この教室の中に。そもそも暗示を受けたのだってこのメンバーなんだし、ならば椅子を動かした誰かはこの中にいるはずだ。どいつもこいつも自己主張ばっかり強くて、根拠もなく自信家で。だから誰が該当しても可怪《おか》しくない——ジョンを除いては。

……でも。

あたしはそっと視線を向ける。ある人物に。同じことに思い至ったのだろう、全員の眼がちらちらと彼女のほうに集まった。──黒田女史のほうに。

「……あたし……？」

女史は狼狽《うろた》えたようにあたしたちを見比べた。

「あたしがやったって言うの？　あのポルターガイスト」

冗談でしょ、と強張《こわば》った顔で女史はナルに詰め寄った。

「あたしを犯人にするわけ？」

「他の誰より、君がやったと考えるのが自然だろうな」

「いい加減なことを言わないで！」

ナルはドライバーを放り出し、教卓に凭れて軽く溜息をつく。

「さっきも言ったが、ポルターガイストの原因の大半は、人間の無意識によるものだ。一昨日、この教室でポルターガイストとしか考えようのない現象が起こったとき、すごく困った。機材で測定した結果からは、霊がいるとは思えなかったから。原さんの判断も、霊はいないということだったし」

「ええ、いませんでしたわ」

真砂子が頷く。

「霊でなければ、人間が原因のはずだ。実際、人間が起こすポルターガイストの場合、一つだけ顕著な特徴がある。霊姿を伴わない──という。事実、この校舎内で霊らしき姿を目撃した者はいない」

……そう言えば。

「これが普通の家なら、その家に住んでいる人間の中にエイジェントがいる。ローティーンの子供、あるいは霊感の強い女性。特に思春期前期の少年少女が圧倒的に多い。エイジェントとなる人物は、ほとんどの場合、本人も自覚しないまま極端にストレスを溜め込んでいる。そこに何らかの危機的なプレッシャーが加わって、ポルターガイストの形で放出されるんだ。根底にあるのは危機的な苦境から救われたいという願望だから、エイジェント自身がポルターガイストの標的になることが多い。中には大怪我をする者もいる。被害者になれば同情してもらえる、優しくしてもらえ、大事にしてもらえるはずだ、という無意識のせいだ。――しかしながら、旧校舎に住人はいない」

みんなは、しんと押し黙る。

「では、逆に考えてみればいい。ポルターガイストによって注目を浴びた者、同情された者が犯人ではないのか？　すると、該当するのは黒田さんと麻衣だけになる」

あたし？

おーのーれー、あたしも犯人だと疑ってたのかあ⁉

「二人を比べてみれば、断然疑わしいのは黒田さんだ」

言って、ナルは女史の青い顔を見据えた。

「そもそも彼女には、最初から引っかかりを覚えていた。例えば彼女は、旧校舎で戦争中の霊を見たと言っていた。看護婦らしき霊もいたと。しかし、この学校は戦前から建っていて、戦災によって被害を受けたなどという事実はない。調べた限りでは、付近が空襲を受けたこともないし、一時的にせよ学校が病院として使われたことはなく、もちろん、学校が建つ以前に病院があったという事実もなかった。戦争中の犠牲者や、戦災で犠牲になった看護婦の霊が現れる道理がない」

「それは……」

「すると、彼女の勘違い、もしくは故意の嘘ということになるわけだ。故意にやっているのか、それとも見えるつもりで、真実でないものを見ているのか、それは分からないが」

「嘘なんかじゃないわ！」

女史は叫んだ。顔ばかりでなく、声までが青白く色を失ったようだった。

「最初は、霊感ごっこをしてるんだろうと思ったんだが」

ナルは言って、軽く息を吐く。

「彼女は中学の頃から霊感が強いので有名だった。それで周囲の注目を浴びる存在だったんだ。旧校舎についても戦争中の悪霊が棲んでいると主張していた。ところがもし、旧校舎に霊はいなかったということになったら？　霊などいず、怪異が全て地盤沈下のせいだったと、みんなが知ってしまったら？」

ぼーさんが代わりに答える。

「権威の失墜——つまり、信用を失くす」

巫女さんも、霊感があるなんて言って、全部嘘だったのか、ということになるわけね」

「そう。黒田さんにとっては、周囲の注目を集め続けるために、旧校舎の悪霊は必要な存在だった。旧校舎には霊が棲んでいなければならなかったんだ、彼女のために」

全員のもの言いたげな視線が、女史に集まる。

「……なんか、そういう心理って分かっちゃうな……」

あたしは呟いた。女史がはっと顔を上げる。あたしはちょっと微笑《わら》い返した。誰だって特別な存在になりたい。誰もが一目置いてくれるような、そんな存在に。特別な才能が欲しい。それを認めてもらいたい。

彼女が望んだのは、霊能力という才能だったんだ。

「このままでは、自分は立場を失くす、と黒田さんは猛烈な不安に襲われる。それは彼女の無意識に大きなプレッシャーをかける。無意識は考える。霊がいるはずだ。いなくてはならない。ポルターガイストが起こるはずだ。そうでなくてはならない。そして」

ぼーさんがあとを継ぐ。

「……無意識はそれを行なう」

そうか、と納得しながら、あたしはふと、

「でも、そんなこと、簡単にできるものなの？　テストの前とかさ、学校が壊れてしまえばいい、なーんて真剣に思うけど、壊れたことないよ」

「それは才能の問題」

──へ？

ナルの視線が女史に向かう。

「彼女は潜在的なサイキックだと思う」

「さいきっく？」

「いわゆる超能力者。本人も意識していないし、誰も気づいていないが、おそらくある程度のPKを持ってる」

ほへー。

巫女さんが首を傾げた。

「でも、その説からすると、彼女のストレスが高まったのは、ナルの地盤沈下説が出てからでしょ？　じゃあ、あたしが教室に閉じ込められたのは？　彼女が襲われたのは？　彼女が襲われたというのが、嘘か勘違いにしても、ビデオが消えていたのは？　これを説明してくれなきゃ、納得できないな」

真砂子が呟く。

「閉じ込められたのは、自分でやったことですわ」

「あたしが無意識に閉めたって？　まだそれを言い募る？」

「そうじゃありませんの」

ナルが二人を制すように手を挙げる。

「……説明しようか?」

黒田女史に向けられた声。女史が俯いて首を傾かせた。

「松崎さんが閉じ込められた件については」言って、ナルはポケットから一本の釘を取り出す。「これが、戸と敷居の間に刺さっていた」

……え?

「戸が開かなかったのは、おそらくこの釘のせい。これには早くに気づいていたんだが、あえて言う必要はないと思っていた」

巫女さんがナルの手から釘を取り上げる。じっと見つめて、

「誰かが、わざとやったって言うの?」

「そう」

「誰が……あんたね!?」

巫女さんが女史を睨む。女史がびくっと身体を縮めた。あたしは思わず肩を叩く。

……気にしなさんなって。

ナルが、

「ちょっとした悪戯のつもりだったんだろう。あの直前、松崎さんにたっぷり嫌味を言われていたし」

「……はⅠん。

「じゃあ、ビデオの故障は?」

「それについては詳しく調べてみるまでもない。あれは霊障じゃない。故意に消去されたものだ。彼女が二階の廊下を歩いていたとき、たまたま荷物が崩れてきたんだろう。一番不安定な箇所に積み上げられた荷物だから、彼女が少し手を触れれば崩れることは充分にあり得る。下敷きになった彼女は、それがまるで『襲われた』かのようであることに気づいた。そう主張できる——自分が手を触れた部分の録画さえ消去できれば」

「でなきゃ、最初からそのつもりで荷物を崩したか」

巫女さんが冷ややかに言ったけど、ナルは頷かなかった。

「断定はできないが、偶然だと考えたほうが実情に合ってる。最初から故意に襲われた状況を作ろうと思うなら、カメラを止めたほうが話が早い。あるいは、カメラの死角で起こったことだと主張するか」

「それでは証拠が残らないでしょ」

「埃を被る、怪我を装う——証拠を捏造《ねつぞう》する方法なんかいくらでもある。もっと言うなら荷物と一緒に倒れていて、誰かに発見してもらえば最も簡単で疑われない。偶然に起こったことだから、不要な部分を上書きすることで消去しようとしたのだし、なんとか問題の部分だけを残そうとして、何度も巻き戻しては上書きすることを繰り返している。小刻みに映像が切れてノイズが入っているのはそのせいだ」

「停止することを思いつかなかったのかも。だからやむを得ず……」

「それもない」

ナルはあっさりと否定する。

「松崎さんが教室に閉じ込められた——つまり、釘が敷居に差し込まれたとき、西側に置いたビデオが止まっていた。停止する直前、廊下に光が入っているのが確認できる。光量が増えて、カメラが露光を自動調節しているんだ。どこからか光が入ったことは間違いないし、カメラの死角で外部に通じているのは西側にある裏口だけだ。そこから忍び込んで、眼の前に廊下を映しているカメラが存在することに気づいたんだろう。前例があるのだから、カメラを止めることを思いつかなかったはずはない」

巫女さんは忌々しそうに沈黙した。女史がさらに身を縮めた。あたしだけに聞こえた、ごめんなさい、という小さな声。

ジョンが寂しげというか、少し悲しいニュアンスの声で女史を励ました。

「気にすることおまへんです。ちょっとした悪戯でしたんやし」

「そういう問題!? 悪質よ！」

ナルは素っ気ない。

「松崎さんに霊感がないと決めつけられたのが悔しくて堪らなかったんだろう。これに懲りて、少しは口を慎めば？」

……人のことが言えるのか？

「霊感がある、と他者に承認されればそれで気が済むかとも思ったんだが」

そっか。……それで「浮遊霊」とか言ったんだ。そう言われたとき、確かに黒田女史、嬉しそうだったもんな。でも、それだけでは満足できなかったんだなあ。

　ナルは軽く息をついて全員を見渡す。

「以上でいいかな。納得できましたか」

　巫女さんが偉そうに腕組みをする。

「それでどうするわけ？　このままでは帰れないのよ、あたしたち。校長は工事できるようにしてくれって、依頼してきたんだから」

「除霊は終わったと言って帰るだけ」

「彼女が工事の邪魔をしたら？」

　巫女さんは露骨に女史を睨んだ。ナルは、

「校長にはこう報告するつもりでいる。旧校舎には、戦災の犠牲者を含め、過去に旧校舎で死亡した人々の霊が憑《つ》いていた。除霊をしたので、工事をして構わないが、これまでの異常事で建物にかなり無理が来ている。倒壊の危険性もあるので厳重な注意が必要、と。——それでいいかな、黒田さん？」

　女史が泣きそうな表情で頷いた。

「……戦災の犠牲者……ねえ」

　巫女さんは不満そうだ。ぼーさんも不審そうに、

「それで、大丈夫だと思うか？」

　ナルは肩を竦める。

「確約はできないが——たぶん」

真砂子が言う。

「それでも不安は残りますわ。校長先生に本当の話をしてはどうですの？　今の話を、そのまま報告なさっては？」

女史がぱっと顔を上げ、怯《おび》えたように真砂子とナルを見比べた。ナルはそれをちょっと見返して、

「彼女は充分抑圧されてる。これ以上、追い詰める必要はないだろう」

……ほー、結構優しいことを言うじゃないか。

「それに、ポルターガイスト——RSPKが長期間続いた例はない。むしろ短期間で消えてしまうものなんだ。莫大《ばくだい》なエネルギーを必要とするから、長期間は持ち堪えられない、ということだろう。ましてや彼女は思春期も終わりに入っている。こういった偶発的な能力は、年齢と共に確実に減衰していき、思春期が終わる前に消えてしまう。そのうえ彼女は自分のストレスに気づいてしまった。本人が自覚していないストレスは内圧が高まる一方だが、自覚すると、ストレスがあると知っていることそれ自体が、ガス抜きの役割を果たしてしまう。これ以上のポルターガイストは起こりようがない」

女史が小さく、複雑な音色の溜息を零《こぼ》した。

ふうん、と巫女さんの声は、何やら残念そうですらある。

「それで、……誰が除霊したことになるの？」

とたんに降りるじっとりした沈黙。

ナルはあっさりしている。

「全員が協力してやった、と。それで構わないだろう」

「……へえ？」

巫女さんはナルをしみじみ見つめた。

「いいとこあるのねえ。手柄を分けてくれるわけ？」

ナルは軽く肩を竦めるだけ。それから、あたしのほうに鋭い表情を向けて、

「麻衣。この件については他言無用だぞ」

「分かってるって」

ダイヤモンドになるんですな。了解。

巫女さんは妙に感動した様子だ。

「あんたって、結構フェミニストなのね」

「それは、もう」

「ふうん。……彼女はいるの？」

「……質問の趣旨を理解いたしかねますが」

「あたし、我慢してあげてもいいわよ、年下でも」

「それは、どうも」

……色気巫女。どこが巫女なんだ？　どこがっ!!

ナルは微笑む。

「お言葉はありがたいのですが、残念です。僕は鏡を見慣れているもので」

……は？

一瞬おいて、ぼーさんが馬鹿笑いする。巫女さんは顔を赤らめてそっぽを向いた。

……鏡で自分の顔を見慣れてるから、巫女さんじゃダメだっていうわけか？

そらまー、巫女さんのほうが完全に負けてるが。……そこまで言うか？

さっさと水仙になれ、こいつっ。

5

女史は何も言わず、深々と頭を下げて実験室を出ていった。あたしも何となく、無言でそれを見送った。小走りの足音が旧校舎の中を遠ざかっていく——一昨夜聞いた、足音のように。実は最初から誰のものでもなかった足音。

それが消え去ったころ、ジョンがおずおずとした声を上げた。

「あの……渋谷さん、一つ訊いてもよろしおますですか？」

ナルは無言でジョンを振り返った。

「出過ぎた質問やったら堪忍しとくれやす。さっきポルターガイストは短期間で終わるてゆうてはりましたけど、テネシー州のジョン・ベル事件みたいに、何年にもわたって続く例もあるんとちゃいますか？」

「なくはない」

え、と声を上げたのは誰だったか。全員が驚いたようにナルを見た。

「RSPKゆうたらPKの一種やです。本人が自覚的にやってるかどうかの違いはおますけど。PKは必ず年齢と共に減衰していくとは限りませんですやろ？　もちろん能力者はそれなりにトレーニングをして能力を維持するわけですやけど、RSPKはどうなんですやろ？　自覚的やなかったら年齢と共に必ず減衰していくもんですやろか」

「そうとは限らない。逆に高まる例もある」

ナルは平然と前言を翻した。……話が違うじゃん、と驚き呆れた我々をよそに、さいですね、とジョンはなぜだか微笑んだ。

「しょうもないことを訊いてしまいましたです。すんません」

「ちょっと待て！」

ぼーさんが割って入った。

「しょうもないことじゃないだろう。──つまりは何か？　あの子は、またいつ何時、ポルターガイストを起こすか分からないって話か？　工事の最中にそれが起こったらどうする。最中でなくても──」

ジョンは軽く手を挙げてぼーさんを制した。

「せやからお訊きしたんですけど、これは僕の考えが至らへんかったんです」

「はあ?」

「渋谷さんはあえてあないに言わはったんですがなです。つまり、黒田さんに暗示をかけはったんですやろ。長期間は続かへん、必ず消えてしまうもんやって」

「そう——なのか?」

全員の怪訝そうな視線を受けて、ナルは鬱陶しそうに頷いた。

「長期化するのが稀《まれ》であることは確かだ。意図的にトレーニングしたわけでもなく、偶発的に発動した能力は減衰しやすい。そうでなくても、黒田さんの場合、さしあたりプレッシャーは取り除いた。問題となる旧校舎も取り壊される。これ以上、ポルターガイストを起こすことはないと思うが、絶対とは言い切れない。念のために安全装置を付けておいただけだ」

「暗示がそれか?」

「そう。彼女は、短期間で終わるものだ、じきに消えてしまうものだと思い込んでしまった」

「確実に?」

「おそらく。嘘を暴かれ、犯人だと名指しされ、それを学校側に通告されるかもしれないという、ギリギリの場所に彼女は追い詰められていた。そのプレッシャーから解放された直後だけに、彼女は僕の嘘を受容しやすい心理状態にあったはずだ。しかも、苦境から逃れる道は能力の減衰を前提条件にしている。短期間で終わる、じきに消えてしまうから学校側に通告するまでもない、と言われれば、それが真実であったほうが彼女にとっては都合がいい。人は自身にとって望ましい『真実』に飛びつくものなんだ」

「なるほどなあ」

「この種の思い込みは、いったん脳裏に焼きついてしまうと、忘れることが難しい。きっと失敗するだろうという思い込みと一緒だ。頭では大丈夫だと分かっていても、なかなか払拭《ふっしょく》できない。もちろん、やってみて成功すれば思い込みは弱まるし、成功例が増えればそれが自信になって克服できるが、こういう能力は条件さえ揃えば必ず発動するというものじゃない。むしろ、本人の気分や意識に大きな制約を受けるから、成功例を蓄積することはできないだろう」

「……どこまでも周到な奴」

ナルは、これには答えず、ちょっと肩を竦めただけだ。そしてカメラを抱え上げる。

不思議そうに注目した全員を、ナルは闇色の眼で見返した。

「帰る準備をしないんですか？」

「あ、そうか」

巫女さんが、ポンと手を叩いた。

「なんか、大した事件じゃなかったわねえ」

ぼーさんが、

「そのワリにゃ、ビビってなかったか？」

「冗談、やめてよね」

……帰る準備。

ナルの声を聞いたとたん、胸の中がスカスカした。

あたしは単なる一女生徒だ。助手さんが怪我をして、代理の助手に雇われた。つまり、あたしとナルを繋ぐものなんて、なーんにもないってこと。

ひょっとしなくても、もう会えないんだ。

そう思ったら、ふいに喉《のど》が詰まった。もう会うこともない。あたしはあたしの生活に、ナルはナルの生活に帰る。もう、会う理由がない。

何か言わなきゃいけない気がして、もどかしい。

実験室の中の機材を廊下に運び出し始めたナルを眺めてたら、当人が振り返った。

「授業に出なくていいのか？」

「今日はいいや、もう」

あたしが言うと、ナルは軽蔑《けいべつ》も露《あら》わな視線を寄越す。

「もう少し、利口になる努力をしたほうがいいんじゃないか？」

……こいつー。

ああ、あたし、何を気にしてるんだろ。ナルはあたしと別れることなんか、ぜんぜん気にしてない。寂しいとまではいかなくても、多少は名残惜しいとか、もうちょっと気にしてくれてもいいと思うぞ。臨時とはいえ、助手をやってたんだからさ。

……そんなの、何でもないことか。だって本当の助手さんも、杖を頼りに歩けるようになったことだし。あたしの手なんて必要ない。そもそもあたしを助手代理にしたのだって、助手さんが使えなくなったからって、それだけの理由だし。

うーむ、ちょっとムカムカしてきたぞー。

……どーしてあたしだけが、こんな寂しい気分にならなきゃいけないわけ？

理不尽な腹立ちを覚えてナルの背中を睨んだら、ナルが振り返った。

「授業に出ないんだったら、機材の撤収を手伝ってくれ」

へーい。最後まで扱き使ってくれるな、お前。

廊下の機材は、たぶん助手さんが整理したのだろう、とりあえず繋いだコード類が抜かれて纏《まと》めてあった。機械だのコードだのを抱えて車に運ぶと、荷室の中に助手さんがいて棚を整理している。運んできた荷物を渡しても愛想の一つもない。そこまで根に持たんでも、と思いつつブルーな気分で実験室と車を往復した。

そうしながら、ナルに何か言いたい気がしてならない。でも、まさか「住所を教えてください」なんて、言える状況じゃないよなあ。

最後に残っていたコード類を巻いて、ナルが抱える。それで実験室の周辺に残っているものはなくなった。

「麻衣も、もう戻っていいぞ」

それは極めていつも通りの口調で。まるで今日の調査はここまでで終わり、残りはまた明日、という例の調子だ。

……お前、本当に何も感じてないのな。

ああっ、こんな奴、嫌いだ！

「そ。じゃあ、授業に行くわ」

「ああ」

「それとも、見送りしようか？」

あたしはそっと言ってみたのに、

「なぜ？」

……なぜ、と訊かれても。

「やっぱさー、短い間とはいえ、ボスだったわけだしー」

「必要ない。それより、授業に戻れば？　それ以上馬鹿になったら、手がつけられないだろう」

……こいつはっ！

そーかい、いいよ、分かったよ！

あたしは授業に行くんだもんね。見送りだってしてやらないんだもんね。ほんでもって、これっきりになっても、ナルのことなんか金輪際、思い出さない！

絶対に思い出してやらないぞ、ばかやろー。

しぶしぶ教室に行って、大遅刻を先生に詫《わ》び、なんとなく落ち着かない気分でその日の授業を受けた。胸の中に引っかかりがある。それを呑み下すので手一杯で、ぜんぜん授業に身が入らない。休み時間、例によって恵子らが集まってきたけど、話をする気にもなれず。黙り込んでいたら、くたびれてると思ってくれたふうなのがありがたかった。

どんよりした気分で、窓の外を見ていた。あたしの席は窓際で、季節は春で、開け放した窓からは旧校舎が真向かいだ。授業中だというのに、ついつい視線が旧校舎に向いてしまう。何事もなかったかのように佇《たたず》んでいる古い校舎。いつの間にか傾いた陽が窓に当たって、ガラスがオレンジ色に輝いていた。

ぼーっと眺めていたときだった。

音もなく、旧校舎の窓ガラスが歪んだ。西陽を反射した光がきらきらと瞬く。ピンという高い音は遅れて届いた。

その音に合わせたようだった。ガラスが砕けて流れ落ちる。あたしは思わず腰を浮かした。

中腰になったあたしを先生が注意しようとしたけれど、その声はガラスの割れる激しい音に遮られて途切れた。教室のあちこちにざわめきが走る。

あたしの眼には、旧校舎が身震いしたように見えた。壊れかけた西側の屋根がうねって、軽く膨らんでから沈み始めた。屋根瓦が轟音《ごうおん》と共に流れ落ち、薄黄色の砂煙が上がる。建物の西端が倒れ込むように沈んで、自らが上げた煙の中に崩れ落ちた。

建物が上げる最後の声が響き渡った。

旧校舎は玄関から西側が完全に倒壊して、埃の海に座礁した船のように見えた。

あたしは、生徒が鈴生《すずな》りになった窓際をそっと離れて駆け出した。旧校舎に駆けつける。いつもの場所に、もうグレーの車はなかった。もちろん、駆けつけてきた人々の中にも、捜す顔はなかった。

性格のよろしくないゴーストハンターたちは、立ち去ったのだ。

数日して、わずかに残った旧校舎の取り壊し工事が始まった。それと同時に、黒田女史の霊感についての噂が、校内を流れていったのだった……。

エピローグ

「ねえ、渋谷さんって、今頃どうしてんのかなー」

恵子がぼうっと窓の外を眺めながら言う。

窓の外には、解体中の旧校舎が見える。足場が組まれ、シートで覆われ、もう建物は見えない。今のところ工事は恙《つつが》なく続いているようだ。

「麻衣ったら、どうして住所とか、せめて電話番号でも訊《き》いておかないのよー」

……るさい。

ミチルも気が抜けたように、外の景色に眼をやる。

「電話帳を探してみたのになー」

……そう。「渋谷サイキックリサーチ」なんて事務所のナンバーは載ってなかったのだ。もっとも、完全に調べ上げたとは言い難い。

電話帳のどこを探したらいいのか、いまいちよく分からなかったんだよな。タウンページに「霊能者」なんて項目はないし、ナル自身は霊能者じゃないと主張してたし。かと言って普通、事務所の電話番号をハローページに載せたりはしないだろう（でも、とりあえず調べた）。番号案内に訊けば、所在地が分からないと調べられない、とのつれない返事。たぶん渋谷区なのだろうし、そこから粘る手はあるよな、とは思ったものの、電話帳に番号が載ってなきゃそれまでだし。

恵子が誰にともなく言う。

「だからー、校長が呼んだんだから、校長なら連絡先を知ってるはずじゃない。校長に訊いてみようよー」

「あんたが訊けば」

ミチルは素っ気なく言う。

「えー。訊けないよぉ」

「あたしだって、やだよ」

「でもお」

……あたしだって、それは考えた。校長に訊こうか。でも、なんて言って？ まあ、訊く方法がないわけじゃないとは思うけど。忘れものを届けたいとか、なんとか適当な理由をつけてさ。けども、電話をかけて、それからなんて言えばいいんだ？ ナルは、例によって例の声で、「何の用だ？」と訊いてくるに決まってるのに。

「ねえ、麻衣ー。校長に訊きなよー」

「用事なんてないもん」

「もー、冷たいんだから」

恵子は恨めしげだ。

あー、やめてくれ。あたしは今、本当はナルの話はしたくないんだ。あんたらがグダグダ言うんで、仕方なく付き合ってるんだから。

「そうだ、麻衣……」

ミチルが身を乗り出す。

「もうやめ、やめ」

「ちょっと聞きなよ、あたしに名案が……」

聞きたくないんだってば。考えたくないんだ。切なくて泣けてくるから。

「あたしには関係ないもん。そういう相談はファンクラブ内でやってくれたまえ」

「なによー、つれないなー」

そこに突然、アナウンスが入った。

『一－Fの谷山麻衣さん、至急事務室まで来てください』

……なにごと？

まあ、いい。救いの神だ。

あたしはそう思って立ち上がる。ミチルたちの視線を振り切って。

首を傾げながら事務室に出頭した。

「あのう、谷山ですけど」

「ああ、谷山麻衣さん？　電話よ」

事務のおねーさんが、カウンターの電話を指差した。

電話？　学校に？

「はあい、お電話、代わりましたが」

どなたー？

『麻衣か？』

…………。

この……声……。

あたしは思わず、その場に坐り込みそうになった。

『麻衣？』

「そう！　そうですっ！」

『怒鳴らなくても聞こえる』

……あー、この偉そうな物言い。ナルだあ……。

「どうして、学校に電話なんか」

『自宅の電話番号を知らなかったからだ、とは思わないか？』

なんて偉そうなのー。泣けるくらい嬉しいよう。どーしてナルが電話をくれるのさー。

あたしは心中の感動を悟られないよう、努めて平静を保つ。

「察しの悪いことで申し訳ありません。――どうしたの？」

『ギャランティ』

「……はあ？」

『だから、助手をやってくれた給料。いらないのなら、べつにいいが』

……あ、そ……。

急速に力が抜けていく。あー、そうですか。事務的な用事なわけね。

「お金をいただけるとは、想像だにいたしませんでした。くれるもんなら、もちろんいただきますとも」

もらうわ。絶対もらってやる。ナルのばかー。

『じゃあ、振り込む。口座番号は分かるか』

「分かるわけないでしょ？　ここ、学校だよ？」

『では、郵送する』

……郵送、ね。

あーあ、せめて、お金を渡すから会おうとか言ってくれないのかなー。

『住所を』

へいへい。あたしは、だらーっと住所を言ってやる。

郵便でお金が送られてきて、それでもって差出人の住所が書いてないとか。あるいは、住所が書いてあって、ついうっかり訪ねたら、「何の用だ？」と冷たく訊かれるとか。

どーせ、そんなことなんだろうさ。

『分かった。一週間以内に郵送する』

「おありがとうございます」

『それと、麻衣？』

「なーにー」

声が完全に力を失ってるわ。ははは……。

『お前の高校は、バイト禁止か？』

「違うよ」

『だったら、うちでバイトをしないか？』

……へ？　……バイト……？

……バイト!?

「ナルの事務所で!?」

あたしは思わず、受話器を渾身《こんしん》の力で握りしめる。

『事務なんだが、手が足りないんだ。この間までいた子が辞めたから』

「……やる！」

やる！　絶対にやる！

『だったら一度、事務所に来てくれ。所在地は……』

「ちょ、ちょっと待って」

あたしは大急ぎで周囲を見廻し、カウンター越しに事務のおねーさんのメモパッドをかっさらって書きつける。

……夢だ。これは夢だ。

『都合のいい日でいいが』

「じゃ、明後日の土曜日」

今からだっていいよぉ。

『時間は麻衣の都合のいいようでいい。……ああ、それから』

「うん？」

ああ、嬉しい、どうしよう。

『この間は助かった。ありがとう』

あたしは涙が出そうになった。嫌味抜きの褒め言葉だ。初めて聞いた。

……我ながら情けない。

感動のあまり口が利けない。

『それじゃあ、土曜日に』

「うん」

あたしはやっと出た言葉に力を込める。

「土曜に、またね！」

解説

池《いけ》澤《ざわ》春《はる》菜《な》（女優・エッセイスト）

渋谷サイキックリサーチへようこそ！

こちらははじめて？　それとも以前から？　もしかして名前が違った頃からの常連さんでしょうか？

いずれにせよ、ようこそ。やっぱりこちらにいらした、ということは、怖いお話がお好きなのでしょうか？　あ、でも怖い話は嫌いだけど、このシリーズだけは別！　って方もたくさんいらっしゃいますし。いやぁ、それも納得の面白さですよねぇ。

かくいうわたしも……あ、わたしはただの通りすがりで、実はバイトでも何でもなくて……は！　見つかりました！　あ、じゃあ後はあちらの、暴力的に顔が良くて壊滅的に性格の悪い所長さんか、めちゃめちゃに感じが悪くて客商売に100％向いていない助手の方か、あとは一番おすすめの愛想の良い女子高生に引き継ぎますので。

さぁ、ゴーストハントシリーズ再び、です。

講談社X文庫ティーンズハートで刊行されたのが1989年〜1992年、リライト版が２０１０年～２０１１年にかけて。実に30年以上にわたって愛される、これ自体が「事件」とも言える作品。

ポイントその１は、やっぱり、怖いこと。でも、怖いってどういうことでしょう。知っているものが怖いのか、知らないものが怖いのか。どちらかというと、お化けだって病気だって、知らないものの方が怖い気がします。幽霊の正体見たり枯れ尾花、じゃないけれど、いざ知ってみたら大したことないものが殆ど。じゃあ、知っていると思っていたものが、本当は全然知らないものだったら？　わたしは、これが一番怖いんじゃないかと思うのです。

仲良しだと思っていた人が、実は裏で。

ヘルシーだと思ってもりもり食べていたものが超高カロリー。

わたしが聞いた中で一番怖かったのは（以下、本当に本当に怖いので、駄目な人は飛ばして下さい）、海外に住んでいるお友達が、お米を炊いて食べた後によく見たらシラスの炊き込みご飯みたいな目がたくさんあった、というものです。つまり、小さなアレがたくさん……ぞわわ。

わかったと思った瞬間に裏切られる、大丈夫だと思っていたのに駄目だった、ようやく朝が来たと思って隠れ家から飛び出したら……その時の怖さはピカイチです。本シリーズはその緩急の付け方、裏切られ方が芸術的！

今回、解説を書くためにゴーストハントを読み返してみて（勢いで全巻）、改めて思いました。やっぱりこのシリーズは、極上に面白くて、極悪に怖いです。

ポイントその2は、個性豊か、という言葉だけでは収まりきらない登場人物達。麻衣《まい》とナルの出会いから始まる第1巻『旧校舎怪談』。麻衣の言葉を借りれば「とんでもなく偉そうで、自信家の——天上天下唯我独尊的ナルシスト」のナルこと渋谷《しぶや》一也《かずや》。そこにわらわらと加わってくる、自称他称の霊能力者達。ど派手な見た目にきつい性格なのに、実は巫女さん、松崎綾子《まつざきあやこ》。長髪のベーシストに見えて、高野山《こうやさん》を下山した坊主のぼーさんこと滝川法生《たきがわほうしょう》。口を開けばめちゃくちゃな関西弁が飛び出す、金髪美少年、エクソシストにして神父のジョン・ブラウン。

まるで日本人形、おかっぱ着物姿の美少女霊媒師、原真砂子《はらまさこ》。普通は巻を追うごとに1人ずつ追加されそうなところを、惜しみなく1巻で全員投入する小野さん凄い。誰が主役でもお話が書けちゃいそうだけど、だからこそ、真ん中にいる麻衣が光るのです。そう、このシリーズの魅力は麻衣が担っていると言っても良いのでは？

怪異に対して、知識もなければ先入観もない麻衣だからこそ、素直に向き合うことができる。アクの強いメンバーに一歩も引かない気の強さ、ナルに対しても容赦のない口の悪さ、でもまっすぐで勝ち気で優しい。とんでもない「普通の女の子」なのです。だからこそ、読んでいるわたしたちは、麻衣の目線を通してこの世界に踏み込んでいくことができる。

そしてポイント3。登場人物を縦糸とすれば、横糸を担うのが、ミステリの手法で描かれたホラー。わからない恐怖を描くホラーと、わかる面白さを描くミステリは一見相反するように見えるけれど、実はとても相性が良いのです。一つずつの謎を丹念に追いかけ、解明し、そして最後に「一つだけ残っている恐怖」ときたら！

その謎の解明方法が、登場人物それぞれで違うのが面白い。言うなれば、麻衣をワトソンにした、名探偵大集合。徹底した証拠主義もいれば、動機から探るタイプ、ほぼ勘で推し進めるタイプ（それぞれが自信満々で謎を解こうとした結果、むしろかえって謎が深まっている気もしますが）。各違ったメソッドで謎を追いかけ、最後にナルがそれをまとめて、怪異を解明する。そのプロセスはしっかり科学的で論理的。どちらかというとわたしはSFの人なので、わからないものが気持ち悪いのです。『旧校舎怪談』で言えば、黒田《くろだ》女史タイプが苦手。でも、ゴーストハントの面々は、いずれも明快で、どちらかというと理屈っぽい。データ至上主義のナルを始め、実証を重んじ、「何故」をきちんと解きほぐしていく。この過程があるからこそ、最後に残った真相の怖さが際立つわけです。

本書で集結した面々は、続く巻でますます深く、恐ろしく、そして危険になる謎に挑みます。

古い洋館、西洋人形、子どもにまつわる呪いを描いた恐ろしくも悲しい第二巻『ゴーストハント2　人形の檻』。

とある女子校で同時多発した怪異、そして超能力を使えると噂の女生徒、学校にまつわる呪詛《じゅそ》とは。第三巻『ゴーストハント3　乙女ノ祈リ』。

第四巻『ゴーストハント4　死霊遊戯』で一同が追うのは、ヲリキリさまという謎の遊戯、頻発する怪現象。ここから加わる新メンバー、安原君が良いキャラなのです。

そしてシリーズ最恐とわたしが思う第五巻『ゴーストハント5　鮮血の迷宮』。増改築を繰り返した異様な建物で起きる失踪事件。この巻は怖い、本当に怖いです。

さらに違った種類の怖さの第六巻『ゴーストハント6　海からくるもの』。前回が洋風物理的に殴られる恐怖なら、これは和風じっとり搦《から》め手恐怖。能登半島にある老舗旅館、代替わりの度に大量の人死が出る。ついにナルまでもが悪霊に取り憑かれて戦線離脱。

全ての謎が解明される第七巻『ゴーストハント7　扉を開けて』。ここまで共に歩んできたこのメンバーだから、そして麻衣だからこそ見いだせた解決と決断。

いずれも極上で極悪、ここから始まる物語をどうぞお楽しみに。

本書は、二〇一〇年十一月に小社より刊行
された単行本を文庫化したものです。

ゴーストハント１
旧《きゅう》校《こう》舎《しゃ》怪《かい》談《だん》

小《お》野《の》不《ふ》由《ゆ》美《み》

令和２年 ６月25日　初版発行
令和６年 ５月15日　11版発行

発行者●山下直久

発行●株式会社KADOKAWA
〒102-8177　東京都千代田区富士見2-13-3
電話　0570-002-301（ナビダイヤル）

角川文庫 22204

印刷所●株式会社KADOKAWA
製本所●株式会社KADOKAWA

表紙画●和田三造

●お問い合わせ
https://www.kadokawa.co.jp/（「お問い合わせ」へお進みください）
※内容によっては、お答えできない場合があります。
※サポートは日本国内のみとさせていただきます。
※Japanese text only

ISBN 978-4-04-108200-3　C0193

◆◇◇

角川文庫発刊に際して

角川源義

第二次世界大戦の敗北は、軍事力の敗北であった以上に、私たちの若い文化力の敗退であった。私たちの文化が戦争に対して如何に無力であり、単なるあだ花に過ぎなかったかを、私たちは身を以て体験し痛感した。西洋近代文化の摂取にとって、明治以後八十年の歳月は決して短かすぎたとは言えない。にもかかわらず、近代文化の伝統を確立し、自由な批判と柔軟な良識に富む文化層として自らを形成することに私たちは失敗して来た。そしてこれは、各層への文化の普及滲透を任務とする出版人の責任でもあった。

一九四五年以来、私たちは再び振出しに戻り、第一歩から踏み出すことを余儀なくされた。これは大きな不幸ではあるが、反面、これまでの混沌・未熟・歪曲の中にあった我が国の文化に秩序と確たる基礎を齎らすためには絶好の機会でもある。角川書店は、このような祖国の文化的危機にあたり、微力をも顧みず再建の礎石たるべき抱負と決意とをもって出発したが、ここに創立以来の念願を果すべく角川文庫を発刊する。これまで刊行されたあらゆる全集叢書文庫類の長所と短所とを検討し、古今東西の不朽の典籍を、良心的編集のもとに、廉価に、そして書架にふさわしい美本として、多くのひとびとに提供しようとする。しかし私たちは徒らに百科全書的な知識のジレッタントを作ることを目的とせず、あくまで祖国の文化に秩序と再建への道を示し、この文庫を角川書店の栄ある事業として、今後永久に継続発展せしめ、学芸と教養との殿堂として大成せんことを期したい。多くの読書子の愛情ある忠言と支持とによって、この希望と抱負とを完遂せしめられんことを願う。

一九四九年五月三日

角川文庫ベストセラー

鬼談百景　小野不由美

旧校舎の増える階段、開かずの放送室、塀の上の透明猫……日常が非日常に変わる瞬間を描いた99話。恐ろしくも不思議で悲しく優しい。小野不由美が初めて手掛けた百物語。読み終えたとき怪異が発動する——。

営繕《えいぜん》かるかや怪異譚《かいいたん》　小野不由美

古い家には障りがある——。古色蒼然とした武家屋敷、町屋に神社に猫の通り道に現れ、住居にまつわる様々な怪異を修繕する営繕屋・尾端。じわじわくる恐怖。美しさと悲しみと優しさに満ちた感動の物語。

帝都物語　全六巻　荒俣　宏

関東最大の怨霊・平将門を喚び覚まし帝都を破滅させる怖るべき秘術とは⁉　帝都壊滅を企む魔人加藤保憲の野望をつぶせるか‼　科学、都市計画、風水まで、あらゆる叡知が結晶した大崩壊小説。

陰陽師鬼談　安倍晴明物語　荒俣　宏

天地の理をしなやかにあやつったひとりの男——安倍晴明。芦屋道満との確執、伴侶・息長姫との竜宮での出会い、そして宿命的な橋姫との契り。知られざる姿が、今、明かされる！

赤い月、廃駅の上に　有栖川有栖

廃線跡、捨てられた駅舎。赤い月の夜、異形のモノたちが動き出す——。鉄道は、私たちを目的地に運ぶだけでなく、異界を垣間見せ、連れ去っていく。震えるほど恐ろしく、時にじんわり心に沁みる著者初の怪談集！

角川文庫ベストセラー

角川文庫ベストセラー

巷説百物語　京極夏彦

江戸時代。曲者ぞろいの悪党一味が、公に裁けぬ事件を金で請け負う。そこここに滲む闇の中に立ち上るあやかしの姿を使い、毎度仕掛ける幻術、目眩、からくりの数々。幻惑に彩られた、巧緻な傑作妖怪時代小説。

続巷説百物語　京極夏彦

不思議話好きの山岡百介は、処刑されるたびによみがえるという極悪人の噂を聞く。殺しても殺しても死なない魔物を相手に、又市はどんな仕掛けを繰り出すのか……奇想と哀切のあやかし絵巻。

後巷説百物語　京極夏彦

文明開化の音がする明治十年。一等巡査の矢作らは、ある伝説の真偽を確かめるべく隠居老人・一白翁を訪ねた。翁は静かに、今は亡き者どもの話を語り始める。第130回直木賞受賞作。妖怪時代小説の金字塔！

前巷説百物語　京極夏彦

江戸末期。双六売りの又市は損料屋「ゑんま屋」にひょんな事から流れ着く。この店、表はれっきとした物貸業、だが「損を埋める」裏の仕事も請け負っていた。若き又市が江戸に仕掛ける、百物語はじまりの物語。

西巷説百物語　京極夏彦

人が生きていくには痛みが伴う。そして、人の数だけ痛みがあり、傷むところも傷み方もそれぞれ違う。様々に生きづらさを背負う人間たちの業を、林蔵があざやかな仕掛けで解き放つ。第24回柴田錬三郎賞受賞作。

角川文庫ベストセラー

きのうの影踏み　辻村深月

どうか、女の子の霊が現れますように。おばさんとその子が、会えますように。交通事故で亡くした娘を待ちわびる母の願いは祈りになった――。辻村深月が〝怖くて好きなものを全部入れて書いた〟という本格恐怖譚。

異神千夜　恒川光太郎

数奇な運命により、日本人でありながら蒙古軍の間諜として博多に潜入した仁風。本隊の撤退により追われる身となった一行を、美しき巫女・鈴華が思いのままに操りはじめる。哀切に満ちたダークファンタジー。

あやし　宮部みゆき

木綿問屋の大黒屋の跡取り、藤一郎に縁談が持ち上がったが、女中のおはるのお腹にその子供がいることが判明する。店を出されたおはるを、藤一郎の遣いで訪ねた小僧が見たものは……江戸のふしぎ噺9編。

おそろし　三島屋変調百物語事始　宮部みゆき

17歳のおちかは、実家で起きたある事件をきっかけに心を閉ざした。今は江戸で袋物屋・三島屋を営む叔父夫婦の元で暮らしている。三島屋を訪れる人々の不思議話が、おちかの心を溶かし始める。百物語、開幕！

あんじゅう　三島屋変調百物語事続　宮部みゆき

ある日おちかは、空き屋敷にまつわる不思議な話を聞く。人を恋いながら、人のそばでは生きられない暗獣〈くろすけ〉とは……宮部みゆきの江戸怪奇譚連作集「三島屋変調百物語」第2弾。

角川文庫ベストセラー

エムブリヲ奇譚　山白朝子

旅本作家・和泉蠟庵の荷物持ちである耳彦は、ある日不思議な〝青白いもの〟を拾う。それは人間の胎児エムブリヲと呼ばれるもので……迷い迷った道の先、辿りつくのは極楽かはたまたこの世の地獄か——。

私のサイクロプス　山白朝子

出ては迷う旅本作家・和泉蠟庵。荷物持ちの耳彦とおつきの少女・輪、3人が辿りつく先で出会うのは悲劇かそれとも……異形の巨人と少女の交流を描いた表題作を含む9篇の連作短篇集。

響野怪談　織守きょうや

響野家の末っ子・春希は怖がりなのに霊感が強く、ヒトではないものたちを呼び寄せてしまう。怪異は徐々にエスカレートし、春希だけでなく、彼を守ろうとする父や兄たちの日常をもおびやかしていき……。

ぼぎわんが、来る　澤村伊智

幸せな新婚生活を送る田原秀樹のもとにやってきた、とある来訪者。それから秀樹の周辺で様々な怪異——後輩の不審死、不気味な電話——が起こる。愛する家族を守るため秀樹は比嘉真琴という霊能者を頼るが⁉

ずうのめ人形　澤村伊智

オカルト雑誌で働く藤間が受け取った、とある原稿。読み進めていくと、作中に登場する人形が現実にも現れるようになり……迫りくる死を防ぐために、呪いの原稿の謎を解け。新鋭が放つ最恐ミステリ！

角川文庫ベストセラー

などらきの首
澤村伊智

父の遺した不動産で夜になると聞こえる「痛い、痛い」という謎の声。貸事務所の問題を解決するために、私は「ヒガマコト」という霊能者に依頼をするが……比嘉姉妹シリーズ初の短編集！

呪いと日本人
小松和彦

日本人にとって「呪い」とは何だったのか。それは現代に生きる私たちの心性にいかに継承され、どのように投影されているのか――。呪いを生み出す人間の「心性」に迫る、もう一つの日本精神史。

異界と日本人
小松和彦

古来、日本人は未知のものに対する恐れを異界の物語に託してきた。酒呑童子伝説、浦嶋伝説、七夕伝説、義経の「虎の巻」など、さまざまな異界の物語を絵巻から読み解き、日本人の隠された精神生活に迫る。

鬼と日本人
小松和彦

民間伝承や宗教、芸術などの角度から鬼をながめると、多彩で魅力的な姿が見えてくる。「鬼」はどのように私たちの世界に住み続けているのか。説話・伝承・芸能・絵画などから、日本人の心性を読み解く。

新訂 妖怪談義
柳田国男
校注／小松和彦

柳田国男が、日本の各地を渡り歩き見聞した怪異伝承を集め、編纂した妖怪入門書。現代の妖怪研究の第一人者が最新の研究成果を活かし、引用文の原典に当たり、詳細な注と解説を入れた決定版。